EDMUNDO PAZ SOLDÁN

NORTE

Edmundo Paz Soldán es profesor de literatura
latinoamericana en la Universidad de Cornell. Es
autor de nueve novelas, entre ellas *Río fugitivo*, *La
materia del deseo*, *Palacio quemado* y *Los vivos y los
muertos*, y de los libros de cuentos *Las máscaras de
la nada*, *Desapariciones* y *Amores imperfectos*. Ha co-
editado los libros *Se habla español* y *Bolaño salvaje*.
Sus obras han sido traducidas a ocho idiomas, y ha
recibido numerosos premios, entre los que destacan
el Juan Rulfo de Cuento y el Nacional de Novela
en Bolivia. Vive en Ithaca, Nueva York.

NORTE

NORTE

EDMUNDO PAZ SOLDÁN

VINTAGE ESPAÑOL
Una división de Random House, Inc.
Nueva York

PRIMERA EDICIÓN VINTAGE ESPAÑOL, JUNIO 2012

Copyright © 2011 por Edmundo Paz Soldán

Todos los derechos reservados. Publicado en coedición con Random
House Mondadori, S. A., en los Estados Unidos de América por Vintage
Español, una división de Random House, Inc., Nueva York, y en Canadá
por Random House of Canada Limited, Toronto. Esta edición fue origi-
nalmente publicada en España por Random House Mondadori, S. A.,
Barcelona, y en México por Random House Mondadori, S. A. de C.V.,
México, D. F., en 2011. Copyright de la presente edición en castellano
para todo el mundo © 2011 por Random House Mondadori, S. A.

Vintage es una marca registrada y Vintage Español y su
colofón son marcas de Random House, Inc.

Información de catalogación de publicaciones disponible
en la Biblioteca del Congreso de los Estados Unidos.

Vintage ISBN: 978-0-307-94917-2

www.vintageespanol.com

Impreso en los Estados Unidos de América
10 9 8 7 6 5 4 3 2 1

A Lily

¿Y tú, por qué has de estar de este lado?

YURI HERRERA,
Trabajos del reino

As to the majority of murderers, they are
very incorrect characters.

THOMAS DE QUINCEY,
*On Murder Considered as
One of the Fine Arts*

No existe la maldad; has cruzado el umbral;
todo es bueno. Otro mundo, y no tienes que
hablar.

FRANZ KAFKA,
Diarios, 19 de enero de 1922

NORTE

UNO

1

Villa Ahumada,
norte de México, 1984

Dejó de ir a la escuela y comenzó a pasar más tiempo con sus primos. Al principio era sólo un testigo privilegiado: en lugares concurridos como el mercado o la estación de trenes, los veía robar billeteras y carteras. Trataban de evitar el enfrentamiento, pero tampoco se rajaban si era necesario repartir madrazos. En calles oscuras solían atacar armados de cuchillos; generalmente eso bastaba para que las víctimas entregaran todo. Eran conocidos por la policía, dispuesta a dejarlos tranquilos mientras sus asaltos fueran de poca monta y no hubiera sangre.

A la medianoche se metían en el California, el único téibol en que el cadenero, previo pago de unas monedas, dejaba entrar a Jesús, que había cumplido quince años y aparentaba menos: era pequeño y delgado y tenía un rostro infantil. Bajo las luces de neón, pedían chelas y veían un strip-tease. No todas las mujeres se les acercaban, porque tenían fama de pendencieros y de malos pagadores. La Quica, una de las putas viejas del California, donde se podía tomar un trago barato e indócil que se llamaba la «Pantera Rosa» —sotol mezclado con leche y Nesquik de fresa—, era de las pocas que los recibía con los brazos abiertos, porque no le gustaba dormir sola en la habitación que alquilaba en una pensión cerca del río. Iba de mesa en mesa, rebajando su precio y tratando en vano de

quitarle clientes a Suzy, la guatemalteca con el pelo corto teñido de rubio y las tetas neumáticas, y Patricia, la tapatía que
quería irse apenas ahorrara el dinero para que un coyote la
hiciera cruzar al otro lado. Qué podía hacer, les doblaba en
edad. No debía entristecerse. Hubiera podido quererlas como
a sus hijas si no fuera que ella jamás habría tenido hijas tan
putas.

A las tres de la mañana la Quica se acercaba a los primos y
les decía que se fueran, y Medardo: esperemos que termine
esta canción, ¿a poco no te gusta la Chavela? Justino le pelliz-
caba el culo, qué nalgas, con razón te dicen la Quica. A veces
se acostaba con Medardo y otras con Justino y creía que Jesús
era un mirón, porque cuando cogía con los primos él los observaba desde el sofá sin pronunciar palabra y resistía a sus in-
vitaciones mientras se hacía una chaqueta.

Un jueves su madre le rogó que se quedara en casa con su
hermana el fin de semana, le había salido una chamba en Juárez y volvería el lunes. Cedió a cambio de unas monedas.

La noche del viernes Jesús se tiró en su colchón de resor-
tes vencidos y manchas de orín, a los pies de la cama de su
madre y María Luisa. El cuarto hedía a kerosén, los olores de
la cocina se metían por todas partes.

María Luisa dormía. Trató de distraerse observando las fotos de Mil Máscaras en una pared. En uno de los afiches vo-
laba sobre Canek ante la mirada amenazadora de El Halcón.
En otro promocionaba la película *Misterio en las Bermudas*
junto a El Santo y Blue Demon. Le gustaba su estilo rudo, con
llaves espectaculares como la plancha y el tope suicida. Tenía
cuatro máscaras suyas y un muñeco del luchador con un valor
especial pues era el último regalo de su padre antes de cruzar
la línea y no volver.

En esas estaba cuando se durmió.

Un ruido lo despertó. Entreabrió los ojos, se llevó las manos a la cara e intentó sacarse la máscara que tenía puesta en

el sueño. Se desesperó al no encontrarla. En la ventana se apoyaban las gotas escurridizas de la lluvia.

Se sentó sobre el colchón, titubeante, como si tuviera miedo de transformarse en un monstruo, como había ocurrido tantas veces en sus sueños. En el cuarto se filtraban las primeras luces de la madrugada. Sus ojos precisaron contornos hasta fijarse en la cama de su madre y su hermana. María Luisa estaba sola.

Se acercó a la cama, vio su rostro enmarcado por la cabellera negra, los ojos cerrados, la respiración acompasada. Lo atenazaba una mezcla difusa de pavor y excitación. María Luisa tenía once años y en los últimos meses sus pechos habían comenzado a hacerse notar en los vestidos que llevaba, alborotando a los chicos de la colonia. Que era linda todos lo habían sabido desde cuando era muy niña y dejaba que la boca de labios finos dibujara un gesto de sorpresa frente al mundo, y se agrandaban los ojos almendrados, el color verde de las pupilas resaltando con fuerza ante el contraste de la tez canela. Ahora comenzaba a estirarse, a rellenarse, a perturbar.

Transcurrieron varios minutos silenciosos.

Jesús se metió en la cama. María Luisa abrió los ojos.

¿Qué haces aquí?

Sólo… sólo quería visitarte.

Amá se va a enojar, Jesús.

No se tiene que enterar. ¿Quieres que me quede o no?

Amá se va a enojar.

Lo enfurecía que se le hubiera vuelto tan opaca desde hacía unos años. Hubo un tiempo en el que parecía de cristal, de tan transparente que era para Jesús. Papá había partido, mamá no se daba abasto con el trabajo, y Jesús y María Luisa se aferraron el uno a la otra. Por las noches dormían juntos en la cama, con la luz encendida porque María Luisa tenía miedo a la oscuridad, hasta que llegaba mamá del trabajo en una cantina y se echaba entre los dos. Por las tardes jugaban en el árbol hueco en el descampado cerca de la casa. Él le contaba historias inspiradas por las radionovelas que escuchaba, de profanadores de tumbas, hombres sin sepultura y momias asesinas. Todo había continuado así durante dos años, hasta que su madre le dijo que volviera al colchón que había compartido con María Luisa antes de que se fuera su padre. De ahora en adelante dormiría solo. María Luisa comenzó a pasar más tiempo con sus amigas de la escuela. Se le escurría de las manos, y él no podía hacer nada por evitarlo. Un día él, desesperado, le pidió que durmieran juntos, como solían hacerlo, y ella, con brusquedad, no podemos, y él es cuestión de esperar hasta que amá esté dormida, y ella, firme, mejor no.

Jesús se abalanzó sobre ella y quiso besarla y ella lo golpeó en la cara y se levantó de la cama. Sin perder la calma, le dijo estás loco, eso no se hace.

Él se recuperó del golpe. No le costaría nada arrinconarla y hacer lo que le diera la gana con ella. Pero esa no era la idea.

Te arrepentirás, dijo él.

Ella le dio la espalda y salió del cuarto y se dirigió a la cocina.

Jesús se levantó y volvió a su colchón. Hundió el rostro en la almohada.

A la madrugada seguía despierto.

Encontró a sus primos en la cancha de futbol cerca del río, sentados detrás de un arco de hierro oxidado. Veían un partido en silencio. Medardo tenía un bigote que parecía postizo. Justino no perdía de vista la pelota. En sus botas negras había decorados metálicos que relumbraban en el sol.

Medardo y Justino eran mayores que él. Medardo había estado tres meses en la cárcel por internar en el país carros robados al otro lado; Justino desapareció un par de años, hasta que se acallaran los rumores que lo acusaban de haber violado a una de sus vecinas («está retebuena pero no fui yo, nomás le metí los dedos»).

Los primos se levantaron; Jesús los siguió. Bajaron por una pendiente hasta llegar a la orilla del río. Continuaron por un sendero flanqueado por montañas de desperdicios –Jesús creyó que alguien lo miraba desde la basura: eran los ojos azules de una muñeca–, hasta detenerse bajo un puente. De allí salían al atardecer murciélagos que ahora dormían apoyados en el techo y en las paredes.

El puente crujía ante el paso de los camiones. ¿Sería posible que el peso hundiera la estructura y los aplastara?

Medardo sacó una bolsa de plástico que tenía metida en uno de sus calcetines y aspiró. Se la pasó a Justino, que hizo lo mismo. Justino se la dio a Jesús, que se metió la bolsa a la nariz. Olía a carpintería, a madera fresca.

Apareció una botella de sotol. Jesús tomó un trago largo que le ardió en la garganta. Le vino un ataque de risa y tuvo que hacer esfuerzos por contenerse.

Hubo más pegamento y sotol. Al rato Jesús se tiró al suelo. Se recordó caminando por las calles de Villa Ahumada con su padre y María Luisa; iban al circo que llegaba cada tanto de Juárez o Chihuahua. Papá los malcriaba comprándoles caramelos y juguetitos. Había estudiado contaduría y era bueno para los números, pero la falta de trabajo hacía que se dedicara a oficios de todo tipo, desde administrador de un club de boxeo hasta encargado de una tienda de empeños. En esa tienda, La Infalible, había aprovechado para hacer su negocio. Se quedaba con parte del dinero que recibía de los clientes, y luego lo prestaba con intereses bajos. Los últimos meses de su padre en casa fueron de relativa bonanza: un televisor en blanco y negro, carne y fruta, algo de ropa. No duró mucho. Una noche reunió a todos en la cocina y, mientras se tocaba la frente con nerviosismo, dijo que tenía que irse a buscar trabajo al otro lado. Prometió volver. María Luisa lloró, y él quiso ser optimista: papá nunca le había fallado. Cuando se despertó al día siguiente, él ya no estaba: se había marchado en la madrugada. Luego se enteraría que no le sería fácil regresar. El dueño de La Infalible sabía del desfalco y lo había amenazado de muerte si no pagaba lo que debía.

Jesús reía con una carcajada nerviosa. Luego lloraba. Volvió a reír. Después se durmió.

El lunes por la mañana se dio una vuelta por la escuela Padre Pro, donde estudiaba María Luisa. A la hora en que a ella le tocaba educación física se dirigió al enrejado y miró las evoluciones de las colegialas en el patio. Aunque María Luisa parecía no darse cuenta de que él estaba ahí, Jesús estaba seguro de que sabía que él la observaba. Una monja lo reprendió e hizo llamar al portero, un barrigón que prometió quebrarle los huesos si lo volvía a ver.

Jesús encontró a sus primos en el mercado. Compartían un plato de carne asada con frijoles y tomaban horchata. Un ácido olor a orín provenía de los baños.

Medardo estaba molesto porque Suzy lo había rechazado la noche anterior. Le toqué la cintura y me dio una bofetada. Lo vi, dijo Jesús, pero pensé que no le habías dado importancia.

Estaba tratando de no darle. Pero me jode. Pinche cabrona. Me dijo se ve pero no se toca, y yo le grité, zorra, por qué te vistes así entonces. Pagando nos podemos entender, dijo, y yo no acostumbro pagar, a todas les gusta mi soplete. Y ella, crece primero para hablar conmigo. ¡Si es de mi edad!

Jesús trató de calmarlo pero Justino lo soliviantó aún más: qué se cree, tan orgullosa que ni nos mira.

Conozco dónde vive, dijo Justino. Podríamos esperarla a la salida esta noche.

¿Una madriza?, preguntó Jesús.

Lo primero es lo primero, dijo Medardo. Tiene que saber lo que es bueno.

A Jesús le gustó la idea. Suzy lo saludaba con cariño en el California, pero a la vez había una mirada de arriba abajo, un toque maternal cuando hablaba con él: como si esa melena negra que le llegaba hasta la cintura, ese ombligo con un gancho, los shorts de lycra, las piernas largas enfundadas en botas negras, fueran sólo para camioneros y polleros. Además, Jesús ya no sólo miraba cuando sus primos robaban; le había ido bien asaltando a una pareja a la salida de la estación. Le jaló el collar de perlas a la mujer, y cuando el hombre corrió detrás de él lo mantuvo a raya con un cuchillo; las perlas resultaron falsas, pero lo que contaba era la intención.

Tengo varias máscaras, dijo. Nos las podemos poner. Por si acaso, para protegernos.

Estás aprendiendo rápido, primo, dijo Medardo.

Después del mercado fueron bajo el puente. Hubo sotol y pegamento hasta la noche.

A las cuatro de la mañana Suzy descendió de un taxi y se dirigió hacia el edificio de cuatro pisos en el que vivía; los tacones de sus botas resonaron en la noche.

Abrió la puerta girando la llave hacia la derecha y apretándola como si fuera un punzón. Estaba mareada. No había día en que no se imaginara lejos del piso encharcado del California, del humo que le ardía en los ojos, de las rancheras y la música atronadora de Van Halen y Prince, de los borrachos que le metían mano.

Suzy cerraba la puerta cuando escuchó una voz familiar.

Cuál es el apuro.

¿Quién eres?

Cómo nos olvidamos tan rápido.

Ah, eres tú… Me asustaste.

No hagas ningún movimiento, dijo él mostrándole un cuchillo.

Ella retrocedió hasta que su espalda chocó con la pared de azulejos. Sus manos se aferraron a su cartera. En una esquina se acumulaban las bolsas de desperdicios sobre un tacho de basura.

Medardo, Justino y Jesús ingresaron al edificio y cerraron la puerta tras sus espaldas.

¿Qué quieren, chamacos? Ya es tarde, estoy cansada. Nomás déjenme tranquila, por favor. No quiero llamar al Patotas.

Medardo se abalanzó sobre ella y la tiró contra los escalones. Suzy sintió un golpe en la espalda: quiso gritar, pero una mano le cubrió la boca. Intentó soltarse de los brazos de Medardo; él forcejeó con ella hasta darle la vuelta e impedirle que se moviera. ¿Dónde estaba su cartera?

Por favor, no.

Medardo le bajó los jeans y desgarró sus pantaletas. Suzy trató de seguir luchando. No le quedaban fuerzas. Sintió que la penetraban y quiso gritar. ¿Escucharía los ruidos la pareja de la habitación al lado de la suya, en el segundo piso?

Justino le rompió la blusa roja, le quitó el sostén, le embadurnó los pechos de saliva. Para entonces ella los dejaba hacer sin defenderse, amilanada por los cuchillos y la navaja. Se acordó de Yandira, la hija que había dejado con su madre en Tlaquepaque; la veía corriendo por el patio de la casa con una falda azul y el ensortijado pelo negro, lo único positivo que había heredado del imbécil de su padre. Saldría con vida de esto, los denunciaría al Patotas.

Después vino el otro, el que casi no hablaba.

Jesús se echó sobre ella, que se había replegado sobre sí misma y no paraba de llorar. Tenía la ropa destrozada y se cubría el rostro con las manos.

Debía mostrarles a sus primos cómo se hacían las cosas.

La agarró de las muñecas, le abrió los brazos, se bajó los pantalones y le dijo que se la chupara. Le dio una bofetada en la mejilla que la hizo sangrar. Por el rabillo del ojo observaba a Medardo y Justino. Estaban sorprendidos. No esperaban eso de él. Pinches cabrones.

Ella se metió la verga de Jesús a la boca. Tenía hipo y temblaba. Cuidado que te la muerde, rió Medardo.

Jesús vio cómo el rostro de ella se transformaba en el de María Luisa.

Cerró los ojos y los volvió a abrir.

María Luisa seguía ahí.

¿Así que ella no quería?

Le metió el mango de su cuchillo por el culo. Suzy chillaba como una rata asustada y Justino le tapó la boca y maldijo a su madre y le dijo que no merecía vivir y mejor se callaba o lo que había sentido hasta ahora no sería nada.

Jesús la penetró con todo su puño y Suzy gritó y él se envalentonó con su desesperación y movió su puño con furia dentro de ella, estiró los dedos todo lo que podía y los hundió en una pared viscosa. La golpeó en el rostro con ese mismo puño.

¿Así que ella no quería?

El dolor en los nudillos lo hizo detenerse.

Suzy tenía los pómulos amoratados y la nariz quebrada. Tirada sobre los escalones, estaba casi inconsciente. Tuvo suerte: apenas sintió la puñalada en el corazón.

¿Por qué lo hiciste?, le preguntó Medardo a Jesús.

Iba a rajar.

No era necesario, primo.

Más vale prevenir que lamentar.

No te imaginaba capaz, dijo Justino.

Yo tampoco.

2

Anoche fui a Wünderbar con Sam y la Jodida. Estábamos en la calle Sexta, nos emborrachábamos mientras discutíamos qué grupo era más importante en nuestra historia personal, si Joy Division o Nirvana. Ellos decían Nirvana, yo Joy Division. Hay un antes y un después de la muerte de Cobain, dijo la Jodida mientras coqueteaba con una pelirroja en la mesa de al lado. No importa lo que ocurrió en un instante, decía yo, lo que cuenta es la capacidad de mantenerse, de influir. Ian Curtis ha ido ganando espacio con el tiempo. Sam me miró con esa cara de sátiro que le sale tan bien, esa sugerencia en los ojos de acompañarme a mi estudio y luego, quién sabe, quedarse a dormir.

Salimos del bar y fuimos a Underground. Me saqué los lentes empañados por la humedad del local; retumbaba una canción de Fergie con arreglos tecno. Fui al baño por un pasillo oscuro en el que las parejas aprovechaban para acariciarse y compré ecstasy de un chico que acababa de vomitar. Me encerré en uno de los cubículos y fui visitada por la visión resplandeciente de Fabián en los mejores tiempos. Cerré los ojos hasta que pasó el dolor. Sam me esperaba a la salida. En los parlantes se escuchaba una canción de Oasis. Me abrazó y me conmoví.

Pará, Michelle.

Tomás un poco y te sale a la perfección tu acento gaucho, dije.

¿Qué querés? No sale gratis una temporada en el paraíso.

Había pasado un semestre en Buenos Aires investigando para su tesis. Le sorprendió descubrir que era la ciudad más antinorteamericana del continente, pero, por lo demás, quedó encantado con los cafés, las porteñas y el caos universitario. Volvió con el autógrafo de Alan Pauls, el e-mail de la Sarlo y una cantidad enorme de libros en cajas que todavía no había abierto.

Me besó. Quería sentirme acompañada y me dije, bueno, está bien engañarse por unas horas más.

Me gustaban los besos suaves de Sam, la mirada juguetona, la conversación inteligente y las carcajadas cuando se venía. Había cumplido veintinueve, me llevaba cuatro pero en muchos aspectos era más inmaduro que yo. Éramos muy amigos como para que pudiéramos funcionar como pareja; eso yo lo tenía asumido, y él no, aunque lo intentaba. Hacía esfuerzos por no tomarme en serio, y la Jodida me decía si sabes que no quieres nada, don't fuck him. Y yo asentía y no le hacía caso.

Fuimos a buscar a la Jodida. Pusieron una canción de The Killers y ella me llevó de la mano a la pista. Sacó de su mochila una petaquera de ron caña y tomó un trago. Tenía los ojos vidriosos, la noche anterior se había peleado con su chica, Megan, y se fue a recorrer antros. No quería volver al apartamento que compartía con Megan y se quedó jalando coca con una camarera fea pero amigable que había conocido esa noche; a las seis de la mañana perdió la conciencia en el Nissan de la camarera. Durmió ahí hasta que ella la despertó porque tenía que ir a clases. La Jodida recorrió las calles de Landslide haciendo hora, calculando el momento en que Megan no estaría en su apartamento y podría volver. Logró evitarla, pero no pudo dormir, así que fue en busca de sus amigas más pesadas y en el cuarto de una de ellas, Tennessee, la que había intentado suicidarse con raticida el invierno pasado, la continuó, alternando shots de tequila y rayas. Me arrepentía de haberla llamado para salir. Tampoco quería hacerme cargo de ella.

Me abrazó en plena pista y me dijo I love you, you're my sista.

I love you too, hermanita.

Sé que ya no quieres salir de janguin conmigo. Es mi culpa, lo reconozco. Prometo que en año nuevo dejaré este tipo de vida. Haré una big party para despedirme y no volveré a tocar ni un joint.

Sabés bien que no es eso. Nadie puede seguir tu ritmo. ¿No te llamé para salir hoy?

No me dejes, plisss.

Nadie te está dejando. ¿Qué te pasa, niña?

Me abrazó. Quise consolarla, pero no sabía qué decirle. Le di unas palmadas en la espalda, como se hace con los niños.

¿Te acuerdas que estábamos en esto together? ¿Que tú me metiste en esto?

Yo no te metí a nada. No te obligué a nada.

Tú eres más analítica. Fuiste capaz de pararla a tiempo.

Es que luego llega un punto en que no se puede controlar y…

Yo sí puedo, replicó de inmediato. Lo que pasa es que no quiero.

No dije nada. No valía la pena. No la iba a sacar de su autoengaño.

Se dio la vuelta y fue corriendo a la mesa que compartíamos con Sam. Me quedé inmóvil en la pista. Había conocido a la Jodida el primer semestre en Landslide, en una fiesta en el edificio de la universidad en que vivíamos. Era puertorriqueña y estudiaba biología; nos caímos bien, nos emborrachamos juntas y luego fuimos a mi habitación en los dorms y le hice probar un joint por primera vez.

Cuando llegué a la mesa ella ya no estaba.

Me pidió que te dijera que se despedía de vos, dijo Sam. Se sentía indispuesta.

Mejor. No debió haber salido en ese estado.

Olvidó su cartera. A mí no me queda. ¿Te la llevás?

Asentí. Más de una vez había escuchado a la Jodida afirmar

que controlaba la situación cuando era claro que la situación la controlaba, y me decía que no tenía que sentirme responsable de nada. Igual, no podía no hacerlo.

El asunto con la Jodida me sumió en la negrura. Sam se dio cuenta y se puso a contar chistes malos y sonreí y me sentí mejor.

Esa mañana de sábado, una vez que Sam me dejó sola, hablé con mamá, que me contó que papá quería regresar a Bolivia. Estaba cansado de su trabajo reparando televisores para Best Buy. Le dije que no le hiciera caso, había sido así desde que llegamos a Texas. Papá era un nostálgico incurable, pero también era práctico y sabía lo que le convenía. Le hacía bien mencionar con insistencia la posibilidad de volver a Santa Cruz, sobre todo cuando había problemas; aliviaba su culpa y le permitía seguir aquí. Aun así no es fácil, dijo mamá. Está en la casa y no está. Tiene la cabeza en otra parte. So, what's new?, dije. No te burles. Tranquila, mamá, el día que quiera irse no va a decir una palabra, va a comprar los pasajes y ya.

Quería dibujar un relato que llevaba semanas dándome vueltas. Debía aprovechar que era mi día libre en Taco Hut, que no habría niños de manos pringadas pidiéndome crayones ni gordas quejándose de que las fajitas de pollo estaban frías ni fratboys bulliciosos que tirarían cerveza en la mesa y me pedirían el número del celular apenas se descuidaran sus novias. El título no era original: *Los muertos vivos*. Una historia de zombis: adultos que se convierten en muertos vivientes cuando pierden su capacidad de rebeldía, se adaptan al sistema, se casan, tienen hijos, un trabajo de ocho a cinco. Un mundo de muertos vivientes: eran pocos los que se salvaban. Mi heroína, Samanta, se enfrentaba a los zombis. Se infiltraba en sus guaridas y los mataba con una daga de plata. El problema era que los zombis siempre resucitaban; por algo eran zombis.

Debía encontrar una salida narrativa. Ver la forma de que Samanta los matara de una vez por todas y para siempre.

Para inspirarme leí un capítulo de una novela de Laurell Hamilton. Sus libros sobre Anita Blake, junto a *True Blood*, me habían servido como modelo. Historias de vampiros y zombis y paranormales que no transcurrían en ciudades góticas como Nueva Orleans sino más bien en el mundo cotidiano y bomb de Middle America, con Wal-Mart y Denny's de por medio. *Guilty Pleasures*, la novela de la Hamilton, era puro kitsch —incluía una visita a un club de vampiros que hacían strip-tease—, pero tenía cosas rescatables, sobre todo la forma en que los vampiros eran parte de la vida rutinaria de la ciudad.

El novio de Samanta había sido devorado por un zombi. Ella emprendía su cruzada en busca de venganza. En eso diferíamos: yo no tenía cruzada alguna y tampoco de quién vengarme. Había rabia, sí, y una sensación de impotencia.

Llegué a las ocho páginas al mediodía. Había dibujado a mis zombis con colmillos, como si un vampiro hubiera modelado para mí. Ahora debía colorearlos. Samanta llevaría un vestido rojo sangre y botas. Mi hermano Toño hubiera sugerido que dibujara a Samanta con rasgos hispanos —descubrió su identidad latina en el último año de high school, desde entonces no paraba de criticar mis dibujos tan poco afines a contar «la lucha de una minoría oprimida por la mayoría anglo»—, y yo no le habría hecho caso.

Samanta era una superheroína que pasaba desapercibida gracias a su trabajo de bibliotecaria en la universidad estatal. ¿Cuáles serían sus poderes? ¿Y cómo se llamaría?

Los superhéroes tienen un mito de origen. Tony Colt se convirtió en El Espíritu después de haber sido enterrado vivo. Otro muerto en vida. Todos los caminos llevaban a Will Eisner.

Un mito de origen. De eso debía tratar el primer capítulo.

Por la tarde hice una siesta hasta que una llamada de Sam me arrancó del sueño. Con los ojos cerrados, agarré el celular del velador y escuché que me decía:

Respecto a lo de anoche…

Hubo un silencio.

Ya sabés lo que pienso de nosotros, dije. No nos compliquemos la vida.

Que sos difícil. Mirá que podríamos…

Podríamos qué.

Me extrañarás cuando no esté aquí.

Nadie dice que no.

Está bien. Cambiemos de tema.

Es lo que siempre digo.

La voz de Sam había conjurado una imagen de la primera semana, cuando me tocó sentarme juntó a él en la clase de la profesora Camacho-Stokes sobre Transculturación. Me había llamado la atención. Pero él no hizo nada esas semanas, y luego, cuando se armó de valor, yo ya estaba perdida en el mundo de Fabián. Así me había ido. Cuántos problemas ahorrados si esa vez Sam hubiera hecho caso a sus instintos, o si yo me hubiera animado a dar el primer paso.

Sam se puso a hablar de su tesis. Agradecí haber dejado la carrera a tiempo, antes de que la dictadura del pensamiento crítico tomara mi cerebro. Prefería disfrutar de esos nombres que mis ex compañeros leían para analizar, y también defendía un espacio para las lecturas frívolas. Lo que no entendés es que yo también disfruto con esto, dijo Sam, justificándose, cuando lo acusé de haber dejado que el estudio de la literatura le impidiera el goce de la literatura. Es simplemente otra forma de disfrutarlo. Nada de superioridad moral, por favor. Recuerda lo de Heidegger en ese artículo de Blanchot.

Ajá.

Además, nadie dice que no se pueden combinar las cosas.

Sam estaba orgulloso de *Tabloid*, el programa que conducía en la radio de la universidad, los lunes a la medianoche, dedicado a los crímenes más sensacionalistas, «puro pulp». Asesinos en serie, noticias de la lucha violenta entre los cárteles mexicanos, historias legendarias onda Bonnie & Clyde. Tenía una audiencia respetable y sentía que era su válvula de escape a las presiones académicas.

Le dije que lo mío se justificaba porque había sido capaz de dejar la comodidad de la beca para hacer caso a mi «voz interior».

No jodás con eso de «voz interior», no me vengás con vocabulario new age. Vos te fuiste porque no querías encontrarte con Fabián en los pasillos. O tener que tomar exámenes o clases con él.

Me quedé en silencio. Sam se dio cuenta de que había cometido una torpeza y trató de volver sobre sus pasos, disculparse. Me arrancó un encuentro en un café cerca de mi estudio. Quería dibujar, estaba en mi onda autista, pero acepté.

Nos vimos en Chip & Dip, al lado de Comics for Dummies (Chuck, el dueño, me obligó a comprar *Fun Home*, sobre una chica lesbiana que descubre que su papá es gay, «very Proustian»). En las ventanas del café se apoyaba la microhistoria del fin de semana: un grupo de Nortec en Palladium, un concurso de imitadoras de Julieta Venegas en el bar Bring Me The Head of Joseph Wales, una charla de un profesor de Nuevo Laredo sobre la violencia en la frontera.

Sam volvió a su tesis sobre las figuraciones del intelectual y el escritor en la literatura latinoamericana contemporánea. Habló de *Respiración artificial* (el intelectual como exiliado), *La virgen de los sicarios* (el intelectual como desarraigado), *Los detectives salvajes* (el poeta como un ser vitalista y antisistema, capaz incluso de no hacer obra para no ser cooptado por la institución), *La fiesta vigilada* (el intelectual como el último sobreviviente en un mundo postapocalíptico). La conclusión inicial era que la reconfiguración del sistema cultural había dejado atrás a los intelectuales tradicionales.

Lo escuché con desgano. Te olvidás de *El Eternauta*, dije por provocarlo. ¿La vas a incluir o no? El intelectual como un hombre de acción a pesar de sí mismo. Como crítico de la posibilidad de un genuino encuentro con el pueblo.

Lo mencionaré. Pero la tesis se me alargaría mucho si le dedico todo un capítulo.

Debe ser porque es un comic.

Sabés que no es así, Michelle. No jodás.

Se puso pesado y tuve que obligarlo a cambiar de tema. Era como yo, como todos nosotros en el mundillo: muy interesados en hablar de los temas que nos preocupaban, fascinados por nosotros mismos.

Después de pagar la cuenta le dije que quería dibujar, esa noche la pensaba pasar sola. Hizo una expresión en la que convivían la molestia y el desconsuelo. Había dado por hecho que volvería a acostarse conmigo, a manera de premio ante lo bien que le había ido con su disertación. Era una desagradecida. El polvo de anoche no había sido de los mejores pero había logrado que me durmiera profundamente.

Camino al estudio, Fabián se me cruzó por la cabeza y me atraganté y debí detenerme hasta que pasara el peligro.

3

Stockton, California, 1931

Martín cuenta los dedos de las manos. Uno, dos, tres, cuatro, cinco, seis, siete, ocho, nueve, diez. Los dedos pares. Dos, cuatro, seis, ocho, diez. Los impares. Uno, tres, cinco, siete. Nueve. A comenzar de nuevo.

Le duele la cabeza. Y no para de toser.

Sentado en un banco en la estación de trenes, piensa que no está mal hacer lo que su madre algún día le enseñó que hiciera. Si uno está enojado lo mejor es contar y seguir contando. La molestia suele desaparecer. No hay que reaccionar de inmediato a nada. Cuando era niño, Martín descargaba su furia en los sapos que croaban en las noches de lluvia y lo despertaban. Salía al patio o a la calle, buscaba una piedra enorme y la dejaba caer sobre el sapo. Hasta que su madre lo siguió y le dijo eso no se hace, desgraciado, y él disculpas, la cara al suelo, las orejas que le ardían como cada vez que se avergonzaba de algo. Y se avergonzaba de muchas cosas. Su vida era avergonzarse de lo que le ocurría.

A su lado hay un quiosco. Los señores se detienen a comprar el periódico; las señoras, revistas. Por las noches, cuando el vendedor se va a casa, ¿qué ocurre con los periódicos y las revistas? Se quedan a hablar, hacen travesuras, intercambian ideas. A la mañana siguiente es común encontrar la foto central de una revista en la primera página del periódico.

Le gustaría enterarse de ese mundo que bulle en el quiosco. Que bulle y hace bulla. En uno de los descansos del trabajo ha agarrado una revista, SaTurdAY evEniNG pOst, y se ha tirado al suelo a leerla, pero no la ha entendido. Qué idioma más raro. Lee en la portada:

An Illustrated Weekly Founded. May 31, 1930.

Booth Tarkington. David Laurence. F. Scott Fitzgerald.

Se cansa. El mundo ocurre. Las palabras corren y se agolpan. La gente cuando le habla parece que tiene una papa quemada en la garganta. Cuando construían las vías del tren en esas tardes de tanto calor, el capataz gritaba y todas sus palabras sonaban como insultos. Y él no lo entendía y debía esperar a ver qué hacían sus compañeros y seguirles la pista. ¿Qué decía? ¡Ah, qué desesperación!

El capataz era un cofre de palabras raras. Existía para guardarlas. Pero las palabras buscaban la manera de escapar y lo forzaban a abrir la boca.

Vuelve a toser. Con cada ataque de tos retumba su cabeza.

Martín se veía durmiendo en una cama muy grande y de pronto llovían palabras sobre él. Eran pesadas y lo golpeaban. Su cama se convertía en un pantano que lo succionaba, y él trataba de salvarse agarrándose a una de las palabras que tuviera más letras, una con *th*, ese sonido le gustaba, pero ellas se negaban y él se hundía y se despertaba empapado de sudor.

Qué miedo.

Pero lo que de veras le interesa de esas revistas no son las palabras. Son los dibujos. Sobre todo los que llevan la firma NoRman RoCKwell. Una chiquilla de gafas, suéter rojo y falda verde yendo a pintar con todos sus bártulos. Dibujos sobre dibujos, está retecabrón. Un actor en la portada. Gary Cooper en una película. *The Texan*. Le corrigieron: las dos vocales juntas como los ojos de una lechuza había que pronunciarlas como una sola letra que ni siquiera es la misma. Cúper.

Él quería dibujar. Era tan bonito y facilitaba tanto las cosas. ¿Para qué las palabras si se podía dibujar?

Debió haber aprendido inglés. Sobre todo para venirse aquí. La pasó mal durante la construcción de las vías, aunque después mejoró el trabajo durante una temporada. Para recolectar fresas o naranjas no era necesario hablar. En las minas también le estaba yendo bien. Ahí se amontonaba con otros hombres como él, de su edad o mayores y hasta chamacos, y de todos los pueblos. Algunos llevaban sombreros y otros no. Algunos llevaban cintos con hebillas enormes con figuras de pistolas y otros no. Algunos llevaban botas y otros huaraches de llanta.

Ahora, en la estación, está contando sus dedos.

Sí, le había ido bien durante un tiempo. Pero hoy no tiene trabajo. Lo que hay no es para mexicanos, dicen. Le han dicho que se cuide. A los que están como él, vagando por las calles, los agarran y los regresan a México.

¿Y si María Santa Ana fuera un sapo, qué haría él? ¿La aplastaría con una piedra enorme? No. Porque Teófila y Agustina y Juana y Candelario se quedarían sin su madre. Ya estaba bien con eso de que el padre pasaba tanto tiempo fuera de casa, y ahora con la madre desnaturalizada que se había unido a los federales. Porque de eso estaba seguro. El señor Gobierno estaba destruyendo las iglesias, le había contado su hermano Atanacio en una carta. Habían llegado los federales a San José de Gracia y los obligaron a dejar sus casas y destruyeron las iglesias y las usaron como establos. Atanacio le contó que los federales quemaron su rancho y mataron a todos sus animales, y que María Santa Ana montó en su colorado retinto y se puso a luchar contra los campesinos armados con rifles y sables que llegaban a San José gritando Viva Cristo Rey, Viva Santa María de Guadalupe.

Entendía la mayor parte de lo que le decía Atanacio. Le contestó diciendo que si María Santa Ana seguía peleando del lado de los federales le quitara a sus hijos. Porque todos los que destruían las iglesias eran sus enemigos. Incluida María Santa Ana.

Todo eso había pasado apenas se fue él. El señor Gobierno esperó que él se fuera para ponerse a destruir iglesias. Los campesinos esperaron que él se fuera para armarse. María Santa Ana esperó que él se fuera para unirse a la guerra y hacer otras cosas más. Su rancho, por el que se había endeudado tanto, ya no estaba más. Ya no estaba la casa de piedra y adobe. Las vacas y los cerdos y las ovejas. Su caballo, eso era lo que más le dolía. En él iba a cazar conejos en El Picacho. Iba al pueblo a vender huevos y pimientos.

Era su culpa. Un pequeño gesto suyo había desencadenado la catástrofe. No debía haberse ido. María Santa Ana se lo había dicho, no partas hoy, es San Bartolomé, tanto viento, el diablo anda suelto. Él se puso su sombrero y su gabán y no le hizo caso. Se despidió de cada una de sus hijas. Partía rumbo al otro lado con cuatro amigos. ¿Qué opción le quedaba? Le iba bien el rancho, pero aun así, no era suficiente para pagar las deudas.

Si regresaba, ¿todo sería como antes? Su México querido, ¿volvería al orden?

Tose. Le explota la cabeza. Uno, cuatro, siete, diez. Dos, cinco, ocho, ¿once?

Tiene hambre pero está sin un centavo. Eso le pasa por ser tan generoso. Por quedarse con lo mínimo, por mandar todo a casa. Y ni siquiera son capaces de apreciar el sacrificio. No saben lo que es vivir solo. Sin un perro que nos ladre. Y luego piensan que uno está ahí para enviar dinero. Fue creado para eso. Ésa es su existencia.

Y ahora que no hay trabajo, ¿qué? No puede volver a la habitación que alquilaba, allá tan lejos, más allá de los allases, en las barracas junto a tantos otros compañeros, de Jalisco, Zacatecas, Chihuahua, Guanajuato, Michoacán, porque no tiene forma de pagarla. En la cocina compartida había huevos y frijoles, hubiera podido prepararse algo, pero no le gustaba estar ahí porque había cucarachas por todas partes, el fregadero rebalsaba de platos sucios y las sartenes eran grasosas y olían mal.

Sus hijas y Candelario están creciendo y él no las ve. Tiene las fotos de sus hijas en el bolsillo. Y una foto suya con María Santa Ana. Mucho tiempo ya. Mucho tiempo lejos. Cuando comenzó la guerra, Atanacio le había dicho ni se te ocurra volver. Y llegaban los paisanos con noticias de la crueldad del señor Gobierno. Las procesiones suspendidas. Las estatuas de la Virgen escondidas en cuevas en las montañas. Las misas celebradas de ocultas bajo pena de muerte si los descubrían.

Él había venido al otro lado sólo por un tiempo. Ahora no había forma de volver.

Y le llegaban rumores. Que se la habían llevado al río. Algo entendía. Pero no podía decir lo que pensaba, porque al final se cansó de no ser entendido y prefirió el silencio, y tampoco era que pensaba mucho, o al menos lo hacía por aquí y por allá, ideas sueltas que no llegaban a armarse como algo coherente.

Su cerebro: un desierto en el que de cuando en cuando aparecen nopales y huizaches. Algo crece. Algo.

Podría subirse a un tren con destino a cualquier parte. Leer el nombre de cualquier ciudad en esa pizarra grande y cambiante y luego ingresar a la plataforma. Sería fácil.

Él era el responsable de que esas ciudades fueran inventadas. Cuando construía las vías en esas tardes de calor, su recompensa era ver cómo aparecían pueblitos de la nada. Sólo estaban necesitados de que llegaran las vías.

Esas ciudades no existían. Se creaban por las noches, para estar listas cuando llegara el tren. El tren las creaba. Los que trabajaban en las vías hacían que el tren apareciera, y el tren hacía que las ciudades aparecieran. Así que sí, era responsable.

Pero no era fácil seguir instrucciones en ese idioma raro.

Tanto le había costado entender cómo llegar a las barracas donde vivía. Pasos memorizados para no perderse. Si lo sacaban de su rutina, ¿qué haría?

No puede parar de toser.

Era paciente, pero no tonto. Buen día, buen día. Le había pedido, escríbeme, escríbeme, para no vivir desesperado, borracho, débil mental.

Al comienzo sí y luego no. Hija de la chingada.

Sólo espero que me digas que es mentira para no vivir desesperado. Es un momento terrible, recordando las horas que pasé a tu lado. Ana, Ana, Ana. Santa. María. Tasan. Ríama. Tttt. Rrrr. Uuuu. Eeee.

El dolor le taladra el cerebro.

Podría levantarse y comprar un hot-dog. ¿Con qué pagarlo? ¿Un intercambio? Podría dibujar algo. A veces se comunicaba así, andaba con su libreta y un lápiz en el bolsillo del pantalón. ¿Te han cortado la lengua? ¿Se la comió el ratón? Todos deberían ser como él. No hablar, simplemente dibujar.

Había venido a la estación a relajarse. No había trabajo, ¿qué podía hacer? Se sentó en un banco cerca del quiosco y vio pasar a los hombres de traje y tirantes. Escuchó los anuncios, su mirada se perdió en los carteles en las paredes, tan coloridos. Contó las lámparas que colgaban del techo, las ventanas que dejaban filtrar la luz. Se acercó a la plataforma, vio los trenes llegar y partir. Eran flamantes, de metal que brillaba, parecían acabados de pintar, y hacían un ruido que adormecía, que no asustaba. Pitaban al entrar, pero el humo no salía. No se parecían a los trenes de su infancia, viejos, con pintas y dibujos en las paredes de los vagones. De niño, ingresaba a la estación de su pueblo cuando oscurecía, llevando frascos de pinturas. Podía pasarse horas dibujando en las paredes de los vagones los murales que había memorizado, fíjate, bien voluntarioso.

María Santa Ana tan chula y alocada. Una chica cotorra. ¿Cómo superarla? Toda la rutina le recordaba a María. Estaba buena. Tenía el culo caído, pero no importaba: las tetas grandes compensaban todo. Había de dónde agarrarse. Los otros hombres la miraban. Con la edad las mujeres se volvían gordas y feas, y luego había que decir es buena gente, es buena persona. María Santa Ana era las dos cosas a la vez: muy buena y muy buena.

Antes del primer año había quedado embarazada. De ahí al matrimonio el paso fue sencillo. Algunos le dijeron Cásate

Juan, que las piedras se te volverán pan. Otros, Cásate Juan, y en piedras se te volverá el pan. Escuchó a los primeros.

Hubo una hija. Y luego otra. Y luego otra. Y luego otro, pero él ya no estaba.

Se habían acostumbrado tanto al silencio que el primer hombre que le había hablado a María debió haberla sorprendido. Y seguro le encantó. Y los rayos podían caer siempre en el mismo lugar.

Ella lo había encontrado entero y dejado roto.

Era demasiado.

Se dirige a una de las paredes de la estación, entre el baño de hombres y el de mujeres. Saca su lápiz y escribe en la pared blanca, en letra grande: «Hoy va a llover».

Vuelve a escribir: «Hoy va a llover». Una vez más. Y otra.

Ha escrito la frase treinta y siete veces cuando se le acerca un uniformado y le pide sus papeles. Lo mira sin responderle. El uniformado le pregunta su nombre. Se queda callado.

Al rato llega otro uniformado.

En una de las salas de la comisaría a la que lo llevaron, uno de los uniformados le pidió a gritos que contestara algo, cualquier cosa, en cualquier idioma. Otro estuvo a punto de perder la paciencia y lo amenazó con su puño. ¿Y ahora qué? Eso, ¿ahora qué? Martín sacó su libreta y el lápiz. Dibujó un caballo alado. El vagón principal de una locomotora, con el humo que salía en círculos y lograba escaparse de la página. Túneles y plazas vacías. Cuadriculó el piso de la plaza, coloreó unos mosaicos de negro.

Fokin ritard, dijo uno de los uniformados. Lo dijo clarito, para que Martín lo entendiera. Martín no sabía qué le había dicho exactamente, pero sí que era algo malo. Estaba acostumbrado. La gente no le tenía paciencia.

Trajeron a un uniformado que hablaba español. Era grande, de espalda cuadrada y bigote canoso. Le habló con suavidad, repitió varias veces la palabra «carnal». Le pidió explicar qué tenía que ver el dibujo con él. Martín lo miró y no dijo nada. Se estaba bien ahí. Siempre y cuando no lo tocaran, no le molestaban los gritos.

Buenos tus dibujos, le dijo el uniformado. Pero ¿qué chingados quieren decir?

Le hubiera gustado contarles de María Santa Ana. Que vieran si tenía razón o no. Seguro que sí, pero uno nunca sabía. Eran uniformados, se pondrían del lado de ella. ¿No que su hermano le había dicho que María se había ido con los federales? ¿Que no? Quién sabe, quizás uno de ellos se había metido con ella. No había sido bueno dejarla sola. Ella debía haberse venido con él.

El uniformado escribió unas palabras en su libreta. No las entendió.

Se alisó los bigotes. Izquierda, derecha, izquierda, derecha. Que ni se les ocurriera dejarlo ir. No se estaba mal ahí. ¿Le darían de comer? ¿Cuántos días que no había comido bien?

Lo condujeron a una celda. Quisieron quitarle su libreta pero no se dejó. Juntó las palmas de las manos como implorando su perdón o bendición. Uno de ellos dijo algo y se fueron.

Esa noche se quedó despierto hasta tarde, dibujando en las hojas blancas.

Le trajeron una bandeja metálica con un plato de carne con lentejas. La carne estaba salada y dura pero se la comió con rapidez, atragantándose. Le dieron un vaso de agua, un pedazo de pan y la mitad de una manzana. Ahora sólo faltaba que le trajeran al doctor. El dolor de cabeza no lo dejaría dormir.

Los uniformados se habían puesto de acuerdo con los federales. María Santa Ana les había dicho dónde lo podían encontrar. Lo habían arrestado como un prisionero de guerra. Estaba tras las líneas enemigas.

Se cubrió con la cobija que le habían dejado, se tiró sobre un camastro que se ajustaba a su cuerpo. Tuvo pesadillas de locomotoras que se incendiaban y niñas ahogadas.

Al día siguiente vino un señor elegante a verlo. Se sentó a su lado en una sala iluminada, le dio la mano y le sonrió.

Mister Walker, dijo. Plisd to mit yu.

Si cerraba los ojos el señor Walker desaparecía. Si los abría, estaba allí, enfrente de él. Él creaba al señor Walker con un solo movimiento. Y también creaba el camastro y el piso y las paredes y el techo y el edificio y los uniformados y la estación de trenes y la ciudad donde había ayudado a instalar las vías del tren y el país donde cuatro amigos y él se habían extraviado en busca de trabajo y la frontera donde se separaron y el pueblo de San José de Gracia donde estaban María Santa Ana y Atanacio y sus hijos y el Picacho, adonde iba a cazar en su caballo retinto.

Pero no tenía caso porque los cerraba y aparecía su caballo y era el mismo y otro y aparecía su pueblo y era el mismo y otro y aparecía el cielo y era el de México y era otro.

El señor Walker le habló a Martín en español. Entendió que le decía que estaba dispuesto a defender sus derechos. Que tenía que decirle de qué país era para llamar a su consulado. Que si no les explicaba cómo se llamaba, de dónde venía, lo llevarían a la frontera y lo expulsarían del país.

Martín escribió en su libreta: M a r t I n. Había aprendido de niño a escribir su nombre, en las clases de su padre a los hijos de los trabajadores de la hacienda donde él y su madre se ganaban la vida. Pensó que no debía decir de qué país era. Mister Walker se hacía el que era su amigo pero lo que quería era sacarle información. Todo lo que fuera necesario, quizás para arrestar a Atanacio. Eran así éstos, traicioneros.

El señor Walker le preguntó por su apellido. Martín no lo sabía, nunca había tenido una tarjeta de identificación, y cuando se casó sólo puso una equis en un papel. Garabateó una equis en una hoja. El señor Walker lo miró como si no lo entendiera. Otra equis. El señor Walker le hizo una señal como para que se detuviera. Martín hizo otra equis. Y otra. Y otra.

Que viera que él podía hacer aparecer cosas cuando quería.

Cerró los ojos. El señor Walker desapareció. Que supiera de su poder.

El señor Walker extrajo de un recipiente la billetera que le habían quitado los uniformados. No había dinero ahí, no le podían robar nada. Sacó la foto de María Santa Ana y de sus hijas. Martín se enterneció. Allí estaba, una mujer muy buena y muy buena.

Teófila. Agustina, la del medio. Y Juana. De Candelario no había foto.

El señor Walker le preguntó el nombre de la ciudad de donde provenía. Martín se puso a mirar sus zapatos con fijeza.

El señor Walker se levantó y se fue. Martín volvió a su celda. El resto del día dibujó en su libreta sapos y lluvias de piedras.

Días después lo llevaron en una furgoneta a un edificio de paredes blancas y relucientes, con jardines bien cuidados. Él entendió que era un hospital.

Cerró los ojos para ver si desaparecía el hospital. Sí, desaparecía.

Los abrió. Era mejor no arriesgarse.

Quizás lo que necesitaba era que desapareciera su cabeza, no el hospital.

Pinche cabeza.

Estuvo todo el día yendo de sala en sala. Hombres y mujeres de mandiles blancos y guantes de plástico y zapatos de lona le pidieron que abriera la boca. Que la cerrara. Que se desvistiera. Que se echara en una camilla. Que se vistiera.

Le golpearon con un martillo en sus rodillas. Le auscultaron el pecho. Le revisaron la espalda. Apuntaron a su pecho con máquinas.

Se avergonzó. Quizás una de esas placas revelaría por qué le costaba tanto hablar.

Lo devolvieron a su celda.

Dos días después el señor Walker vino a explicarle algo. Martín entendió que lo trasladarían a otro edificio. Uno donde lo atenderían mejor. Sería por un tiempo, hasta que se resolviera la situación. No le preguntó qué opinaba, sólo le presentó con lo hecho.

Un hospital para prisioneros de guerra, concluyó Martín.

Tendría que combatirlo. Hacer que desapareciera. De niño había ido a un circo con su papá y los payasos lo pusieron nervioso y le dio coraje y cerró los ojos mucho rato pero luego tuvo pena de toda la gente que estaba en las graderías y los abrió y no le salió bien y sólo volvieron un payaso y una trapecista y un tigre flaco y él lloró porque no sabía dónde se habían quedado el elefante y el tragasables y los demás. Tenía que ser cuidadoso, aprender a utilizar lo que el Señor le había dado. Perfeccionar la técnica, de modo que todos volvieran o ninguno, no era bueno separar a la gente, que unos se quedaran allí y otros aquí.

El señor Walker le ofreció su mano y Martín la estrechó con fuerza y le sonrió.

4

Villa Ahumada, 1984

Medardo y Justino fueron a ocultarse a la casa de unos tíos en un pueblo cercano. Jesús vagó por las calles de Villa Ahumada y durmió en una plaza a los pies de un monumento a Fray Servando. Se metió en la iglesia del padre Joe y se refugió entre los bancos un par de noches. La nave era amplia, excesiva para el pueblo. Desde sus huecos en las paredes a los costados, lo vigilaban santos de yeso bañados en pan de oro. Santa Engracia, con la cara quebrada, dispuesta a ayudar en los males de amor, temblaba al calor del bosque de velas a sus pies. San Alonso, con llagas en el pecho y los pies encadenados, miraba al cielo en procura de que su intercesión ante el asedio de las enfermedades mortales surtiera efecto.

Sólo salía para comer. Vio en un periódico las fotos de Suzy destrozada por sus puñaladas («Se ensañan con mujer de la vida, asesinos»; «¡Se bebieron su sangre!»; «Policía no descarta ritual satánico»); rompió el pedazo con las fotos y la noticia, se lo metió en el bolsillo. Se distraía reviviendo lo ocurrido. No había voces, se trataba más bien de un silencio sobrecogedor: Justino y Medardo hablaban, pero él no los podía escuchar; la mujer gritaba, pero él no la podía escuchar. En ese silencio sólo existían la fuerza que lo cegaba, el cuerpo tirado en las escaleras. Había visto el cuchillo como una prolongación de su brazo y lo había descargado con violencia, como si eso fuera lo que se esperara de él. A cada golpe, con cada cuchillada que ingresaba en la carne con una facilidad de asombro, se sentía como el instrumento de un ángel vengador dispuesto a hacer justicia en la tierra.

Una mañana vio al padre Joe entrar al confesionario y decidió que era hora de hablarle.

Dos mujeres de negro rezaban arrodilladas en una de las filas de adelante. Jesús pasó a su lado, inclinó la cabeza a manera de saludo, se dirigió al confesionario. Se hincó. Hubo un carraspeo en el cubículo estrecho del confesor. Trató de ver el rostro a través de la rejilla. Sí, era el padre Joe. Un californiano de casi dos metros de estatura con la nariz y las mejillas rojas –producto de una rosácea galopante–, que en su juventud había trabajado en una refinería en Texas. En aquel tiempo su trabajo lo enviaba cada quince días a Monterrey; a él le encantaba cruzar la línea en busca de alcohol y putas. Se había enamorado de una de ellas y se quedó en Villa Ahumada, pero ella tenía un novio que la mató de un balazo al enterarse de Joe. Después de concluir que había sido su culpa, Joe prometió disculparse ofrendando su vida al Señor.

Padre, dijo Jesús. Tengo… algo que contarle.

¿Lo mismo de siempre?, el vozarrón del padre era intimidatorio. Habían pasado las décadas y el castellano era correcto, pero el acento no se le podía borrar.

En parte sí.

Dilo, necesito escucharte.

He deseado a mi hermana.

Eso ya lo sabía. ¿Y has vuelto a hacerlo?

¿He vuelto a qué?

Lo que ya sabemos. ¿Cuántas, desde la última vez que me visitaste?

Cuatro. O cinco.

Híjoles, vamos de mal en peor.

Usted conoce a mi hermana, padre.

No digas esas cosas. ¿Quieres que te aplauda? ¿Que te dé la razón?

Pero ese no es el tema, padre. Quería hablarle de otra cosa.

¿Te han venido a visitar los monstruos?

Jesús se quedó callado. Las pesadillas lo acompañaban desde hacía un par de años. Noches pobladas de monstruos de cabezas verdes y manos de nueve dedos. Jesús con una máscara y espada, peleando sin sosiego con los monstruos. Mejillas rasmilladas y sangrantes que en vez de empequeñecerlo lo envalentonaban. Cuántas veces había estado a punto de morir cuando, de pronto, un ruido había hecho que abriera los ojos y se encontrara con los objetos desparramados en el cuarto que compartía con María Luisa y su madre —cuadernos garabateados, vestidos con los elásticos rotos, paredes llenas de fotos con luchadores enmascarados y techos con grietas y telarañas, el armario en el que escondía revistas pornográficas.

Habla, hijo.

Por toda respuesta, Jesús sacó de su bolsillo el recorte de periódico y se lo entregó. El padre leyó la noticia y entendió.

Te doy veinticuatro horas para que desaparezcas del pueblo. Caso contrario, caso contrario... ¡hijo de puta!

El padre salió del confesionario y desapareció por una puerta.

Fue a esperar a María Luisa a la salida de la escuela. Se apostó junto a un cedro y se dejó llevar por el desorden de los guardapolvos blancos cuando sonó el timbre; los padres llegaban en carros y bicicletas, las hijas compraban caramelos y nieves en la puerta, se despedían agitando los brazos, besándose en las mejillas.

María Luisa emprendió la marcha junto a dos amigas; Jesús las siguió, ocultándose detrás de árboles y caminando junto a las paredes de las casas por si alguna de ellas volvía la vista. Jesús pensó que le sería muy difícil vivir en una ciudad que no estuviera habitada por su hermana.

María Luisa se despidió de sus amigas. Jesús se puso la máscara de Mil Máscaras y la siguió.

Llegaban a la casa cuando, de improviso, María Luisa se dio la vuelta y se dirigió hacia él. Jesús se quedó paralizado al verla acercarse.

Ella se detuvo a un metro de él.

Quítate la máscara, por favor.

Jesús respiraba como lobo acorralado.

Por favor, insistió.

Le quitó la máscara con un movimiento de su brazo derecho. Vio los ojos enrojecidos, los labios temblorosos, y le costó reconocer en esas facciones el rostro de su compañero de juegos, de su hermano. A Jesús se le vino a la mente un atardecer dos años atrás. Correteaban por unos pastizales cerca del río cuando María Luisa trastabilló y cayó; él se había tirado sobre ella haciendo ademán de ayudarla, y aprovechado para tocarle los senos esmirriados. Forcejeaba para bajarle los pantalones cuando ella le dijo, entre gritos y sollozos, eso no se hace por favor eso no se hace te quiero pero eso no eso no. Jesús pareció despertar al fin.

¿Cuándo vas a volver a casa? Amá está preocupada por ti.

Jesús quiso decir algo pero las palabras no salieron de su boca y se quedó mirándola. En el medio de la calle, María Luisa lo envolvió en un abrazo. Él apoyó la cabeza en el pecho que subía y bajaba, rebelde a los intentos de ella por aparentar la calma.

Soy yo, soy María Luisa, soy la de siempre, dijo ella.

Mejor que ella ni tratara de mentirle.

Le quitó la máscara y se marchó corriendo. No tuvo valor para mirarla a los ojos.

Jesús se fue del pueblo esa misma tarde, en un camión que se dirigía hacia Juárez.

5

Ciudad Juárez, México, 1985

Jesús despertó sobresaltado y sudoroso: en la pesadilla, su hermana se le aparecía con un cuchillo carnicero en las manos. Él le preguntaba a gritos si ella iba a usar el cuchillo y ella asentía y se le acercaba hasta que él abría los ojos en el instante en que María Luisa se abalanzaba sobre él.

Caminó en calzoncillos por la habitación en penumbras, levantó las persianas. Una troca mal estacionada sobre la acera en la calle Guerrero, en las paredes los afiches con la actuación de un cantante de música grupera, una pinta que decía: 2 DE OCTUBRE NO SE OLVIDA.

No tenía ganas de ir al trabajo, parchar llantas, engrasarse las manos con motores mal avenidos.

Braulio, su jefe en uno de los talleres mecánicos en la Curva, le había ofrecido la posibilidad de traer carros robados del otro lado. No era difícil, todo estaba arreglado, le hacían cruzar la línea y lo esperaban en El Paso o Landslide, donde le entregarían el carro. Luego volvía y lo dejaban ingresar al país sin problemas.

¿Y cómo paso al otro lado?

Con una mula. Nos encargamos nosotros. Si tienes que ir hasta Landslide nomás te subes a un tren de carga en El Paso.

La revisión…

Tenemos nuestros arreglos.

¿Con los gringos?

Todos tienen su precio, güey. Te regresas en el carro robado. Como si no pasara nada. De este lado la policía no revisa jamás.

Parecía fácil. Había pensado en hacer eso pero no volver. Quedarse al otro lado.

No terminaba de creerle a Braulio. Había algo en él que invitaba a la desconfianza. Era mejor ir a la plaza donde se reunían los que querían cruzar al otro lado. Esperar la llegada de los polleros, escuchar cifras. Sin embargo, no tenía el dinero suficiente. No debía quejarse: apenas estaba un año en Juárez, al menos tenía trabajo.

Agarró entre sus manos el muñeco de plástico de Mil Máscaras que estaba sobre el televisor. Mil Máscaras era de movimientos sigilosos que le permitían deslizarse detrás de sus oponentes sin que lo notaran; les hacía una de sus llaves, los tumbaba al piso y, montado sobre ellos, se declaraba victorioso. Hubiera querido ser como Mil Máscaras para cruzar al otro lado. Tener trucos capaces de derrotar la hostilidad de esos sujetos malencarados que custodiaban el ingreso a su país.

Su vecina escuchaba la radio a todo volumen, programas con noticias sobre los que se atrevían a cruzar al otro lado por su cuenta. Se le había pasado por la cabeza, pero le daba miedo. Apá, ¿habría estado por aquí? ¿Cómo lo habría hecho? ¿Solo, o con polleros y coyotes? ¿Seguiría vivo? ¿En qué ciudad estaría?

A veces se acercaba hasta el puente de la Juárez y veía el trasiego de tanta gente rumbo a El Paso; le hubiera gustado perderse en la fila, pero no tenía los papeles en orden. Asentía al leer las pintas en las paredes del río: «Ningún ser humano es ilegal», «Muerte al imperio». A lo lejos se recortaba la promesa del otro lado, con un cielo de edificios en los que destacaban algunos nombres: Wells Fargo, Chase.

Algo le pasaría a esa radio. Caería por el balcón. O a la vecina. Nadie se daría cuenta.

Estaban los que cruzaban el río por la parte delgada, cerca de El Paso, y corrían a la ciudad y se perdían en ella. Había que esperar que pasaran los jeeps de la migra en sus turnos de rutina, la alambrada al otro lado del río tenía partes rotas y caídas. Era la sugerencia de Braulio: arriesgado, pero si lo lograban tenían todo a su favor.

Se peinó frente al espejo quebrado en dos, se puso pantalones y una gorra de beisbol con el logo de la Universidad de San Diego. Salió al pasillo en el segundo piso de la pensión. Al rato se hallaba en la calle, el rostro golpeado por un viento terco y reseco.

La estación de trenes se hallaba camino al trabajo. Se dejó llevar por la curiosidad e ingresó al edificio de paredes de estuco y techo oblongo, con una estructura de fierros oxidados. Un sordomudo extendió la mano en procura de una limosna, pero él lo ignoró.

El letrero de llegadas y salidas anunciaba los nombres de ciudades al otro lado del río. Un policía lo miró con desconfianza. La vendedora de pasajes, rolliza y de largas trenzas, atendía sin descanso a una larga fila de pasajeros. Una familia acumulaba maletas al borde de las vías; los niños jugaban sobre una de ellas, negra y de polietileno.

Se preguntó por el costo de un pasaje.

Para qué, sin papeles.

Al salir de la estación vio a lo lejos la llegada de un silencioso tren de carga, la locomotora de líneas rojas y amarillas, los vagones herrumbrados de color plomizo. Cuando se acercó, leyó Burlington Northern al costado de uno de los vagones.

El tren le pareció interminable. La lentitud con la que se desplazaba por las vías lo conmovió.

Toda la tarde cambió aceites, reparó radiadores, reemplazó frenos gastados sin abrir la boca una sola vez. Debió aguantar las bromas de sus compañeros, que le preguntaban si era un retrasado mental. Si supieran. No, no sabían a quién provocaban.

Era mejor para él, para ellos, quedarse en silencio.

Cuando salió del taller se dirigió a la cantina donde trabajaba Rocío. Se sentó, pidió una chela. El lugar estaba desierto. Las moscas se posaban sobre las mesas y en las ventanas. Uno de los camareros resolvía de pie un crucigrama. El cocinero lo miraba con los brazos cruzados desde la puerta de la cocina. A través de los altoparlantes un aguardentoso cantor de corridos decía pertenecer a la «corte del Señor de los Cielos».

Esperó que terminara el corrido y se acercó a la rocola. Puso una canción de Juan Gabriel y luego una de ABBA.

Al rato apareció Rocío. Llevaba falda azul y blusa rosada. A Jesús lo atraían los senos opulentos, los muslos gruesos. Se había tatuado en el antebrazo derecho el nombre de un ex enamorado, decía que se lo sacaría cuando se armara de valor, dolía tanto. Jesús le dio un beso en la mejilla.

¿Qué ondas? No te esperaba tan temprano.

No había mucha chamba. El jefe nos dejó salir.

Lo contrario que aquí. ¿Todo bien?

Todo lo bien que pueden estar las cosas.

No me puedo quedar mucho.

Pero si no hay nadie.

Ya sabes cómo es el jefe. ¿Me buscas en dos horas?

Al menos déjame terminar la chela.

Rocío sonrió, le dio la espalda y se fue rumbo a la cocina.

Jesús la esperaba a la salida. La agarró de la mano y fueron a donde vivía Rocío, en una colonia en las afueras de Juárez, en una habitación con baño propio que alquilaba en la casa de una pareja de ancianos.

Cuando llegaron a la casa saludaron a los dueños antes de entrar a la recámara de Rocío. El viejo había sido policía, todavía recordaba los días plácidos en que los únicos arrestados eran los abusivos que cobraban por hacer cruzar al otro lado y luego no cumplían con lo acordado; ella pasaba las horas viendo telenovelas, a ratos creía que ese hombre que roncaba a su lado en un sillón era un intruso cuyo único afán era esconderle el control remoto cuando ella más lo necesitaba.

Rocío puso en la radio una estación que tenía en su repertorio a Madonna, Elvis Presley y José Alfredo Jiménez. Aumentó el volumen lo suficiente como para que los ancianos no los escucharan. Cerró la puerta con llave, bajó las persianas. Se sentó en la cama, tiró al suelo un payaso de plástico, apoyó la espalda en la pared y se ofreció, ansiosa, a que ocurriera el ritual de todas las noches.

Jesús le besó los labios mientras la desnudaba bruscamente. Acarició sus pechos con torpeza, los recorrió con sus dedos y su lengua. Le dio la vuelta, apretó su garganta como si ella fuera el payaso, y la penetró, ansioso, desmañado, agresivo. Ella se metió a la boca el crucifijo de plata que adornaba su cuello y lo mordió con los ojos cerrados, como aguantando la respiración bajo el agua. Él encontró un ritmo que los estremecía a los dos, y fue puntuándolo con golpes dolorosos en las nalgas de Rocío, manotazos que dejaban una coloración rojiza en la piel. Cuando sintió que se iba a venir, volvió a oprimir su garganta y llenó a Rocío de insultos. Ella creyó por un momento que se ahogaba, quiso decirle que se calmara, pero no lo hizo. Se vinieron al mismo tiempo.

Cuando Rocío recuperó el habla, le dijo que lo quería. Jesús le respondió entre dientes que era temprano para eso, y Rocío se arrepintió de haberle demostrado sus sentimientos. Cuando estaba sucediendo todo disfrutaba de la forma violenta en que la poseía, pero al volver en sí se sentía sucia, como si él hubiera manchado algo suyo que era sagrado. Y se decía, entonces, que un hombre que la poseía así, o mejor, un adolescente, porque todavía no era un hombre a pesar de todo el dolor y la rabia y la amargura que cargaba en sus ojos, no podía quererla. Ella estaba segura de que el amor sólo podía manifestarse con una gran dosis de ternura, y, había que reconocerlo, en él no había nada tierno.

Jesús se puso los tenis y los pantalones y dijo que tenía hambre.

¿Te preparo algo?

No te preocupes. Comeré en el camino.

Ella se cubrió el cuerpo con una cobija y no dijo nada. Le molestaba que él se quisiera ir apenas terminado el sexo.

Jesús se ajustó el cinto y dijo mañana tengo la tarde libre. ¿Quieres ir al cine? Han estrenado la última de Jackie Chan. Rocío contestó quién sabe, mañana será otro día.

Por favor apaga la luz antes de salir, se arrebujó bajo las cobijas.

¿Te vas a dormir así, con ropa?

Nomás voy a echarme un ratito.

Jesús le dio un beso en la frente. Apagó la luz y salió de la habitación. Cruzó por la sala al lado de los viejos, dormidos frente al televisor centelleante. Abrió el refrigerador en la cocina y se sacó una Tecate.

Por la tarde fue solo al cine. Se dirigió a una de las primeras filas para no tener que sentarse junto a nadie; se repantigó en la platea sucia, llena de palomitas de maíz y vasos de plástico en el suelo. Se rió con las peripecias de Jackie Chan, se emocionó al verlo pelear contra cuatro karatecas imponentes. Tenía una agilidad admirable y hacía todo sin despeinarse, como si fuera cosa de todos los días caer parado después de una voltereta hacia atrás o saltar de un edificio de ocho pisos para terminar en el techo de un camión en movimiento.

Papá tan serio en sus intentos de convertirlo en boxeador. Los golpes en la mandíbula, las fintas torpes en el patio. Él sabía pelear, sólo era cuestión de tiempo hasta acostumbrarse a los guantes y aprender a moverse. Lo podía hacer, pero era mejor ser alguien como Jackie Chan. O usar una navaja o un cuchillo.

Cuando salió del cine había oscurecido. El viento le golpeó el rostro, llenó sus ojos de tierra. Pedazos de papel periódico se enroscaban en los postes de luz. Caminó por las calles del centro sin dirección fija, a la inquieta espera de una señal salvadora, una iglesia en la cual encontrarse con el rostro familiar del padre Joe, un mercado en el cual corretear junto a sus primos, un téibol con una puta vieja, una escuela con un patio en el que una hermana corría y saltaba. Leía los afiches en las paredes, anuncios de un evento de lucha libre en el Gimnasio Municipal, la llegada de un popular cantante de corridos. Le temblaban los labios y apretaba sus dientes con fuerza, dejando que la mandíbula se tornara rígida. Lo ganaba la ansiedad.

Se encendieron las luces de sodio del alumbrado público. Con las monedas que le quedaban se comió ocho tacos al pastor en un puesto callejero.

Creyó que lo seguía una camioneta de vidrios ahumados y apresuró el paso. Con toda probabilidad era una falsa alarma, pero no valía la pena arriesgar.

Se fue a su cuarto en la pensión, se metió bajo las cobijas. No tardó en dormirse. Se despertó a las tres de la mañana sin estar seguro de dónde se encontraba o qué hora era. No pudo volver a conciliar el sueño.

Pensó en María Luisa y se dijo que todo ocurría por una razón, aunque a veces era imposible descubrir cuál era.

Al día siguiente fue a trabajar y volvió a recibir la oferta de su jefe de contrabandear carros robados desde Texas.

Es que la migra…

Si es en mula ni los verás. Y si te tienes que montar en un tren de carga no habrá ningún problema, lo solucionamos.

Era viernes, le dijo que lo pensaría y le daría una respuesta el lunes. Braulio hizo una venia con el sombrero y le guiñó. ¿Insinuaba algo? ¿Perdería su trabajo si no aceptaba?

Por la tarde llamó a Rocío y quedaron en que ella pasaría por la pensión a las nueve, luego podrían ir a bailar.

Lo despertaron los golpes a la puerta. Se levantó llevando consigo los fragmentos de un sueño: la guerra había estallado y él no encontraba su cuchillo por ninguna parte.

Era Rocío. La hizo pasar. Disculpas, me dormí. Llevaba una chaqueta de cuero, un top de lycra, pantalones apretados que no iban con sus sandalias blancas de taco alto. Había abusado del maquillaje, el color verde se fundía con el azul sobre los párpados y bajo los ojos, el lapiz labial se le había corrido.

Jesús se recostó en la cama, encendió un churro y le dio un par de toques.

¿Te cambias? ¿No que íbamos a bailar?

¿A poco quieres salir? ¿No estamos mejor aquí?

¿Y qué hacemos?

Es lo de menos.

Rocío aceptó el churro y se lo llevó a la boca.

No soy buena para estas cosas.

Jesús abrió una botella de tequila que tenía sobre el velador. Llenó dos vasos.

Siguieron fumando y bebiendo. A la hora, Jesús le dijo que iba al baño y salió de la habitación. Rocío se echó en la cama, de espaldas a la puerta.

Al rato, Rocío sintió una presencia en la puerta y se dio la vuelta. Había un hombre inmóvil al lado de la cama; se había puesto una máscara blanca con líneas negras y la miraba a través de las ranuras que se abrían como los ojos de una serpiente.

Rocío contuvo la respiración, se sentó de golpe sobre la cama.

¿Eres tú, Jesús? No me gustan estos juegos.

Un cuchillo brilló en las manos del hombre. Ella quiso gritar pero no lo hizo. En la atmósfera enrarecida de la habitación, en ese olor a comida guardada que se mezclaba con la ropa sucia tirada en el piso y un perfume dulzón, sintió la presencia de algo nefasto. Lo mejor era no hacer ningún movimiento, evitar provocaciones innecesarias.

¿Jesús?

El hombre se le acercó y puso el filo del cuchillo en su garganta.

Por favor…

Una bofetada la tiró a la cama. Las manos del hombre desgarraron su top y le bajaron los pantalones. Ella trató de no desesperarse y pensó en las estampas de Santa Clara el día de su primera comunión, en la forma en que había caminado al lado de su padre en la iglesia, los brazos entrelazados, pero sin sentir que se tocaban. La presión en el cuello la ahogaba y su rostro se extravió sobre el cobertor. Quiso irse lejos, muy lejos de esa habitación.

El hombre la embistió con violencia mientras ella se aferraba a una almohada y pensaba qué podría hacer una mujer en un momento así, tan lleno de tinieblas. Cuándo terminaría todo.

Él se vino y dejó de jadear y se puso a reír con una risa histérica. Ella conocía esa risa.

Rocío lloró como no lo había hecho desde hacía mucho. Lo agarró a golpes y él se dejó hacer sin parar de reír. Desgraciado, mil veces desgraciado. Se vistió, cubrió el top roto con su chaqueta. Tenía hipo.

No me vuelvas a buscar. Te denunciaré a la policía.

Jesús dejó de reír apenas escuchó la mención de la policía. Se sacó la máscara y luego dijo con un tono cariñoso que no dejaba de ser intimidatorio: ni se te ocurra.

Rocío salió de la habitación dando un portazo. Jesús se tiró sobre la cama y volvió a reírse hasta que le dolió la mandíbula.

Al día siguiente por la mañana Jesús habló con su jefe y le dijo que estaba listo. Braulio sonrió y le dio las instrucciones; cruzaría al otro lado al día siguiente, por la madrugada. Tomaría el tren de carga en El Paso.

Fue a la estación después del trabajo. Aprovechando que el lugar parecía desierto, caminó entre las vías hasta toparse con un tren que llevaba un cargamento de tubos de aluminio.

Se quedó viéndolo hasta que comenzó a moverse media hora después.

6

Braulio dejó a Jesús donde una mula, que le hizo cruzar el río en sus hombros anchos. En la luz leve de la madrugada, con el agua hasta las rodillas, Jesús recordó que de niño su madre le había contado que hizo ese viaje muchas veces, cuando necesitaba lana y debía emplearse de sirvienta o mesera en El Paso. Cuando tocaron tierra, Jesús salió corriendo rumbo a la estación de trenes de carga, muy cerca de la línea, en la calle Santa Fe. Se relajó cuando vio el pequeño edificio con el letrero Freight House sobre la puerta principal. No tuvo problemas en escabullirse entre los andenes y esconderse en el vagón de un tren.

La llegada a Landslide ocurrió dentro de lo esperado. Había visto los edificios altos de la ciudad desde el tren —la silueta de la ciudad que conocía a través de postales—, y luego, a medida que se acercaba, los letreros al lado de las vías —«KFC Texas-size buckets!», «New Coke: The Best Just Got Better..!»—, los perfiles recortados de las casas cerca de la estación. Las horas transcurridas tirado en el piso del vagón habían aterido sus músculos.

Escuchó el pitido del tren, el anuncio de su llegada. Disminuirá la velocidad pero no parará, había dicho Braulio. Cuando sintió el cambio de ritmo, se levantó y se acercó a la puerta del vagón: otras vías, y luego tierra, arbustos, basurales, una alambrada con huecos.

No debía pensarlo mucho. El tren iría dejando Landslide y él habría perdido su oportunidad.

Saltó.

Rodó por el suelo, se golpeó un hombro. Se incorporó con lentitud.

Caminó escondiéndose entre los arbustos. Cuando se sintió seguro salió a la calle. Una mujer obesa empujaba la silla de ruedas de un anciano; una güera arrastraba su maleta. Su presencia no llamó la atención de nadie, ni siquiera de un carro policía estacionado cerca de una esquina donde vendían hamburguesas. No podía creer que estaba en ese país que durante tanto tiempo imaginó como imposible.

Los contactos de Braulio lo esperaban en un bar de la estación. Se acercó a una gasolinera y pidió al encargado direcciones en inglés. Recibió la respuesta en español.

No le costó ubicarlos en El Dorado. Sólo había dos clientes en la barra, los sombreros de alas anchas. Se les acercó y le sonrieron.

Qué onda, ¿quién eres?

Don Braulio…

Mi pinche socio es todo un irresponsable. Nos ha mandado a un niño. Si nomás pareces de catorce, güey. ¿Que no?

Simón, dijo el otro.

Los dos se carcajearon con estrépito. Le extendieron la mano. No nos hagas caso. ¿Te sirvo un tequilita? Jesús no pudo decir no.

Una hora después salió mareado del bar. El Toyota que debía llevar a Juárez estaba en la acera enfrente de El Dorado; las placas era falsas y había barro a la altura de las puertas traseras y de la cajuela. Estaba bien conservado; un par de rasguños en el costado derecho del salpicadero, una cicatriz en el vidrio del foco delantero izquierdo.

El carro estaba estacionado a las puertas de una tienda en la que se leía sobre la puerta, en intermitentes luces de neón: V NT GE CLOT NG. Le llamó la atención un blazer gris en la vitrina. De uno de los bolsillos salía un hilo con el precio en un pedazo de cartón: $19.99.

Apenas entró se le acercó una rubia con un bronceado falso y un cinto grueso que le marcaba la cintura.

Jay, mey I jelp yu?

Le señaló el blazer; la rubia se lo trajo. Jesús leyó en la parte interior a la altura del cuello: «J. Crew, broken in, medium». Se acercó a un espejo de cuerpo entero en una esquina de la tienda. Le quedaba grande —las mangas hasta la mitad de las manos—, pero el color le gustaba. Se dirigió al mostrador y lo compró.

El motel recomendado por Braulio era el Cleveland y estaba cerca de la estación. Pagó con efectivo y se instaló en el cuarto. Una alfombra picada por quemaduras de cigarrillos, una tina oxidada. Un Nuevo Testamento de los Santos de los Últimos Días.

Agarró una pluma que estaba sobre el velador y dibujó en la hoja en blanco al final del Nuevo Testamento una planicie con un nopal y una sola persona en ella. Habría una explosión nuclear y él sería el último hombre en la tierra.

Durmió una siesta y se despertó con hambre. Salió en busca de algo que comer; tenía en el bolsillo una navaja. Leyó los nombres de las calles: Spruce, Austin, Benson. Era de noche y no conocía la zona, así que pensó que lo mejor era volver al El Dorado. Una vez allí pidió una orden de chicken wings y se quedó tomando en la barra. Pasaban un partido de futbol americano, los Empacadores contra los Broncos. Pinche suerte, no jugaba su equipo favorito, los Forty Niners. Joe Montana era un Dios. Qué brazo que tenía.

Salió borracho del bar.

Volvía por una calle peatonal que bordeaba la estación cuando escuchó pasos.

Una mujer caminaba delante de él, a unos cien metros de distancia.

Se puso a seguirla.

A lo lejos se escuchaban los gritos de un pareja enzarzada en una discusión febril. Debía apurarse.

Se acercó a la mujer. Quería hacerle saber de su presencia, asustarla. Palpó la navaja en el bolsillo. Era güera, llevaba zapatos de tacón alto y falda hasta las rodillas. Se dio la vuelta a medias, vio la sombra que se agigantaba en las baldosas de la calle. Oprimió la mano en el cinto de la cartera. Sus pasos se hicieron rápidos.

Hubiera querido que ella no corriera o gritara, pero hizo ambas cosas. La alcanzó y de un empellón la tiró fuera de la calzada, contra un arbusto. Le tapó la boca y le mostró la navaja. Ella tenía los ojos asustados y la piel erizada, le haría caso. Era apenas una chiquilla. De lejos parecía mayor, pero de cerca no le daba ni dieciocho.

Hurgó entre los lápices labiales y las fotos en la cartera, extrajo de la billetera una licencia de conducir y la observó con detenimiento, como tratando de memorizar los datos de Jannsen, Victoria. Encontró un pasaporte, se fijó en el escudo y en lo que decía bajo éste en un lenguaje extraño, no entendió de qué país era. Vio en la primera página la foto radiante de la chiquilla, los ojos verdes y un peinado diferente: antes era crespo, ahora lo tenía lacio.

Don't move, please, Victoria.

Le acarició el pelo. Sería rápido. Le subió la falda, le bajó las pantaletas. Ella se puso a llorar, dijo entre murmullos no, please, no. Silencio, carajo.

Ella trató de liberarse de ese cuerpo que la oprimía. Jesús volvió a decirle que se quedara quieta pero ella insistió. ¿Con que esas teníamos? Casi sin pensarlo, Jesús hundió la navaja a la altura de su pecho. Un movimiento seco fue suficiente.

Se quedó paralizada, con la boca entreabierta. El aire iniciaba el proceso de desaparición de sus pulmones; se le iba, se le iba, se le acababa de ir.

¿Y ahora, qué?

Nunca se había tirado a una güera.

Se bajó los pantalones y la penetró. Contó de cinco en cinco en su cabeza.

Se vino al rato. Si ella se hubiera movido habría sido diferente. Más divertido.

Le cerró los ojos. Estarás en un mejor lugar, ya lo verás. Tiró el pasaporte entre los arbustos, se metió las tarjetas de crédito en un bolsillo del pantalón y salió corriendo.

La luz del desierto estallaba en la ventana delantera del Toyota, resplandecía en la capota. En la media mañana, camino a Juárez, Jesús escuchaba rancheras en la radio.

Por la madrugada se había llenado los bolsillos de M&Ms, Snickers y Three Musketeers en un Seven Eleven. Tomó un sorbo de una lata Dr. Pepper. Había comprado un six-pack con la esperanza de que lo mantuviera despierto.

La carretera era recta y a ratos se descubría cabeceando. No había dormido bien. Un sueño inquieto lo tuvo despertándose cada rato, con pesadillas que incluían a María Luisa acuchillada. Había sido una noche sorprendente, como si la vida se hubiera convertido en una alucinación de la droga.

Podía repetirlo todo sin problemas. Ese contacto con el riesgo, esa dosis de estímulos desbocados, lo habían hecho feliz.

DOS

1

Landslide, 2008

Fui por la universidad antes de entrar a mi turno en Taco Hut. Todavía recibía correos en mi buzón en el departamento.

Caminé por edificios imponentes con columnas dóricas a la entrada, escudos decimonónicos y frases en latín en los pórticos, al lado de jardines con el césped recortado en los que estudiantes despreocupados jugaban al frisbee o hacían la siesta o discutían sobre *Gossip Girl* o leían *Paradise Lost*. Las texanas podían tener un look casual, pero era bien estudiado: no dejaban de maquillarse y de combinar los colores incluso si sólo llevaban shorts y flip-flops.

En una rotonda al centro del campus, una inmensa bandera de los Estados Unidos ondeaba orgullosa al viento. Era una espía aguzando la vista por el barrio que había sido mío, buscando rostros sospechosos, esos que en sus expresiones me dirían de su desazón a la hora de levantarse para ir a clases. Pero no, era difícil sospechar de alguien. Todos lucían la misma expresión esperanzada en el rostro. No había pasajeros en trance. Igual que yo durante un tiempo, hasta que vino la crisis, el momento en que decidí saltar al vacío.

No era sólo eso, lo sabía. No era sólo esa sensación de largo paréntesis de la vida que habían significado las clases en la universidad, la aguda sospecha de no estar formando parte del «mundo real». Dos años en los que saqué una maestría que no era útil para nada excepto para hacerme repensar la idea de continuar con el doctorado. Las dudas arreciaron, volvió el deseo de crear algo mío, el cansancio a la hora de hablar de la creación de otros. Lo cierto era que ese mundo no me pertenecía.

Bostecé. No había dormido bien. A las cinco de la mañana había sonado el celular: era papá, borracho, para decirme que me quería, que cuándo los visitaba, que quizás no lo volvería a ver más, quería unirse a la lucha autonómica en Santa Cruz. Entre sueños, le pregunté qué haría allá. ¿Quién te daría trabajo, a tu edad? Y apenas te queda un par de amigos. Lo provoqué diciéndole que era como ese pastorcito que de tanto gritar que venía el lobo ya nadie le hacía caso. Me tiró el teléfono.

Tomé el ascensor para llegar al cuarto piso en Gwain Hall. Sam estaba en clase, había calculado la hora de mi visita para no encontrarme con él; me hubiera preguntado qué hacía, y yo vine a buscar mi correo, y él por qué no me pediste que te lo buscara, para qué tanto lío. Todo era complicado con él.

La secretaria, Martina, se levantó para saludarme. ¡Perdida! Me dio un beso, estarás recapacitando. Te esperamos.

El Chair, un medievalista que había dedicado su vida a dibujar la topografía de los libros que enseñaba —el Amadís, el Cid—, me había dicho que las puertas estarían abiertas para mí. Si quería volver sólo necesitaba decírselo con un semestre de adelanto. Eso había sido ocho meses atrás. Mi renuncia al programa había sido vista oficialmente como una «licencia temporal». Me sentí querida, importante, pero sabía que no haría uso de esa opción.

Me despedí de Martina y saqué mi correo: —cartas para renovar la suscripción al MLA, ofertas de libros del IILI. En el pasillo, mientras veía las fotos de los nuevos estudiantes del doctorado con sus descripciones de manual —«descubrió la literatura latinoamericana en su adolescencia, en un viaje a México, cuando leyó *Cien años de soledad*», «entiende el presente al leer los clásicos; el *Quijote* es el libro más posmo que se pueda encontrar»—, se me ocurrió que Samanta debía nacer en otro planeta. Escaparía de allí y llegaría a la tierra, donde sería adoptada por una familia de enterradores que vivía cerca de un cementerio. Pasaría una infancia tranquila y luego descubriría que gente de su planeta se hallaba infiltrada en la tierra. Tomaban la forma de todos los mitos más aterradores de su nuevo hogar: podían convertirse en zombis, en vampiros, en chupacabras.

Ése era el mito de origen de mi personaje. Neil Gaiman vía los Transformers. Un comic meta, además. La clase de comic que podía dibujar una ex estudiante de doctorado.

Las puertas de las oficinas de los profesores estaban cerradas. Mina Swanson, la renacentista que conseguía que muchos alumnos se inscribieran en sus clases gracias a títulos osados («Sexo, Mentiras y Nada de Videotape: *La Celestina*»). Joan Barral, el fervoroso catalanista que en sus artículos era un cruzado en liza contra los escritores catalanes que escribían en castellano. Tadeo Konwicki, el polaco que analizaba a Élmer Mendoza a partir de Žižek y Jean-Luc Nancy. Ruth Camacho-Stokes, la experta en literatura latina, que preparaba un trabajo sobre las artes plásticas chicanas y su influencia en la narrativa contemporánea. En su puerta había un afiche anunciando para abril del próximo año una exposición de Martín Ramírez, un pintor autodidacta de mediados del siglo pasado, canonizado recientemente. En el afiche, un cuadro de Ramírez: un tren que salía de un túnel, cerros dibujados con líneas onduladas. No me llamó la atención. No me interesaba la cosa naif.

Me detuve en la puerta al lado del ascensor. En la ventana opaca estaban pegadas tiras de Calvin y Hobbes. Nada parecía haber cambiado.

La luz estaba encendida. Toqué la puerta. Escuché pasos. La puerta se entreabrió, se asomó la cabeza calva. No percibí en sus ojos ningún tipo de emoción al verme.

Hola, qué sorpresa. Pasá, pasá.

Dejó la puerta abierta, me invitó a sentarme. Tenía la camisa blanca arrugada, los pantalones de franela caídos; típica facha de profesor distraído. Le pregunté cómo estaba.

Con problemas con la autoridad, como siempre. De niño yo era de los que mordía a mis maestras. Y los decanos son una mierda. No se puede creer cómo joden.

¿Pasó algo?

No tengo ganas de hablar de eso, me pone de mal humor. Otro rato te lo cuento.

Sobre el escritorio había un calendario de Vasto, el pueblito en los Abruzzos de donde provenía la familia Colamarino. Fabián solía ir a Vasto a pasar los veranos; decía que era el lugar perfecto para escribir, aislado y con una playa increíble y helado y pizza («un oasis de paz en medio de un infierno de aburrimiento»). Me prometió que algún día iríamos allá juntos y yo le creí. Eso fue antes de descubrir que sus promesas no duraban.

La mesa estaba rebosante de libros y manuscritos.

Se escribe más de lo que se puede leer, ¿no? Cómo harás para sobrevivir.

Cada vez leo menos novelas. Bueno, en realidad cada vez leo menos y punto. ¡La cantidad de porquería que se publica!

Me indicó una pila de libros, hizo con la mano un gesto enfático de desdén.

Te podés llevar el que quieras.

Recordé el seminario que había tomado con él en mi segundo semestre, la claridad deslumbrante de sus ideas, las sorprendentes epifanías que tenía en plena clase. Yo tomaba notas y quería ser como Fabián Colamarino. Una profesora de literatura capaz de asombrar a mis estudiantes de la misma manera que él al aplicar sus ideas sobre Ángel Rama para una lectura renovada del siglo XIX. ¿Cómo lo hacía? No leía de apuntes, y sin embargo ahí estaban los argumentos arriesgados, el vuelo imaginativo delirante que siempre lograba aterrizar, magullado pero a salvo. Y así la fascinación me condujo a su cama en el tercer semestre. Fueron tres meses en los que descubrí su ansiedad competitiva, su capacidad para trabajar hasta la madrugada, los traumas y las angustias que lo atareaban, la sobredosis de alcohol y drogas con la que sobrevivía a la presión de ser considerado uno de los académicos más brillantes de su generación. Hubo días de maravilla, pero también un cambio de corazón del que todavía no me recuperaba.

Tomé la novela de un escritor ecuatoriano entre mis manos. Y me pregunté de dónde había salido tanta amargura. Cuando estaba con él se quejaba de «la falta de poesía de la vida», pero en ese entonces su entusiasmo por los libros, por la música, por el cine, por las ideas, era todavía superior a ese fango que veía aparecer por todas partes, amenazante.

Yo tampoco leo mucho últimamente, dije. Digo, novelas.

Pero si nos dejaste debe ser por algo, ¿no? ¿Cómo te va con los dibujos?

Las ideas están. A ratos pienso que eso no es suficiente. Se necesita disciplina y paciencia y yo no sé si las tengo.

El aprendizaje es largo. Te irá bien.

Sonreí: esos eran los gestos con los que me había comprado. Papá se rió cuando le dije que quería estudiar para ser diseñadora de videojuegos. A los catorce años una profesora descubrió un cuaderno con mis dibujos en Santa Cruz y me dijo que le daba pena que despilfarrara mi talento. El deporte favorito de mi hermano Toño era burlarse de mis historietas pobladas de superhéroes. Todos me decían que no podía tomar en serio mi vocación. Lo mío era apenas un pasatiempo.

Alguna vez, cuando creí que nos teníamos confianza, le presté a Fabián el manuscrito de un libro de cuentos y un cuaderno con story-boards. Fue despiadado en la crítica, dijo que lo mío eran refritos de Borges y Philip Dick, pero también me alentó: había talento ahí, los dibujos eran buenos y no me faltaba imaginación; era cuestión de insistir, trabajar mucho. Ésas habían sido las primeras palabras de apoyo que recibí, las que me hicieron creer en mí misma. A ratos pensaba que eso me ataría por siempre a Fabián. Para alguien que venía de un mundo poco afín a la creación artística, esa aprobación había tenido un peso excesivo.

Sobre todo estoy dibujando, dije. En realidad creo que la literatura como la conocemos tiene sus días contados. Este va a ser el siglo del relato gráfico, de los vooks y las novelas electrónicas en las que uno va a poder hacer links con Wikipedia, con YouTube.

Otra que quiere matar la literatura. Ponete en la fila.

Académicos como vos también la matan todos los días. Usan la teoría como un fin en sí mismo. Y escriben esos libros que sólo leen otros académicos.

Se hizo un silencio incómodo. No había venido a mostrarle mi rabia, pero ya lo había hecho. Traté de cambiar el tema.

¿Y cómo va tu proyecto interminable?

Cada vez más parecido a la máquina de narrar de Macedonio. Relatos que proliferan, que no terminan de encontrar el cauce unificador.

Quizás debas respetar ese caos.

Hay que respetarlo en la vida, no en la literatura.

En una de las paredes se hallaba enmarcada la cubierta del libro de Fabián sobre el modernismo, recién traducido al inglés. Me pregunté cómo se sentiría publicar algo tan rápido, apenas al tercer año de profesor asistente, y convertirse en material obligado de lectura y recibir elogios de todas partes. Había admirado ese libro, pero ahora se me aparecía como una confesión impúdica. No era casual que Fabián hubiera estudiado esos momentos en que los poetas del fin de siglo rechazaban la nueva sociedad del «rey burgués» (en la formulación de Darío) y se encerraban en lo que Herrera y Reissig llamaba la Torre de los Panoramas. No era casual que esa torre de marfil privada fuera la metáfora ideal para que Fabián desarrollara su argumento: la literatura latinoamericana tenía en apariencia lo social, lo político como tema central, pero en realidad el escritor, el artista, era un alienado de ese mundo, alguien más bien preocupado en crearse un refugio de esa bulla y vulgaridad modernas. Ése era Fabián para mí.

Deberías dejarme leer algo.

Lo que tengo no lo entiende nadie más que yo.

Pero al menos estás escribiendo.

Escribo y escribo. Y sueño que escribo que escribo.

Tocó uno de los manuscritos. ¿El que estaba trabajando? *Una teoría unificadora capaz de explicar toda la literatura latinoamericana.* Un proyecto alucinado, febril, neurótico, en el que consumió muchos años: dejó de publicar, de ir a congresos. Cuando lo conocí, le acababan de dar el tenure, pero la paradoja era que en su búsqueda del orden riguroso en la literatura su vida se había desbarrancado en el caos más completo. Mayra, su mujer —una dominicana que trabajaba en la biblioteca de la universidad—, había desaparecido dejando una nota en la que le comunicaba que se volvía a Santo Domingo y que no tratara de buscarla. Eran más las clases que cancelaba que las que daba, y sus adicciones llevaban las de ganar.

Tosió. Miré los libros en los estantes. Bhabha, Derrida, Sarlo, García Canclini, Culler, Spivak. Me armé de valor.

En realidad no he venido a eso. Podés leer y escribir lo que te da la gana. Es lo que siempre has hecho. Sólo que… no sé, nunca lo voy a entender del todo.

La expresión relajada del rostro se tensó, los ojos se agrandaron, alertas, hubo rigidez en la mandíbula.

Te lo dije de entrada y lo aceptaste. Todo estaba tan bien, y luego… Pero no te culpo, es inevitable. Una cosa lleva a la otra y de pronto lo que comenzó como joda termina en el altar.

Podríamos… volver a intentarlo. Estaría dispuesta a aceptar lo que propones.

No sé, no sé. En todo caso ya está hecho, ¿no?

Se dio la vuelta y volvió a su computadora. Se puso a escribir como si yo no existiera. Era su manera de despedirme.

Alguna vez me había dicho que yo jamás entendería su dolor por la pérdida de Mayra. No la conocí, había desaparecido el año antes de que yo llegara. Me contó que se había resignado a que ella no estuviera más con él, dijo que incluso había llegado a comprenderla, no soy fácil, soy un autista de corazón, estaba metido en mi mundo y me olvidé de ella.

Igual, era claro que le dolía, que se acordaba mucho de Mayra y todavía no se la había sacado del cuerpo. A ratos pensaba que no quería volver a tener una relación estable por miedo a que yo desapareciera de la noche a la mañana; no podía enfrentarse a la posibilidad de otra pérdida. Había preferido entonces anticiparse a eso, controlar de algún modo un posible futuro que luego se le podría escapar de las manos. Pero ahora era yo la que no sabía cómo hacer para vivir con la pérdida. A pesar de mí misma me había convertido en alguien similar a él; alguien que no sabía qué hacer con un corazón contrariado.

Sí, entendía su dolor. Era él quien no entendía el mío.

Ruido de voces y pasos en el pasillo. Le di la espalda a la puerta, como para que nadie me viera el rostro. Me levanté con el libro del ecuatoriano en la mano.

¿Qué tal es este escritor?

Dicen que es el mejor de Ecuador. Yo que vos, no esperaría mucho. Es como decir que un futbolista es grande porque es el goleador de la liga albanesa.

Salí de la oficina sin despedirme.

2

Demasiada gente en el pabellón donde a Martín le habían asignado una cama. Filas y filas de catres, como para los soldados en la guerra. ¿O para los prisioneros en la guerra? A veces dormían dos en un solo espacio, otros se tiraban al suelo y si tenían suerte recibían una cobija, una almohada. No faltaba el que prefería dormir bajo la cama. Los hombres y mujeres de uniforme blanco entraban y salían a cualquier hora, y había ancianos que se pasaban toda la noche despiertos mirando a una pared. Otros orinaban donde les daba la gana. Los más complicados eran los violentos, atacaban a sus compañeros de sala con cualquier excusa. Aprendió a no mirarlos a la cara.

Cerca de su cama había ventanas protegidas por mallas milimétricas a través de las cuales se veían los árboles y arbustos del jardín, el arco de piedra por el que ingresaban los carros, las colinas ondulantes y doradas en la distancia, el tren que pasaba con regularidad al mediodía y al atardecer. Las vías bordeaban un costado del edificio, donde terminaba el jardín, separadas de este por una hilera de árboles y una pared medianera de ladrillo visto.

En el arco de la entrada principal del edificio se leía: STOCKTON STATE HOSPITAL.

A sus compañeros de pabellón les habían rapado el pelo, como a él. No había color en sus mejillas y miraban con expresión ausente o aturdida. A algunos les faltaban dientes, otros tenían el cráneo aplastado o los labios hinchados o el cuello alargado. Sus cuerpos emitían sonidos constantes: hipaban o eructaban o gritaban o aullaban o lloraban. Por las noches escuchaba lamentos como de un perro moribundo, gemidos que le estremecían el alma y no lo dejaban dormir.

¿Y él, qué tipo de ruidos emitía? Aaaaaahhh. Aaahhhh. Eeeeaaaaa.

Nada que asustara, esperaba.

Salía todo del cuerpo de sus compañeros de sala. Los ruidos, primero, pero también líquidos y sólidos. Vómitos y flemas en la mesa del comedor. Pis y mierda en los pasillos. Diarrea y pus en las camas. Sangre y lágrimas en los baños. El olor lo golpeó las primeras semanas. El primer día le pareció que era punzante, como a amoníaco. Luego el amoníaco se mezcló a los otros olores, sobre todo al excremento. Se fue acostumbrando.

¿Y de él, qué salía? Muchos microbios, cada vez que tosía. La saliva se le agolpaba en los labios, luego había un hilillo de baba colgando.

Lo bañaban y lo afeitaban. La mayoría era amable, aunque había uno que nunca sonreía y le decía con rabia «filti mexican». La segunda palabra él la entendía, la primera no. ¿Filti? ¿Filti? En el baño había frascos de todo tipo y toallas y vendas y tubos de goma y una estantería de metal con bandejas y ovillos. Podía ducharse solo, pero, ya que ellos se ofrecían, por qué no. Prefería el agua tan caliente que la piel se le enrojecía y le dolía como si le clavaran mil agujas por todo el cuerpo.

En la tina cerraba los ojos y los enfermeros se iban. Aunque a veces alguno se las ingeniaba para meterse detrás de sus pupilas. Eh, ¿qué haces ahí? Debía darle un aventón para que se fuera. Y dejar que lo que viera fuera sólo un cielo negro y estrellado. Y luego le daba pena por ellos y abría los ojos para que volvieran y ahora sí, sonreían, estaban felices. Pobres. Había que dejarlos ahí. Si se portaban mal, ya sabían. No era difícil hacerlos sufrir. Vengarse de lo que le hacían a él. María Santa Ana estaría orgullosa de él. Era un prisionero que no se rendía. Un prisionero capaz de hacer que se arrodillaran sus enemigos. Creían tenerlo arrestado, pero en el fondo era él el que los tenía arrestados a ellos. La guerra continuaba en otro lugar, pero allí, bien al norte, él se las arreglaba para que no todos pudieran ir a pelear contra su país. Para que se quedaran, distraídos, cuidándolo. Para que María Santa Ana ganara tiempo. Porque estaba seguro de que ella no se había pasado al otro bando. Era como él, se hacía la prisionera para preparar el momento de la liberación. Las iglesias volverían a nacer. Las destruidas serían des-destruidas. Las incendiadas serían des-incendiadas. Viva Cristo Rey.

También le gustaba cuando venían a ponerle inyecciones y darle remedios. Escuchó cuando un doctor dijo: morfin. Cuando un enfermero dijo: escopolamin. Cuando otro doctor dijo: bromiur. Cuando alguien contribuyó a la causa: coldwater.

Las pastillas eran coloridas y hubiera querido coleccionarlas, pero entendía que debía tragárselas con un vaso de agua. Dejaba que las pastillas flotaran en el agua del vaso. Era como si el agua sostuviera las pastillas. Pero ¿no sería al revés? ¿No estarían las pastillas sosteniendo el agua? Pisaba el suelo de mosaicos del edificio y sentía que si no fuera por él el edificio levantaría vuelo y explotaría en el espacio. Ésa era una de sus misiones: sostener el edificio. El jardín. La tierra.

Desarrolló una tos crónica. La cabeza le dolía todo el tiempo. Sólo se tranquilizaba cuando se ponía a dibujar. Los enfermeros y doctores eran atentos y le traían cuadernos y colores. A veces le escribía cartas a María Santa Ana y a sus hijos, pero escribir no era el término exacto: en vez de palabras contaba de sus días en imágenes coloridas, un hombre de sombrero que entraba y salía de edificios bajo un sol muy amarillo.

Los enfermeros le pedían que dibujara cosas para ellos. Una vez entró a la oficina de uno de los doctores y encontró uno de sus dibujos enmarcado en la pared. Pero su dibujo no le llamó tanto la atención como los demás grabados. Un hombre sentado en una silla en medio de una pradera, a su lado otro hombre con una tenaza y en la mano una piedra extraída de la cabeza abierta del hombre sentado. Un hombre tirado sobre una mesa y un murciélago revoloteando en torno suyo. Dibujos de instrumentos que parecían de tortura. Pacientes como él, con cara descompuesta y lenguas salidas y ojos saltones y sonrisas como si estuvieran borrachos.

Las fechas: 1583. 1623. Tanto tiempo, y los pobres seguían mal.

Le asignaron trabajos manuales en el exterior del edificio. Algunos días le tocaba cortar el pasto y podar las plantas en el jardín; otros lo llevaban a una granja, y entonces él debía ordeñar o limpiar la bosta de las vacas, bañar a los cerdos o cortar la lana de las ovejas. Comenzó a dibujar animales. Al cabo de un tiempo no lo vigilaban, entraba y salía con plena libertad.

Veía de tanto en tanto al hombre que lo había traído al edificio. Le hacía preguntas de todo tipo en una mezcla de inglés y español, Martín las entendía a medias pero no podía responderlas del todo. Una pregunta constante era: what year is it? Eso entendía. Y Martín rebuscaba con sus manos en los bolsillos de sus overoles como si la respuesta estuviera allí, y luego sacaba una mano con el puño cerrado, y la abría y le mostraba al señor Walker aquello que había atrapado, y luego escribía en un papel «24 agosto 1925».

El señor Walker le corrigió una vez: «June 16, 1931». Y otra «October 9, 1931». Y otra «January 20, 1932». Martín seguía rebuscando en sus bolsillos.

El hombre le mostraba dibujos en una pantalla en la pared y le decía que escogiera el más grande, el más delgado, el más redondo. A veces le mostraba manchas en un papel y él no sabía para qué eran, pero sí lo distraía la forma que él podía imponer en ellas, pescados o flores o casas. En ocasiones la visita no era tan grata, porque lo llevaban a una sala vacía y lo hacían sentar sobre una camilla y le ponían cables en la sien y luego las vibraciones lo sacudían y lo dejaban adolorido durante varios días.

Eeeeeehhhh.

Una vez el señor Walker hizo que mirara un péndulo oscilante durante un buen tiempo, hasta que Martín perdió el conocimiento. Que no lo provocaran. Podía cerrar y abrir los párpados rápidamente. Aquellos que habían desaparecido no tendrían tiempo de reaparecer enteros. Volvería sólo la mitad de su cuerpo, o sólo pies y brazos, o un hombro flotante, o una cabeza sin nada que la sostuviera. Ya le había ocurrido una vez, allá en su pueblo.

Que. No. Lo. Provocaran.

El hombre le regalaba revistas en las que había dibujos y fotos. Él veía y tocaba las letras: Sa tur d ayEv en ing P ost. Lif e. Ti Me. Había noticias en titulares grandes, fotos y textos que contaban lo que estaba ocurriendo en el mundo. Pero nada de eso le llamaba tanto la atención como las páginas dedicadas a la publicidad. Una mujer con una cofia en el pelo estiraba los brazos y le ofrecía un jabón. Los brazos parecían a punto de salirse de la página. Martín la miraba ensimismado, se parecía mucho a María Santa Ana. Ésta era blanca y güera y tenía la nariz respingada, pero el encaje del rostro era el de su mujer buena y buena. Por las noches soñaba con la mujer del jabón, que se escapaba de las páginas de la revista y venía a echarse en la cama junto a él, y se acababan los dolores y los ruidos y el olor a amoníaco mezclado con mierda.

Otra de las páginas de la revista mostraba un tren metálico, luminoso, flamante, y una familia abordándolo feliz. No le había tocado ver de cerca esos trenes recién salidos de la fábrica, de líneas aerodinámicas y con nombres sugerentes a los costados —AZTEC EAGLE era el que más le gustaba—, los que pasaban cerca del edificio blanco eran más viejos, de metal enmohecido, y cuando construía las vías era obvio que tampoco podía verlos porque sólo llegarían una vez que él y los otros trabajadores dejaran asentados los durmientes y se colocaran los guardagujas y las barreras que impedían accidentes,

y se construyera la estación donde desembarcarían los pasajeros y donde también abordarían el tren. Porque no se puede
sólo desembarcar. Y tampoco sólo abordarlo. Aunque la familia feliz lo que quería era subirse al tren tan pronto como
fuera posible, y luego perderse en un viaje por todos los confines de ese país, quién sabe, llegar incluso a la frontera, ingresar a México, hacer el viaje de vuelta. ¿No sería interesante? Imaginar que no era él ni otros mexicanos los que eran
expulsados de su país y debían buscarse la vida en el norte,
ganarse unos pesos para que sus familias pudieran vivir dig-
namente, enfrentarse a la noche solos, sin sus mujeres, sin sus
hijos, lejos, bien lejos, extrañando. Imaginar que los gringos
de familias felices eran los expulsados de su país, los que iban
rumbo al sur en busca de trabajo y comida para sus mujeres y
sus hijos, porque, claro, las familias felices no eran tan felices,
faltaba todo, las deudas se los comían, pobres. Sí, eso era. Los
mexicanos se quedaban en México, los güeros cruzaban la
frontera. ¿No sería mejor así?

¿O no sería incluso mejor que nadie se fuera a ningún lugar? Dolía tanto, irse. Uno debía quedarse en la casa donde
había nacido. En la calle donde había nacido. En el rancho
donde había nacido. En el pueblo donde había nacido. En la
región donde había nacido. En el país donde había nacido.

Donde. Había. Nacido.

Pero, si era así, entonces el tren no tendría razón de ser.
Y las fronteras tampoco. Y los países tampoco. Ah, Martín,
ésa no te la imaginabas. Puestos a escoger, ¿preferías un mundo sin trenes o con trenes?

No lo sabía. Sí prefería un mundo con revistas. Con páginas dedicadas a dibujos y fotos de trenes. En las noches, los
trenes se salían de las revistas y viajaban por sus pupilas. Él viajaba en esos trenes sentado al lado de una güera que se parecía
a María Santa Ana y estiraba los brazos y sonreía y le ofrecía un
jabón.

No estaba mal el jabón. Siempre necesitaba limpiarse en el
edificio blanco.

Hubo una época en que nada lo tranquilizaba y lo sujetaban a la cama con cintas. Gritaba con tanta fuerza que en pocos minutos la sala se vaciaba. Un enfermero lo abofeteó una vez para calmarlo, pero Martín siguió gritando. Lo encerraron en una habitación sin ventanas en la que había un gordo con una cicatriz en la sien derecha. Entendió que lo querían asustar: si sigues portándote mal te cortaremos la cabeza como al gordo y meteremos la mano ahí y nos robaremos tu cerebro.

Esas semanas no lo dejaron salir al jardín ni a la granja. Tampoco le permitieron dibujar, y le quitaron sus revistas. No era agradable pasar tantas horas al día en el edificio principal, y sin nada que hacer. Terminaría como esos ancianos que lo único que hacían era mirar al techo. ¿A cuánto rato de fijarse en una pared aparecerían manchas en ella?

Cuando pasó ese período volvió al jardín. Una tarde, estando solo mientras regaba las plantas, se largó a correr y se escapó del edificio. Llegó a la ciudad y no supo qué hacer. Se detuvo en una esquina y miró fijo a la gente que pasaba. Una señora se asustó y preguntó qué le ocurría. Martín pronunció incoherencias. Dos jóvenes quisieron ayudarlo y él les sacó la lengua y se puso a toser y luego se bajó el pantalón y se masturbó delante de ellos. Alguien llamó a la policía.

Al rato, volvía a estar en su cama, en su sala, en el edificio. ¿Su edificio?

Lo llevaron a la sala de los cables y volvieron a hacer que su cuerpo se sacudiera con electricidad.

Había una tormenta. Él era el lugar donde explotaban los rayos.

Aaaaahhhh.

Semanas después el señor Walker pronunció su veredicto delante de otros doctores y Martín: dementia praecox, catatonic form. Martín no entendió nada.

Más cables. Más tormentas. Más rayos.

Volvió a escaparse cuatro veces más. En una de ellas terminó muy lejos y estuvo varias noches en la cárcel escuchando el ruido ensordecedor del tren que pasaba por las cercanías.

Las otras veces sólo aguantó tres o cuatro días antes de volver al edificio blanco por su cuenta. En las noches debía dormir en la calle o en un parque y le hacía frío; nadie le daba de comer; no tenía dónde dibujar.

¿Qué sería de María Santa Ana? Debía seguir arrestada por los federales de su país. Estaban en lo mismo, luchando contra un enemigo común que les había quitado sus animales y sus hijos y quemado sus iglesias.

Volvería a su rancho y lo des-destruiría. Volvería a su pueblo y las imágenes de la Virgen serían des-desquemadas. Ya verían. Cuestión de abrir y cerrar los ojos.

No hablaría. No la traicionaría.

Se puso a dibujar trenes. Caballos con alas y jinetes con sombreros. Mujeres desnudas montadas a caballo. Cuando extrañaba San José, dibujaba sus casas, sus ranchos, sus iglesias, sus árboles, su familia, sus animales, sus fiestas —en las que había hombres y mujeres bailando y tocando diferentes instrumentos musicales, sobre todo un guitarrón—, sus corridas de toros. Su colorado retinto. El Picacho. A veces trataba de que todas esas cosas formaran parte de un solo dibujo, con lo que debía pegar con cinta adhesiva varias hojas de cuadernos.

Empezó a recortar fotos y dibujos de revistas, que incluían caras de mujeres, aviones, carros. Sus preferidos los sacaba de las propagandas de jabones y trenes. Pasaba las horas sentado en el suelo pegando esos recortes a sus dibujos. Al señor Walker le gustó lo que hacía. What day is it?, le preguntaba. Y Martín no respondía. February 21, 1936, escribía él. December 2, 1937. July 13, 1939. January 5, 1942.

Así llegaron a 1948.

3

Juárez, México - Smithsville, Texas, 1985

Jesús viajó por Texas un par de veces más. Le gustaba la tranquilidad del viaje en el tren de carga; pasaba la mayor parte del tiempo echado en el piso del vagón, levantándose de rato en rato para estirar las piernas, asomar la cabeza por la puerta entreabierta y dejar que el viento le golpeara el rostro. Todavía se asustaba cuando sentía que el tren desaceleraba al acercarse a una estación. Se echaba en el piso, cruzaba las manos sobre el pecho, cerraba los ojos. Sentía a los agentes de la migra acercarse al vagón junto a sus perros. Una madrugada, un agente asomó la cabeza por la puerta. Jesús sintió la mirada penetrante en la oscuridad, los ladridos del perro que trataba de escaparse de la correa de su amo. Al rato, la puerta se cerraba, los pasos se alejaban acompañados por los gruñidos del animal.

También le tocaron los agentes en El Paso antes de que partiera el tren, él ya escondido entre las cajas metálicas de un vagón. Le asombró que lo dejaran tranquilo, como si fuera invisible. ¿Cuánto sería la mordida? Mucho, los pendejos gringos eran caros. Había escuchado que un funcionario de la embajada en el D.F. recibía treinta mil dólares al mes por autorizar visas para los miembros de un cártel.

Braulio le ofrecía chambas en la ciudad, servir de chofer de invitados especiales, recogerlos del aeropuerto y llevarlos al hotel. Iba al supermercado a hacer las compras de Braulio. Le gustaba manejar su flamante Ford Explorer negro con los vidrios polarizados, ver a la gente y no ser visto por ellos.

Con el correr de los días se le fue haciendo claro que Braulio, a pesar de su apariencia de pequeño comerciante, era un pez gordo. O al menos un pez mediano. Estaba casado, pero tenía el dinero suficiente para mantener a Paloma, una chiquilla de su edad. Le pagaba el alquiler de su departamento cerca del Instituto Latinoamericano, le hacía regalos caros: pieles de armiño en un clima que no daba para ellas, un televisor de pantalla gigante, cintos con incrustaciones de diamantes. Paloma era diminuta —Jesús se la imaginaba en la cama aplastada por la barriga de Braulio—, pero cuando sonreía los ojos se le iluminaban y hacía sentir su presencia a los hombres que se le acercaban. No era su tipo, pero entendía qué le había visto don Braulio.

Salía con Coquis, una puta de pelo teñido que vivía en la colonia Anapro y prefería el sexo crudo, sin adornos; no le interesaban los juegos que a él le llamaban la atención. Cambiar posiciones no era suficiente para Jesús; también quería atarla, darle golpes en el culo, bofetadas en las mejillas. En una ocasión, borracho y drogado, la había mordido en el cuello hasta hacerla sangrar. Ella se asustó. Él le explicó que cuando se entregaba de verdad no conocía límites. ¿Acaso no quería ella que él fuera todo suyo? Dejarse ir significaba tener impulsos caníbales: deseos de rasguñarla, ganas de que llorara de un dolor que también era felicidad. El argumento no convenció a Coquis.

Esos días, esas semanas, no pensó mucho en María Luisa. A veces se acordaba del padre Joe. Algún día encontraría la forma de hacerle saber lo bien que le iba.

Dejó de ir al taller y se convirtió en ayudante personal de Braulio. Hacía de chofer, guarura, chico de los mandados.

Cuando tenía tiempo libre veía los deportes en la tele: lucha libre, beisbol, futbol americano.

Se acercaba a la ventana de la sala, al patio. Miraba el exterior, los árboles polvorientos en la acera. Sentía dentro de él una energía acumulada que pugnaba por liberarse.

Una madrugada que estaba con Coquis en su cuarto, se levantó de la cama, abrió un armario y buscó la máscara de Mil Máscaras; se la puso y volvió a la cama. La desnudó con rabia mientras ella, entre sueños, preguntaba qué ocurría. Nada, carajo. Le dio una bofetada y se la metió. Coquis estaba seca y a él le ardió la verga. Ella reaccionó y le mordió la mano. Él se llevó la mano a la boca.

Qué te pasa, por Dios. Soy yo, qué te pasa.

¿Debía buscar su cuchillo? Tenía fresco en la memoria lo que había hecho en Landslide, la sensación poderosa de la sangre que le bullía por todo el cuerpo cuando se deshacía de esa chica llamada Victoria. Y la puta del California, ¿cómo se llamaba? Lucy, Suzy… ¡Suzy! Quería repetir esa experiencia. Mujeres. Todas cabronas, como su hermana. Ya verían ellas cómo las ponía en su lugar.

Mientras buscaba en una cómoda algo para aliviar el dolor, Coquis recuperó el aliento, se vistió y se fue. Le gritó que no la buscara más.

Braulio le pidió que volviera al otro lado. Había que recoger un Ford Explorer de Smithsville. Los Explorer eran nuevos y estaban de moda; ya nadie quería los Bronco, habían quedado retechicos en la comparación.

Aceptó. Tenía ganas de escaparse de Juárez por unos días.

En el tren, en un vagón oloroso a orín y con un cargamento de cajas de metal, volvió a sentir el vértigo, la libertad de movimientos. Se sentía avanzando hacia el futuro. Llevaba puesto el blazer gris porque le traía suerte; no lo había querido tocar, ni siquiera le había arrancado el cartón con el precio que colgaba de uno de los bolsillos.

Pasó por pueblos pequeñísimos en los que no paraba el tren, campos secos y extensos en los que se divisaban tractores, figuras diminutas correteando detrás de vacas, puntos blancos y amarillos que se inclinaban en el suelo para recoger ¿qué? Cuando llegó la noche, se excitó. Se sentía abrazado por la oscuridad. El tren iría frenando pronto, al acercarse a la estación de turno, y volvería a comprobar su poder. Porque había llegado a la conclusión de que algo lo protegía y nada malo le ocurriría.

Esta vez había vivido la revisión del tren en El Paso sin sentir que esa escena repetida se hubiera convertido en algo rutinario. No hubo perros junto al agente, pero igual hubo la emoción al ver que se acercaba a un metro de donde estaba él, tirado en el piso del vagón. Sus ojos se encontraron y el agente dijo algo en inglés, quizás una maldición, antes de continuar su recorrido de vigilante sobornado.

Debía haberse traído algo para comer. Sólo llevaba un paquete de M&Ms y dos barras de Snickers en los bolsillos del blazer. Tenía hambre y faltaba un par de horas para la culminación del viaje.

A los cuarenta y cinco minutos el tren disminuyó la velocidad. Cruzarían por un pueblo. ¿Y si se bajaba ahí? Su estómago hacía ruidos intranquilos.

El siguiente tren de carga pasaría dentro de doce horas. Habría un retraso, pero los contactos de Braulio no harían nada hasta su llegada. Quizás llamarían a su jefe, le preguntarían qué había ocurrido pero nada más. Braulio les diría que esperaran. Jesús era su hombre de confianza, jamás le había fallado, seguro nada más un percance en el camino.

Casas recortadas junto a la vía del tren, luces amarillentas y rectangulares de las ventanas, sombras conjuradas sobre los techos. Todo tan apacible, valía la pena una visita.

Saltó del vagón y, aunque cayó parado, sintió un dolor agudo en la rodilla. Se puso a caminar con una leve renguera.

Una casa con una ventana entreabierta. Las luces del primer piso estaban apagadas pero había vida en el segundo, a juzgar por el reflejo de una televisión encendida en la ventana de una de las habitaciones.

No le costó nada saltar la barda, cruzar el jardín, llegar a la ventana. La abrió por completo y se encontró en una sala con sillones antiguos y un piano cubierto por una funda de plástico. Hojeó las revistas sobre una mesita al lado de un sofá –*People*, *AARP Magazine*–, y por un momento se imaginó con una vida prestada en ese país que no era el suyo, recibiendo amigos durante las noches, cortando el césped los sábados por la mañana, viendo televisión con su mujer e hijos los domingos por la noche, un perro o un gato a sus faldas.

Le dio asco esa fantasía, tener esa vida.

Encendió la luz de la cocina, abrió el refrigerador. Había lonjas de jamón de pavo en una bolsa de plástico. Se las comió todas. Terminó una manzana y un queso. Se sirvió un vaso de leche, sacó una caja de galletas de una alacena. Un calendario en la parte superior del refrigerador, un imán con un dibujo del presidente Reagan y otro con el chihuahua de Taco Bell, fotos de una anciana de pelo blanco junto a tres mujeres, ¿sus hijas? Se las veía felices. El esposo, ¿habría muerto?

Podía salir de la casa, vagar por el pueblo hasta que se hiciera la hora del paso del tren. Pero se quedó abriendo alacenas. ¿Qué quería?

Sus movimientos eran cada vez más bruscos, sentía que se le había acelerado el corazón.

Cerró con fuerza una de las alacenas. Escuchó pasos en el segundo piso, una voz desde el rellano de la escalera.

Is that you, Joyce?

Ya sabía lo que quería.

Honey, tell me something, please. Don't scare me like that.

Abrió cajones, se hizo de un cuchillo.

¿La esperaría? ¿O iría en su búsqueda?

4

El Ranger Rafael Fernandez ingresó a la casa acordonada por cintas amarillas. La puerta principal estaba abierta, los policías iban y venían. Al entrar a la sala saludó al capitán Smits, que hablaba por walkie-talkie con uno de sus subordinados. Sin dejar de hablar, el capitán le señaló la escalera que daba al segundo piso. Había marcas de tiza en el suelo y los escalones inferiores, indicaban el lugar donde había sido encontrado el cuerpo de la anciana, ya en la morgue.

El capitán dejó de hablar y se acercó a Fernandez. Apoyó su mano en uno de los hombros de Fernandez, con esa manera campechana tan suya. El ranger retrocedió. No le gustaba que la gente se le acercara demasiado.

¿Alguna novedad?

Olivia Havisham, setenta y cinco años, viuda, maestra de escuela jubilada.

El capitán le pasó una carpeta con fotos polaroid de la escena del crimen y los informes del forense y del patólogo. Las fotos lo disgustaron: el asesino se había ensañado con la mujer.

Le cortó la garganta con un cuchillo y luego se lo clavó en el pecho, dijo el capitán. Según el informe del forense, la muerte no fue instantánea. La anciana tuvo tiempo de darse cuenta de lo que le ocurría.

De lo que le estaba dejando de ocurrir.

Eso. El motivo parece haber sido robo. Los cajones donde la señora guardaba sus joyas fueron revisados concienzudamente. Una de las hijas dice que faltan aretes, pulseras, cadenas. Joyce es la única que vive aquí, las otras dos ya han sido avisadas, deberían llegar esta tarde.

Fernandez recordó uno de los axiomas que había escuchado de un agente del FBI especializado en perfiles de criminales: el asesino siempre deja algo en la escena del crimen y se lleva algo de la escena del crimen.

Sabemos lo que se llevó, dijo, devolviéndole la carpeta. ¿Qué fue lo que dejó?

Huellas por todas partes. No fue algo premeditado. Tampoco parecía interesado en no ser descubierto.

Fernandez le preguntó si podía pasar al segundo piso. Mientras no toques nada todo estará bien, dijo Smits. Según el forense se supone que no deberíamos ni caminar por aquí. Ensuciamos su escena del crimen, ¿no te parece irónico? Dejamos huellas por todas partes. En fin. La hija está en el dormitorio de su madre. No quiere moverse, no se ha repuesto del shock.

Me imagino.

Pero no era verdad que se lo imaginaba. Su madre en Abilene, frágil, toda huesos en la cama del asilo, veía televisión las horas en que se encontraba despierta, incapaz de reconocerlo cuando él entraba a visitarla. Una embolia la había dejado sin habla; a veces abría la boca y le mostraba su lengua, una mitad quemada como si un rayo la hubiera sacudido. Fue así, después de todo: con el infarto, muchas neuronas del cerebro habían sido arrasadas, y al hacerlo se llevaron consigo los circuitos que comunicaban con la lengua, la articulación de las palabras.

A lo que iba: prefería tener a su jefa así que tirada sobre una plancha de metal en la morgue.

¿Sospechosos?

Había una ventana abierta. El asesino no la conocía, me parece. Vio la ventana abierta, entró a robar, se encontró con la anciana, la mató. Todo muy limpio.

La ocasión hace al ladrón.

Quizás el ladrón ya estaba hecho. Aunque bien torpe. Pronto sabremos si está prontuariado.

Fernandez carraspeó, asomándose a las fotos de la anciana y sus hijas en las paredes. En la puerta de un restaurante. Cerca de una pista de esquí. En una plaza que parecía ser de un pueblo mexicano. Una familia truncada más. Pero la muerte no había hecho más que seguir deshaciendo lo que ya estaba roto: no se veía al padre por ningún lado. La muerte sólo aceleraba el proceso gradual de descomposición en el que se hallaban todos inmersos desde el momento en que nacían. Sólo tenía que pensar en su propia familia. En Cherise, a quien alguna vez quiso y a la que ahora odiaba con una fuerza que lo sorprendía. En sus hijos, a quienes se había entregado cuando eran niños y que ahora, recién ingresados en la adolescencia, lo veían como un ser extraño, alguien que hablaba inglés con un acento muy fuerte (le corregían la pronunciación de *comfortable* y *vegetable*, era *evakiueizion* y no *evacueizion*, en *salmon* la *ele* era muda, decían que usaba los artículos para todo, *pass me the Tabasco, please, I want the ice cream*), incapaz de escucharlos, de darles los consejos que necesitaban.

Subió al segundo piso acompañado por Smits. Había venido apenas se enteró del asesinato. El pueblo no estaba ni a una hora de Landslide. Era un día relativamente tranquilo, estaba con tiempo libre y su jefe pidió voluntarios para ver lo ocurrido.

Antes de ingresar al cuarto de la anciana en el segundo piso, Fernandez se acercó a la ventana en el pasillo entre la escalera y la habitación. Las cortinas estaban descorridas y el polvo flotaba en el ambiente. Desde ahí se podía distinguir con claridad la forma tentadora en que la casa se ofrecía a la gente que pasaba junto a la calle al lado de las vías del tren. Una anciana sola, muy dispuesta a ser robada o incluso violada o asesinada. Había locos por todas partes, o mejor: todos estaban locos, esos días. Algo había en el ambiente que enrarecía la actitud de la gente. En el hombre más cuerdo había la tentación del estilete cercano para cortar una conversación mal encarada, un revólver para dejar sin vida a aquel que se animara a alzar la voz.

La hija, Joyce, se hallaba despatarrada en un sillón de mimbre en una esquina de la habitación; arrodillada a su lado, una mujer policía o una enfermera o ambas cosas a la vez le tomaba el pulso. Fernandez se acercó, murmuró un tímido lo siento, inclinando la cabeza, y se dio la vuelta sin esperar respuesta. Le incomodaba fatigar la intimidad de los deudos. Le había ocurrido más de una vez, era lo que menos le gustaba de su profesión. Los muertos muertos estaban; los vivos se quedaban con el problema o el dolor, con las deudas y las explicaciones y las medias verdades, sin saber por dónde comenzar a rellenar ese hueco inmenso o quizás no tanto que acababa de crearse gracias al capricho de un ladrón o un accidente, eran tantas y tan fáciles las formas de irse del mundo.

Se acercó a revisar las paredes, los cuadros de madera, recuerdos de un viaje a Guatemala que narraban una cosmogonía. La enfermera se levantó y se fue.

La anciana se había echado sobre la cama a ver televisión y se cubrió con la manta café con diseños novomexicanos que se encontraba sobre la almohada. En el velador, una pila de libros y revistas. Fernandez se inclinó a hojear los títulos. No le interesaba enterarse de nada de sus compañeros de trabajo o vecinos cuando estaban vivos, pero apenas visitaban la muerte todos los detalles adquirían relevancia. Qué leían, qué cereales tomaban, a qué hora iban al gimnasio, cuáles eran sus programas favoritos de televisión. Esos detalles servían para que ese muerto que ya no podía hablar se las ingeniara para decir lo suyo. Casi todos eran indiscretos y curioseaban en las vidas de los otros con los que se compartía el mismo espacio; alguien tenía que preocuparse por los que ya no estaban.

¿Y qué decían esos libros? Que la señora Havisham estaba preocupada por sus ahorros. Que soñaba con un viaje a la Riviera Maya. Que leía novelas policiales sacadas de la biblioteca municipal: Elmore Leonard, Ruth Rendell, P.D. James.

Hubiera sido interesante: la anciana leía una novela policial sobre un asesino de ancianas que ingresaba por la ventana a las casas de sus víctimas, cuando un asesino de ancianas había ingresado por la ventana de su casa y la había asesinado.

Pero no. Ella lo que hacía era ver televisión. Preguntaría de qué canal se trataba. El programa que veía, ¿podía decir algo sobre su muerte? Con toda probabilidad, no. Pero a Fernandez esos detalles le importaban.

Se acercó a la hija. No necesitó abrir la boca para que ella se pusiera a hablar.

Es mi culpa, dijo. Mamá se quejaba de su soledad, quería irse a vivir a un nursing home. A mí esa idea me parecía intolerable, así que le insistí que no, le prometí que la vendría a visitar más. Todo, sin embargo, era más urgente que visitarla. La dejé sola.

Calma, dijo Fernandez, apresurado: no quería verla llorar.

Le hubiera dicho lo que alguna vez le dijo a otro familiar en circunstancias similares: todos, en el fondo, estamos solos. Pero había aprendido que esas palabras no consolaban a nadie, así que se quedó callado.

Si lo que quiere saber es si eché de menos algo especial, de valor, dijo ella, pues no. Faltan muchas joyas, pero el que se las llevó parece que no escogió nada. Simplemente se metió al bolsillo lo que pudo. Faltan libros de la biblioteca, pero eso supongo que no cuenta. Ella era bien distraída, los dejaba por todas partes, la de multas que tuvo que pagar. No sé si distraída es la palabra, la memoria le fallaba.

El de Joyce era un rostro noble. Un rostro digno, pese a lo pronunciado del contraste entre las mejillas tersas y las patas de gallo. Era una mujer joven no tan joven.

Muy descuidada, su madre. Collares, anillos a la vista de todo el mundo, nada bajo llave.

Ah, sí, así era ella. Le insistimos tanto que hiciera tasar sus joyas y las metiera en un cofre en el banco. Las chicas de la limpieza le robaban cosas. Y yo le decía, mamá, no aprendes. Y ella, qué puedes esperar, son pobres, hay que ayudarlas.

Como si su función en la vida fuera estar ahí para que le robaran.

Rafael pensó en los robos de poca monta cuando tenía doce, para ayudar a sus papás que chambeaban de ilegales en una maquila en Calexico. Pero eso no había durado mucho. De niño en Mexicali había soñado con ser policía, pero se decepcionó muy pronto cuando se enteró de que esos agentes encargados de velar el orden eran los mismos que se aparecían cada primer viernes de mes en la licorería de su papá amenazando con cerrarla si no pagaba. Cuando la situación se hizo insostenible y un incendio «accidental» dio fin con la licorería, sus papás decidieron irse al otro lado. Meses después, al pisar el suelo de los Estados Unidos, Fernandez tuvo la convicción de que no había vuelta atrás, ése era su nuevo y único país.

Antes de salir le pidió que se acordara si había visto a alguien sospechoso merodeando por la casa de su madre. Si podía pensar en un jardinero, en una chica de la limpieza, en alguien capaz del asesinato.

Joyce lo miró con desgano, como si hubiera querido sacar de él una promesa de encontrar al asesino para luego ocurrírsele que no, no valía la pena, eso era muy trillado.

Me puede contactar para lo que se le ocurra.

Smits lo esperaba en el rellano de la escalera.

La prensa está ahí afuera, dijo. Algo habrá que decirles. Es necesario alimentarlos.

Rafael pensó que quizás era mejor que no le asignaran el caso. Una culpa menos con la que lidiar si no encontraba al criminal. Lo perseguían los fantasmas de los muertos que le habían tocado y cuyos asesinatos no se habían logrado resolver. Ese arquitecto acuchillado en su oficina por uno de sus socios, libre por falta de pruebas; esa chiquilla noruega, el cadáver cerca de las vías del tren en Landslide, y jamás un sospechoso…

Dígales que las investigaciones siguen su curso, hay varias pistas, lo de siempre.

Planeo algo mejor, dijo Smits. Decirles la verdad. Que no tenemos sospechosos. Que el asesino desapareció como si se lo hubiera tragado la tierra. Como si fuera invisible.

Eso será alimentar el morbo.

Perfecto, ¿no?

Quizás el capitán tenía razón. Ya había pasado la época en que la misión de la policía era calmar los ánimos exaltados de la población, ofrecer la seguridad de que el orden volvería a ser restaurado. Corrían tiempos histéricos en los que la policía, para ganar la partida, debía azuzar los ánimos de la gente; hacerles ver su inseguridad, motivarlos a denunciar al sospechoso que merodeaba por su vecindario, despertar en ellos el fervor de la turba dispuesta a linchar a un extraño por el solo hecho de ser un extraño.

Se despidió de Smits; le dijo que se daría una vuelta por la morgue antes de volver a Landslide, le pidió que lo mantuviera informado.

5

Juárez, México; diversas ciudades
de Estados Unidos, 1985-1988

Jesús aceptó más viajes al otro lado. Al principio lo esperaban con los carros listos para que se los llevara; luego, él mismo debía robarlos. Braulio confiaba en la habilidad que había mostrado en el taller para desarmar carros, abrir sus puertas o encenderlos sin necesidad de llaves.

No tardó en convertirse en un ladrón experto. Las trocas y los SUVs se le resistían al inicio, pero luego comenzaron a caer.

Aprovechaba para explorar el país en los trenes de carga. Iba a todas partes con un bolsón azul de lona, de los que usan los tenistas para guardar sus raquetas, y el blazer gris, no importaba lo sucio que estuviera.

Una de sus rutas favoritas tenía a California central como meta. A veces iba por Dening, Tucson, Yuma, Palm Springs y Los Ángeles, para luego subir por Bakersfield hacia Stockton. Otras, iba a Bakersfield por Albuquerque y Gallup, Flagstaff y Barstow. También le gustaba viajar hacia los Great Lakes. Para ello se dirigía primero hacia Landslide, y después iba subiendo en el mapa por Dallas, Texarkana y Little Rock hasta Saint Louis, que le servía como base de operaciones para enrumbar hacia Chicago y Detroit. Al comienzo no le interesaban los nombres de los lugares a los que viajaba; luego fue memorizando itinerarios y descubriendo que todo se le facilitaba si sabía hacia dónde ir y a qué hora partían y llegaban los trenes.

En los pueblos y ciudades a las que llegaba de noche, saltaba del vagón e iba en busca de casas desiertas a las que desvalijaba de joyas y otros objetos que podía meter en el bolsón. Vendía esos objetos en casas de empeño; se quedaba con los que más le gustaban.

A veces veía gente en las casas, estudiantes o ancianas solas, y le tentaba ingresar. Entraría para robar, pero el robo sería apenas una excusa para lo que de veras le interesaba. Mujeres que lo ignoraban cuando lo veían cerca de una estación o en un supermercado. Gabachas incapaces de aceptar su existencia. Sería fácil despacharlas. La tentación era enorme, pero lograba refrenarse. No quería meterse en líos.

Buscaba lugares donde comer gratis, iglesias y tiendas de The Salvation Army. Trataba de practicar su inglés rudimentario con los curas y voluntarios que lo atendían, con los vagabundos y mendigos que se sentaban en su mesa. Seguía todo lo que podía a los Niners.

Fue arrestado por agentes de la migra mientras el tren en el que viajaba hacía una parada en Brownsville. Abrieron las puertas del vagón y lo encañonaron; Jesús dormía tirado en el suelo y se despertó sobresaltado. Lo esposaron y lo llevaron a una oficina. Después de preguntarle su nombre e ingresar en la computadora los datos falsos que él les había provisto, le dijeron que lo iban a devolver a México.

What's your real name, son?

Jesús María José González Reyes. Pero él no se los diría así nunca.

Jesús González Riele.

Estaba bien así. Otras veces había usado Reyle, Reyles.

Le dijeron que lo salvaba el hecho de que era apenas un chiquillo. Pero no lo vuelvas a hacer, son. Don't push your luck.

Uno de los agentes escribió en el libro de incidentes: «Arrest teenager illegally hopping freight train in the U.S. Return him to Mexico through Brownsville».

De regreso a Juárez, Jesús decidió que la experiencia, en vez de intimidarlo, lo animaba a volver. Ahora sabía que, si lo detenían de nuevo, los riesgos de que lo enviaran a una cárcel eran mínimos. A lo sumo lo escoltarían de regreso a la línea. Le darían de comer y un buen lugar para dormir. No estaba mal.

Al poco tiempo fue arrestado por la policía en un tren de carga en Sterling Heights, Michigan. La culpa la tuvieron los tres borrachos que se habían subido al mismo vagón que él. Jesús les dio otro nombre falso: José Reisel González; al no encontrar en la computadora un registro con ese nombre, la policía lo envió a McAllen. La migra de McAllen lo devolvió a México dos semanas después.

Lo que entusiasmó a Jesús de ambos encuentros era que había podido hablar en inglés con la policía. Con uno de los agentes mantuvo una conversación sobre Jerry Rice. El agente se mostró sorprendido: I thought you guys liked soccer down there. Soccer is for sissies, había respondido Jesús, y el agente se rió y le palmeó la espalda.

Podía decirse que entendía algo de cómo funcionaba el país detrás de la línea. Era un gigante tosco, desmañado. Como todos los gigantes, tenía vulnerabilidades que no se veían fácilmente. Cuando se las descubría, era fácil usarlas para beneficio propio. Los policías eran capaces de conmoverse al ver sus ojos de niño asustado. Las viejitas, las parejas jóvenes, dejaban sus puertas abiertas para que él hiciera de las suyas. En las casas de empeños no le pedían papeles. Decían que habían endurecido las medidas contra los inmigrantes, que el país no podía aceptar tanta invasión, pero él no sentía esas restricciones. Pese a sus quejas, necesitaban a gente como él. A arrestarlo, preferían mirar a otro lado.

Se sentía inquieto, pero al menos no lo visitaban esas visiones de incendios e inundaciones que acababan con el mundo y habían alterado su paz durante tanto tiempo. Hasta podía ser capaz de reconciliarse con María Luisa. ¿Qué sería de ella?

Cuando estaba en Juárez pasaba la mayor parte del tiempo lejos de casa. Iba a cantinas, a la Plaza Monumental de Toros y a las carreras de perros. Veía lucha libre en la tele, se emocionaba cuando Mil Máscaras le cortaba la cabellera a algún osado que se había atrevido a desafiarlo.

Un día Miguel, uno de sus viejos compañeros en el taller de Braulio, le dijo que no le gustaba la lucha.

Es que nomás todo es puritito teatro. A poco crees que esas llaves, esas planchas, esas patadas voladoras, no están preparadas con tiempo. Show de los buenos pero show nomás, güey. Antes de la pelea se reúnen los empresarios de la Arena México y de la lucha y ahí mero mero deciden quién va a ganar, qué llaves se van a seguir, en qué orden. ¿O tú qué crees?

Jesús empujó a Miguel, lo hizo caer y lo pateó en el suelo. Otros compañeros lo separaron.

Al día siguiente Braulio le llamó la atención y le dijo que no quería problemas entre sus trabajadores. Jesús se disculpó.

Con el paso de las semanas fue comprobando que Miguel tenía razón. Quiso seguir disfrutando del espectáculo pero ya no podía. Veía a los mismos luchadores en la televisión, a Mil Máscaras dando vueltas por el ring, pero no era lo mismo. Ese salto, ese aventón, esa llave… Tenían años de engañarlo. ¿Cómo era posible? Tanta adoración, y al final resultaba que eran pura farsa. Nada los diferenciaba de los actores de cine. A eso, mejor aplaudir a Jackie Chan.

Sacó las máscaras que tenía guardadas en un armario, hizo una pila con ellas y las roció con kerosén y tiró un fósforo y se sintió mejor.

Se reunía con Los Satánicos, una pandilla de muchachos que vivía en una casa abandonada en la colonia Bellavista. Había mesas de billar, canchas de futbolín y una rocola en el primer piso; con la música rock a todo volumen, Jesús inhalaba cola y pegamento, y luego salía a los burdeles de las calles Mariscal y Acacias. También iba a cantinas en busca de chicas solas de las maquilas. Hubo un par de violaciones. Decía que ellas las habían provocado, por coquetear y luego hacerse las interesantes.

Se emborrachaba, fumaba yerba.

Vendía en Revolution mall los collares y aretes que robaba, y escondía el dinero en un locker en la central camionera; allí también guardaba algo de ropa y un revólver robado en Detroit.

En el verano pasó tres semanas al mes detrás de la línea. Robaba un carro cada dos semanas; el resto del tiempo lo pasaba en los trenes de carga, robando casas cada vez más grandes. Así adquirió dos revólveres. Parte del dinero conseguido lo usaba para adquirir drogas. Dejó la yerba, se inició en la coca. La cara se le hinchó, aparecieron manchas rojas en las mejillas. Por las noches sudaba y volvía a tener visiones de incendios y lluvias, de abismos que se abrían en la tierra.

Una vez, al romper un vidrio para ingresar a una casa, se hizo un corte en un dedo. Vio chorrear la sangre como hipnotizado, se dejó llevar por su olor a cobre; se metió el dedo a la boca y sintió un sabor metálico. Improvisó una venda con un pedazo de tela de uno de los bolsillos de su camisa e hizo que parara el goteo, pero luego descubrió que quería ver que saliera más sangre y tiró la tela y no entró a la casa.

Estaba tratando de refrenar sus impulsos más violentos. Había escogido casas vacías de forma deliberada. Sin embargo, sentía que le era cada vez más difícil controlarse. Robar casas y carros con facilidad no le producía la sensación de vértigo y euforia del cuchillo en la mano, dispuesto a dar fin con vidas innecesarias.

Alguien lo había enviado a hacer lo que tenía que hacer.

Un verano tomó un tren de carga hacia la Florida. Era más lento de lo habitual, lo cual le permitió bajarse varias veces a asaltar casas y salir corriendo y subirse al mismo tren antes de que abandonara el pueblo.

Hubo escalas en Saint Petersburg, Boca Raton, Fort Lauderdale, West Palm Beach.

En la estación de West Palm Beach, alquiló un locker para dejar las joyas y el dinero adquirido y se subió en un tren rumbo a Miami.

Eran las seis de la tarde cuando saltó del tren al pasar por un barrio en las afueras de la ciudad. No le costó encontrar una casa vacía. Era verde, de dos pisos, de madera y con un jardín bien cuidado.

Ingresó por la puerta automática del garaje, que estaba abierta. En el garaje había un Toyota rojo con una abolladura en la puerta de la cajuela, y a su lado espacio para otro carro; ¿habrían ido a hacer compras, a cenar? A un costado, una cortadora de pasto y dos bicicletas amarillas; en una repisa de aluminio se amontonaban herramientas para trabajar la madera. El bote de basura hasta el tope, bolsas de centros comerciales, un cajón con los adornos de la navidad pasada.

En las paredes del primer piso había fotos en marcos de metal. Ella era morena y regordeta, tenía el pelo negro y los ojos achinados. Él era rubio y pecoso, alto, deportista (muchas fotos jugando al tenis).

Un estéreo y un televisor en la sala. Videos de películas de horror, una colección dedicada a Drácula y al Hombre Lobo. Compacts de Gloria Estefan y Miami Sound Machine, Luis Miguel, Stevie Wonder.

En las paredes de un escritorio en el segundo piso estaban los títulos: ella era dentista, él oftalmólogo. En la pantalla de la computadora, una foto de los dos en un barco, el atardecer violeta a sus espaldas.

Ingresó al dormitorio principal.

Había dado dos pasos cuando de pronto una silueta saltó de la cama y se dirigió corriendo a una puerta a la derecha. Era una mujer. Saltó detrás de ella y se aferró a la manilla de la puerta e impidió que se encerrara en el baño. Se le abalanzó tratando de tirarla al piso, pero se le escabulló y volvió al dormitorio. Jesús se dio la vuelta y la siguió.

Sintió un golpe en la cabeza. El impacto lo tiró al suelo. Trató de incorporarse pero no pudo: la mujer se le venía encima y lo mordía y jalaba de los pelos. Forcejeó por liberarse. Él era más pequeño pero tenía que ser más fuerte. La empujó con todas sus ganas y logró escapar. Se incorporó, resollando. La vio armada con un palo, corriendo rumbo a las escaleras y gritando histérica; salió detrás de ella.

La perdió de vista. Quizás se había dirigido a la casa de uno de sus vecinos.

Tomó las llaves de un carro en un aparador al lado del teléfono. Entró al Toyota en el garaje. Hizo contacto: el motor explotó en un ruido de engranajes sobresaltados. Salió a la calle, vacilante. ¿Adónde ir?

Enrumbó hacia la derecha, condujo tres cuadras hasta encontrar la intersección con una avenida. Giró hacia la izquierda. Los letreros y los semáforos lo aturdían: había señales por todas partes. Nada se comparaba a dejarse ir en los vagones de un tren de carga, que todo comenzara a moverse mientras él, tirado en el piso, veía por las rendijas de la puerta el desfilar intermitente de paisajes. Y cuando conducía era en un territorio familiar, unas cuantas calles de ciudades que conocía bien y luego la libertad de la carretera.

La policía lo detuvo dos horas después, mientras trataba de alejarse de Miami. Había conducido noventa millas.

A los dos meses, una corte del estado de Florida encontró a Jesús culpable de asalto agravado, ingreso ilegal a una casa y robo de un carro. Jesús tuvo algo de suerte: no lo relacionaron con sus anteriores crímenes en Texas.

Le dieron veinte años, la misma edad que tenía.

6

Landslide, 2008

Estaba escribiendo una versión de «Luvina» con zombis cuando sonó el celular. Era Fabián. ¿Interrumpo? Puedo llamar más tarde.

No vas a llamar más tarde. ¿Y a qué se debe?

Rememorando viejos tiempos. ¿Te animás a visitarme?

Era la medianoche, estaba en shorts y una polera para dormir, las luces del estudio apagadas excepto la lámpara del escritorio. Había sido un día agotador en Taco Hut; después de una siesta para recuperarme recién comenzaba a escribir.

Le pregunté si estaba bien.

Depende. Un par de gin-tonics que se me subieron rápido.

Ah, es por eso.

No sólo por eso.

Podía haber hecho un mejor esfuerzo por justificar la llamada.

Llego en una media hora.

Colgué.

La puerta principal estaba entreabierta cuando llegué. Llovía: las hojas de las plantas en el jardín brillaban. Bajé de la bici, pisé los charcos del sendero de grava por el que se llegaba al porche, embarré las botas por la ansiedad de estar nuevamente en ese territorio que había sido mío.

La casa tenía más de un siglo, había sido restaurada hacía una década pero aun así su piso y paredes de madera no paraban de rechinar. Woodstock, el gato cenizo de Fabián, me miró desganado desde el porche. Dejé mis botas sobre el felpudo, en el vano de la escalera la bicicleta negra de Fabián; apoyé mi bici en una de las paredes del pasillo a la entrada. Había una luz encendida en la cocina, pero nadie en el primer piso; no era raro, Fabián sólo bajaba cuando se le ocurría cocinar. Subí las gradas casi a saltos. A lo lejos, en el cuarto al final del pasillo, se escuchaba la voz de Billie Holliday, una de esas canciones de amores desencontrados e imperfectos en los que se especializaba Fabián.

Estaba sentado en su cama mirando la mesa ratona en la que se apilaban los libros. Su mirada se posó en mí aunque no estaba segura de que se hubiera percatado de mi presencia. Volvió a hundir los ojos en la mesa ratona. Observé el cuarto con detenimiento, cerciorándome de que todo estuviera en su lugar, de que en mi ausencia nada se hubiera alterado. Las fotos borrosas de un eclipse y de un cometa tomadas por un telescopio. La portada de un *Saturday Evening Post* de 1932 con un dibujo de Norman Rockwell en el que el tema era una chiquilla dibujante, Fabián coleccionaba citas meta sobre el arte, dibujos sobre dibujantes, textos que se referían a otros textos.

A un costado del velador dos relojes de mesa, el de su habitación y el de la sala, completamente trizados. ¿Y eso?, pregunté señalando a los relojes.

Su tictac me estaba volviendo loco, así que los agarré a martillazos. Luego me di cuenta de que fui un idiota. Porque el tiempo sigue avanzando. Y porque quizás el mensaje de fondo era que no había que dormir. Que en realidad no hay que dormir nunca. Tres, cuatro horas al día y ya. Es duro cuando estoy despierto pero más todavía cuando cierro los ojos. Así que entre un mal y otro lo mejor es quedarse con los ojos abiertos. Pero no te preocupés, haré todo lo posible por dejarte dormir.

Había en sus ojos la promesa cansada de alguien que quiere coquetear pero en el fondo sabe que está más allá de esos juegos y no cree ni en sus palabras ni en sus gestos, hechos más por la costumbre, activados de manera inconsciente por la memoria del cuerpo. Hubo, sí, otras noches en que ese coqueteo tenía consecuencias. No quería ponerme melancólica, así que aparté esas imágenes de mi cabeza.

Fabián movió su nariz como reacomodando las fosas nasales y se echó en la cama. Me acerqué a una silla atiborrada de libros, los puse en el suelo y me senté.

Para alguien que dice que los libros son una porquería, los hay por todas partes. Un Kindle te vendría bien.

La costumbre es lo último que se pierde. Terminaré mi manuscrito y no volveré a abrir un libro en mi vida.

No hay por qué ser tan tajante.

¿Por qué no? Es la única forma de llegar a algo.

Estamos solemnes esta noche.

No jodás, bolita, sacó una bolsa de polvo blanco de bajo la almohada. Creí que tardarías más. ¿No te querés echar a mi lado? Hay espacio, aunque no haya espacio.

¿Y así miramos los dos al techo?

La tormenta sacudía las paredes de la casa. Un rayo iluminó la noche en una ventana y dejó ver, en el patio del vecino, las ramas de dos árboles que se golpeaban entre sí, entrelazadas como espadachines en duelo.

Quise ver en Fabián alguna forma intensa de sentimiento hacia mí, aunque fuera negativa. Pero sabía que me engañaba, que a lo sumo se trataba de indiferencia disfrazada de cordialidad. Sus pasiones se habían congelado mucho tiempo atrás. Mi desafío era no dejar que me pasara lo mismo, evitar que lo que sentía por Fabián —esa mezcla de deseo y rabia— creciera hasta el punto de convertirse en un mito personal que ahogara al resto de mi vida.

Me pasó la bolsa. ¿Querés? No tenía ganas de nada, pero era siempre así con él: ¿por qué no le podía decir no? Tiró la bolsa sobre la mesita que se hallaba entre la cama y el escritorio. Fabriqué dos hileras sobre una revista. Aspiré.

Ah, la querida Michelle. La mujer que todavía tiene fe en la literatura. En las novelas. ¡En los poemas! Yo tuve alguna vez esa fe. ¿Te acordás de ese poema de Martí? El poeta trabaja en la noche, a la luz de una vela. Y Cuba pasa ante sus ojos, como una viuda negra. Se pregunta si tiene que optar por Cuba o por el poema. ¿O son uno los dos? Yo creí que eran uno. Yo creía que eran uno.

No lo son.

Pero Martí se dio cuenta que las palabras eran insuficientes. Y dejó la literatura y montado en un caballo blanco fue en busca de la libertad de su pueblo y de la muerte. Y encontró lo que buscaba.

Me ardía la nariz.

No entiendo adónde querés llegar. Te has pasado casi una década leyendo todos los libros para crear una teoría total. Eso me dice que todavía no has perdido la fe. No leerás novelas, pero ese no es el fin. García Canclini, Sarlo, Ludmer, González Echevarría, Molloy, son también literatura. Pura ficción, sus teorías. Y en el fondo no importa.

Suspiró. ¿Sabés? Siempre me creí un paranoico y por eso no pensé que algunas cosas que me ocurrían tenían razón de ser. Pero ahora sí lo creo. Los Deans están contra mí. Y han decidido hacerme la vida imposible.

¿Así, de locos?

Fabián se incorporó a duras penas. Fue a la sala y lo seguí. Recordé cuando trataba de enseñarme a bailar el tango en esa misma sala y no podíamos parar de reírnos de tan descoordinados que éramos, o cuando veíamos DVDs mientras los comentábamos sin descanso (él me hizo descubrir a Lucrecia Martel y Philippe Garrel, yo no lo dejé en paz hasta que vio todo Miyazaki y la nueva *Battlestar Galactica*). No debía dejarme llevar por ciertas imágenes. Me repetía que el pasado no era un buen guía para el presente, y sin embargo…

Oh, sí, hay razones. Pero no las suficientes para que intervengan mi teléfono.

¿Buscás algo? ¿Te ayudo?

Tengo que salir, ¿me esperás?

Estás loco, ¿dónde vas a ir a esta hora y con este tiempo? ¿Y para qué lo harían?

Voy a encontrarme con un amigo. En las mañanas, los Deans se llevan mi basura. Y analizan lo que he comido y escrito y comprado.

Lo siento, pero no te voy a dejar salir. ¿Tu basura? ¿Y por qué habrían de hacerlo?

Porque soy demasiado bueno, se puso unos zapatos cafés de gamuza con manchas negras, y no me quieren dar el aumento de sueldo que me merezco y prefieren joderme la vida a dejarme ir a una universidad mucho mejor que esta mierda. Por las mañanas no hay la basura del día anterior.

Quizás se la llevó el camión de la basura. Quizás no te diste cuenta y la sacaste a la acera por la madrugada. Te vi hacer eso varias veces, bien tarde, cuando estabas muy cansado, casi dormido.

Pero el camión de la basura viene una vez a la semana, ¿entendés?

Entiendo. Y no. ¿No habrás hecho algo que haya molestado a los decanos?

Pará, pará, chiquilla atrevida, noté el temblor en los labios. Si dudás de mí mejor te vas. ¿O sos una espía?

Las luces se apagaron en toda la casa. Me acerqué a la ventana. El apagón era en todo el barrio.

Ahora dirás que la culpa de eso también la tienen ellos.

¿Por qué no? Todo es posible.

Fabián, por si acaso, yo estoy de tu lado, sólo quiero que terminés tu libro y…

La luz volvió a la casa, al barrio. Fabián suspiró.

Ah, mis teorías, mi gran libro. ¿Sos de las mías? Si sale algo de aquí ya sabré quién es la traidora. Allí está mi libro. Leelo. Decime qué tal.

Había un manuscrito sobre el escritorio. Me reí del nerviosismo y la emoción.

¿En serio? ¿Me dejás?

Puse el manuscrito sobre mis faldas. Debía tener unas quinientas páginas. Leí el título: *Acerca del todo ausente*.

El primer párrafo me sonó familiar, como una paráfrasis de un fragmento del *Facundo* que había leído en su clase, ese mi primer semestre en Landslide. El segundo párrafo cambiaba violentamente el ritmo, y la prosa se convertía en un intento de atrapar la oralidad, la voz de Fabián. Recordé su clase sobre los testimonios de esclavos cubanos en el XIX, de cómo se marcaba la oralidad en el cuerpo. La voz estaba cerca del sujeto, por eso el testimonio era el discurso narrativo por excelencia.

Me dejé llevar por el ritmo de la prosa. Me sentía transportada a una clase de Fabián. De pronto me di cuenta. Sí, eso era. No sólo un intento notable, sino una transcripción literal de una clase de Fabián. Siempre llevaba una grabadora a clase, lo primero que hacía era ponerla sobre la mesa y encenderla.

Seguía así hasta la página ochenta y tres. Dos, tres, cuatro clases encabalgadas. Luego se iniciaba una lista de apellidos. Primero la A, luego la B… Salté a la página ciento quince. A la doscientos setenta y uno. A la trescientos sesenta y dos. A la cuatrocientos veinte. Era una copia de la guía de teléfonos de Landslide.

No entiendo. No entiendo.

Es lo que hay. Toda la verdad de lo que quiero contar.

El libro que has estado escribiendo…

Utopía: no hay tal lugar.

Y para eso las excusas. Que nunca tenías tiempo para nada. Que había que dejar que el genio trabajara en paz.

Tiré el manuscrito al piso. Se dirigió al balcón. Era uno de sus lugares favoritos, solíamos sentarnos allí y charlar mientras me mostraba todo lo que había plantado en el jardín. Una planta tras otra, hasta que no hubiera espacio libre; vegetación frondosa que hoy la imaginaba desaparecida o marchita.

Pasaron los minutos. Fabián no volvía. Me acerqué al balcón. Fabián salió dando traspiés. Gritó que me apartara, me empujó y se puso a insultarme. No tenía ganas de tanta histeria. Bajé corriendo las gradas, me subí a la bicicleta y partí. Llamó al celular pero no le contesté. Dejó unos mensajes en los que pedía disculpas.

Estaba tranquila hasta que cesaron las llamadas. Pensé que quizás había sido muy dura con él, torpe, orgullosa. ¿Debía llamarlo, ir a su casa?

Quise escribir pero no pude. Intenté meterme en la piel de Fabián, palpar su desesperación, imaginármelo todos esos meses y años sentado frente a su laptop e incapaz de avanzar en su libro. Fracasé. Tirada en el sofá, me puse a hojear una antología de los hermanos Hernandez mientras esperaba que sonara mi celular.

Esa noche tuve sueños intranquilos.

7

Starke, Florida, 1988-1994

La primera noche en la prisión de Starke, en Florida, Jesús debió compartir una celda con tres hombres. Estaban llenos de tatuajes, hacía días que no se habían afeitado y olían mal. Hablaban entre ellos, cuando él ingresó a la celda lo miraron de reojo pero no lo saludaron. ¿Por qué lo habrían puesto con ellos?

Se echó en el camastro que le habían asignado. Le hizo frío; le habían quitado su blazer, le dijeron que lo pondrían en una bolsa y se lo devolverían cuando saliera de la cárcel, y a cambio le dieron un buzo anaranjado. Extrañaba su blazer.

Uno de los hombres se le acercó y escupió a sus pies. Le sonrió y se quedó callado. De nada servía buscar pelea; eran grandotes, mejor evitarlos. Buena parte de su astucia consistía en saber cuándo atacar y cuándo perderse en la multitud y pasar desapercibido. La lucha sólo se justificaba cuando tenía segura la victoria. ¿Y Miami, qué? Era diferente, la mujer lo había sorprendido en la habitación. Un error carísimo. Que le sirviera de lección: nunca bajar la guardia.

Se miró las manos. Veinte años. Hijos de puta, no era para tanto. ¿Cómo chingados voy a sobrevivir aquí tanto tiempo? Intentaba mantenerse animado, pero no era fácil. Podía desaparecer y nadie se enteraría. Su madre seguro lo dio por muerto, María Luisa siguió su vida sin él. Todos los demás harían lo que hicieron ellas. ¿Y su padre? ¿Qué habría sido de él? Quizás en otra prisión en este país tan ancho y ajeno.

Un temblor le recorrió el cuerpo. Un oleaje frío desde la cabeza a la punta de los pies. Un ataque de ansiedad, de pánico. Necesitaba un pericazo.

Una celda sin ventanas. Los barrotes de la puerta, de hierro reforzado. Estaba acostumbrado a que no se le resistieran ni carros ni casas, a entrar y salir cuando le diera la gana. Otra cosa era el lugar al que lo habían traído.

Murmullo continuo en el edificio. Gritos que venían de otras celdas, gemidos, llanto, altavoces que impartían órdenes, instrucciones. No podría dormir.

Estaba en esas cuando cerró los ojos y se durmió.

A las dos de la mañana lo despertó una sensación extraña en el cuerpo. Entreabrió los párpados. En la oscuridad logró distinguir una silueta hincada al lado de su camastro. Era uno de los hombres, que se la estaba chupando. Quiso incorporarse, gritar, pero los otros dos le taparon la boca y le agarraron las manos. Recibió un puñetazo en un ojo. La vista se le nubló; hilillos de sangre chorrearon por la cara. El dolor era intenso, como si le hubieran roto algún hueso. No podía abrir el ojo derecho.

Otros golpes lo tiraron al piso. Le llovieron patadas. Se cubría la cara, pero era inútil. Los labios le sangraban.

Estaba consciente cuando lo desvistieron y le dieron la vuelta. Quiso gritar cuando sintió la verga de uno de ellos penetrándole el culo, pero ya para entonces sabía que los guardias no vendrían a auxiliarlo. Que lo habían puesto intencionalmente en esa celda. Que ésa era su manera de darle la bienvenida.

Estaba inconsciente cuando lo violó el tercer hombre.

La mayoría de los tres mil prisioneros de Starke era negra. Entre los latinos predominaban los cubanos. Una mañana, en la ducha, dos de ellos se turnaron para violarlo. Jesús no opuso resistencia, y al menos se salvó de la madriza de la primera noche.

Los guardias intervenían raras veces cuando había violaciones o peleas. Él, que se creía fuerte y ágil, no lo era tanto en la prisión. Casi todos hacían pesas y eran altos y musculosos. Jesús podía ser presa fácil de cualquiera. Tampoco estaba en condiciones de enfrentarse a nadie: después de la primera noche tuvo que ir a la enfermería y le hicieron tres puntos sobre el ojo derecho. No podía abrir los ojos del todo.

Una mañana un guardia se le acercó y le dijo en español que podía ofrecerle «protección». Jesús le preguntó a qué se refería. El guardia, que se llamaba Orlando, lo condujo a un cuartucho donde se amontonaban utensilios de limpieza. Lo hizo sentarse sobre un turril, le dijo que se bajara el pantalón, y se la chupó.

Jesús cerró los ojos y se dejó hacer.

Dormía pésimo. Cualquier ruido lo despertaba. Cuando veía que llegaban nuevos prisioneros, se acordaba de su primera noche y se ponía a temblar. La tercera semana de su estadía en Starke ya tenía celda propia, pero no era suficiente para relajarse.

Orlando le consiguió una cita en la enfermería. En una de las paredes estaba la foto del presidente Bush y a su lado un afiche de *Saturday Night Fever* y otro de los Forty Niners. Jesús se sentó en una camilla y esperó.

El doctor que lo atendió sabía español, aunque Jesús se esforzó en hablarle en inglés. Orlando le había dicho que todo se le facilitaría si supiera inglés. Para ese entonces las violaciones no habían cesado pero sí disminuido.

Jesús le señaló el afiche de los Niners. Joe Montana is great, dijo.

Really? I prefer baseball. I don't know who put that poster up.

What?

You better tell me your problem, son.

No puedo dormir. And everything hurts.

Where?

Everything.

Everywhere, you mean.

Eso.

Jesús le largó una andanada incontenible de palabras. En una mezcla confusa de español e inglés le contó todo lo que le había ocurrido en Starke desde la primera noche. Hizo gestos para hacerse entender: se tiró a la camilla y trató de abrir los ojos bien grandes para indicar que no podía dormir, hizo ademán de bajarse el cierre del pantalón para que se entendiera lo de las violaciones. Rape, gritaba una y otra vez. I was raped!

El doctor no entendió todo pero el rostro asustado le decía lo que necesitaba saber. Se apiadó de él y le dio pastillas para la ansiedad y para dormir. Que las escondiera bien y no abusara de ellas. Le quitó los puntos del ojo derecho.

Pensó varias veces en suicidarse. Le tocó presenciar varias madrizas entre diferentes pandillas, que dejaron a prisioneros sin dientes y con cuchillazos en el cuerpo; por más que los guardias revisaran las celdas todas las noches, las pandillas conseguían armas de todo tipo, desde cuchillos rudimentarios hechos con alambres o pedazos de metal hasta pistolas que se contrabandeaban en las visitas semanales.

Vio a un prisionero clavarle un destornillador a un guardia. La sangre a borbotones que salió del pecho del guardia le hizo pensar que la piel era apenas un envoltorio para ese líquido rojo que encharcaba el piso. Tuvo ganas de un cuchillo y extrañó las veces en que él hacía que otros cuerpos explotaran como neumáticos.

Vio a uno de los hombres tatuados de la primera noche empujar del segundo piso a un negro, al que le explotó el cráneo cuando hizo impacto en el suelo; le encargaron que limpiara la sangre, y cuando restregaba el piso con trapo y alcohol se encontró con pedazos de seso y se quedó mirándolos. Tan fácil, quebrar la piel y que estallara lo que había adentro.

Vio varias violaciones. Fue conminado a tener sexo más de una vez. Al menos ahora no era gratuito; había aprendido a sacar a cambio comida o protección.

Pasaba la mayor parte del tiempo en su celda. Se enteró de que los Niners iban imparables camino al Super Bowl; apenas habían perdido dos partidos —contra los Halcones y los Carneros—, Montana y Rice estaban inspirados. Dibujó a María Luisa en una hoja de papel sábana y la pegó en una de las paredes. Por las noches se masturbaba pensando en ella. Orlando le preguntó quién era y él mi esposa.

¿Sabe que estás aquí?

Tiene años que no sé de ella.

Puedo hacer que le llegue una carta tuya. Un mensaje, chico. Lo que sea. Cuestión de que me digas dónde vive.

Jesús lo pensó. Está bien así, dijo, no te preocupes. No ha hecho nada por averiguar qué me ha pasado, yo tampoco voy a hacer nada.

Es un país grande. Eres una aguja en un pajar. Aunque te buscara, no le sería fácil encontrarte.

Cuando lo detuvieron había dado un nombre falso por miedo a que lo conectaran con los asesinatos cometidos. Alguien del consulado le preguntó por los familiares a quienes contactar, para que se enteraran de su situación. Jesús había preferido decirles que no tenía familia.

Dejó de tener pensamientos suicidas. Volvió a soñar con lluvias de ceniza y ríos de sangre en un mundo en que él era el único sobreviviente.

Si se portaba bien lo dejarían libre antes de los veinte años. Quizás antes de los diez. Luego ya verían con quién se enfrentaban. A quién habían osado provocar.

Les haría pagar caro su humillación.

Ese año los Niners ganaron el Super Bowl (perdían dieciséis a trece en el último quarter, pero luego hubo un pase de diez yardas de Montana a Taylor y se acabó todo).

Pasó un año. Pasaron dos (los Niners volvieron a ganar el Super Bowl, cincuenta y cinco a diez a los Broncos), tres (Niners eliminados por los Gigantes en los playoffs).

El cuarto año en Starke Jesús consiguió que Randy, un supremacista de la Aryan Brotherhood, lo aceptara como uno de sus protegidos. Para ese entonces la foto de Bush en la enfermería había sido reemplazada por la de Bill Clinton.

Jesús sabía que Randy era uno de los jefes de la Brotherhood, su pandilla era de las más poderosas y respetadas en Starke; controlaba el negocio de la droga en la prisión y daba madrizas descomunales a quienes osaran negociar dentro de su territorio. Jesús se puso a hacer cola detrás de él a la hora del almuerzo en el comedor; se ofreció a recoger sus cubiertos cuando este los hizo caer. A Randy le gustó la forma natural en la que Jesús asumía su inferioridad. Era alto, tenía los dientes deshechos, tatuajes en los brazos y la espalda y piercings en los labios y la nariz.

Después de verlo varias veces seguidas con Randy −en el patio de la prisión, las figuras contrastantes de un rubio desgarbado caminando junto a un moreno bajito−, los guardias y otros prisioneros no se animaron a tocar a Jesús. A cambio de la protección de Randy Jesús sólo tenía sexo con él. Los miembros de la Brotherhood hacían bromas a sus costillas: se habían enterado que se llamaba Jesús María José y se pusieron a llamarlo María. María Spic, le decían, y él les corregía: no soy puertorriqueño. María Speedy, le decían, y Jesús aceptaba ese apodo.

Una tarde Randy le preguntó si creía en Dios.

No he dejado de creer, respondió Jesús. Pero tiene años que no piso una iglesia.

Con el nombre que tienes deberías portarte mejor. ¡Hijo del fucking Señor! Ya te voy a enseñar quién es el fucking Señor. Ven conmigo, Speedy.

Randy se dirigió a la capilla al lado de la enfermería. Era un recinto pequeño, oloroso a jazmines. En una pared había una cruz de madera con un Cristo de piernas y brazos desproporcionadamente largos. Algunos prisioneros habían pedido su intercesión en frases suplicantes escritas en las paredes pintadas de verde.

Randy se sentó en uno de los bancos y Jesús a su lado.

Este mundo es obra de un Dios menor que hace lo que puede, dijo Randy mirándolo a los ojos. Es lo único que lo explica todo. Este Dios… no tiene nombre. Es el Innombrable.

Randy se abrió la bragueta.

¿Aquí? No aquí, por favor.

Randy agarró a Jesús del cuello y le bajó la cabeza hasta que sus labios tocaron su verga. Era gruesa y tenía manchas negras como lunares.

Repite conmigo, Speedy. Padre innombrable que no estás en el cielo.

Padre innombrable que no estás en el cielo, dijo Jesús. Cerró los ojos. Lamió la verga con cuidado, como sabía que le gustaba a Randy.

Santificada sea tu ausencia de nombre.

Santificada… sea… tu ausencia de nombre.

Venga a nosotros tu reino de sangre.

Venga a nosotros… tu reino de sangre.

Hágase tu voluntad.

Hágase… tu voluntad.

Randy presionó en el cuello y Jesús se metió toda la verga en su boca. La chupaba tratando de concentrarse en lo que decía Randy.

En esta tierra sin cielo.

En esta tierra sin cielo, repitió Jesús y se atoró.

¡Danos hoy nuestro pan de cada día!, dijo Randy con firmeza y Jesús supo que debía repetir la siguiente frase sin equivocarse. Sacó la cabeza y dijo:

Danos hoy nuestro pan de cada día.

No perdones nuestras ofensas.

Lamió la verga. Se detuvo.

No perdones nuestras ofensas.

Así como nosotros tampoco perdonamos a los que nos ofenden.

Así como nosotros...

Volvió a atorarse. Continuó: tampoco... perdonamos... a los que nos ofenden.

Déjanos caer en tentación.

Déjanos caer en tentación.

Y no nos libres del mal.

Y no nos libres del mal.

Cuando terminó, Jesús escupió en el suelo y se limpió la boca con la mano. Randy se cerró la bragueta y se puso a reír sin parar, su boca abierta como un agujero negro capaz de engullir a Jesús. Se agarraba el estómago como si le doliera. Hizo tanta bulla que uno de los guardias se acercó a la puerta y golpeó al suelo con un laque hasta que Randy se dio cuenta de su presencia.

Si no pueden comportarse aquí, dijo el guardia, tendrán que desalojar.

Randy pidió disculpas, pero apenas salieron de la capilla volvió a estallar en carcajadas.

¿No era una contradicción que Jesús pasara la mayor parte del tiempo con los de la Aryan Brotherhood, tan feroces con los negros y los latinos?

No, decía Randy. Está bien tener a uno de estos como esclavo.

Jesús creía que ellos tenían razón. No le gustaban los negros, y los latinos eran sucios y abusivos, peores que los animales. Cuando uno de ellos se le acercaba, fingía no hablar español.

Dejó de pasar la mayor parte del día en su celda. La ropa le quedaba holgada porque comía poco —lo indisponía el engrudo que servían diariamente como cena, la dieta de pollo y grits y cornbread—, así que se puso a hacer pesas y aprovechar las dos horas diarias que podía salir al patio.

Contagiado por Randy, empezó a leer libros y periódicos en la biblioteca. Leyó sobre Richard Ramirez, el Night Stalker. He ahí un latino poderoso: trece asesinatos y violaciones en California. Ninguna compasión con sus víctimas. Leyó sobre la Primera y Segunda Guerra Mundial, sobre Vietnam. Después de escuchar a Randy se dijo que Hitler tenía razón. Había llegado a la conclusión de que las guerras eran necesarias para la supervivencia de la humanidad. La vida era una lucha constante. Sobrevivían los más fuertes, los más hábiles, los mejores.

Cuando salgas de aquí, le dijo Randy, no te olvides de hacerte miembro del partido Libertario. El gobierno es una mierda. Les ha dado demasiados derechos a los negros.

Así lo haría.

Cuando pasó lo de Waco, con la muerte del líder de la secta de los Branch Davidians y varios niños a manos de agentes del FBI, los miembros del Aryan Brotherhood en Starke lo tomaron como algo personal. Jesús escuchó decir a Randy que todo era una conspiración del gobierno para deshacerse de blancos poderosos como ellos. Debían estar preparados para la lucha cuando salieran de la prisión. No los dejarían tranquilos.

¿Y Sarajevo? Clinton mandaba aviones a los Balcanes y atacaba esas ciudades para aprovecharse de la guerra y deshacerse de poblaciones enteras. De allí, decía Randy, había salido la raza más blanca de todas.

Jesús concluyó que había sido ingenuo pensar alguna vez que el gobierno se preocupaba por ellos. Randy estaba en lo cierto al desconfiar de todo.

Saldría de Starke listo para la lucha. Pero ¿cuál? Los de la Aryan Brotherhood podían tener razón en muchas cosas pero lo veían en menos. Tampoco era que le interesaran tanto como para unirse a su lucha. Su interés era algo provisional, circunstancial.

Lo suyo debía ser una batalla solitaria. Contra el gobierno. Contra todos.

Una noche Jesús soñó que una fuerza venida de lo más profundo de la oscuridad lo envolvía y se hacía con su corazón. Una luz cegadora explotó en la celda. Se vio cubriéndose los ojos y levantándose del camastro pero a la vez sintió que seguía echado sin moverse, sin abrir los ojos, como si se hubiera desdoblado.

La fuerza que lo visitaba no tenía ni rostro ni cuerpo. Le decía que era suyo, que no tenía voluntad propia y debía hacer lo que se le indicaba. Que era mitad hombre y mitad ángel y no podía morir. Que se preparara para la lluvia de fuego y ceniza y las inundaciones que lo esperaban cuando saliera de la prisión. Que sólo estaba ahí alistándose para cumplir su misión purificadora. Era la travesía en el desierto antes del enfrentamiento final.

Despertó con escalofríos. Tenía todo el cuerpo sudoroso y la sensación invencible de que esa noche lo había visitado el Innombrable.

Pensó en ir a hablar con el capellán de la prisión, contarle de lo ocurrido. No, no lo entendería.

Se lo dijo a Randy, que le dio unas palmadas en la espalda.

Eres un afortunado, Speedy, ¡hijo del fucking Señor! Yo estoy esperando toda mi vida a que el Innombrable me visite.

Pero sus caminos son insondables y él prefiere visitar primero a un fucking mexicano. ¡Prueba de su grandeza!

¿Tons qué hago?

Pues consigue papel higiénico y escribe allí la buena nueva que te dicta el Señor.

Jesús se molestó: se está burlando de mí. A poco cree que no me doy cuenta.

Orlando le consiguió hojas de papel sábana. En una de ellas escribió en la parte superior LIBRO DE LAS REVELACIONES y luego unas líneas en las que contaba la visita del Innombrable.

Gracias a su buen comportamiento, Jesús fue liberado al cumplir seis años en Starke.

Cuando le entregaron la bolsa con sus pertenencias, descubrió que faltaba su blazer. Se quejó al oficial encargado de acompañarlo a la puerta. El oficial se rió y le dijo que le escribiera una carta al director de la prisión.

En la calle, agentes de la migra lo esperaban para llevarlo a la frontera con México.

TRES

1

Hubo más llamadas de Fabián. No contesté algunas, en otras lo escuché con cierta indiferencia, y en las más el rechazo vino acompañado por la fascinación. Me escribía e-mails. Uno de ellos decía: «i love you but i'm not in love with you. i love you but i love many people. me gustaría escribir poesía y decirtc lo que siento pero no puedo. no deberías sentirte mal. alguien como vos no puede sentirse así. pero quizás vos estás bien y es el silencio de las 3 de la mañana el que me hace pensar en estas cosas o el de las 6, porque hay silencios y silencios y nada me importa más que vos». Otro: «la angustia mi compañera pero he sobrevivido y por eso estoy dispuesto al abismo. tengo poca fe y tengo razón. eso me destruye porque quiero estar con vos».

Y así volvimos a encontrarnos en cafés y recorrer librerías —en Comics for Dummies se compró colecciones empastadas de Betty Boop y Krazy Kat— y perdernos cn antros que olían a yerba en la Calle Sexta. Aparecía a comer en Taco Hut, se llevaba bien con mis compañeros (Osvaldo era panameño y estaba tentado a entrar al ejército; Sabrina venía de Lubbock y en los descansos leía novelas de Nora Roberts; Mike se hacía la burla del acento de Fabián, estaba obsesionado por Faith Hill).

Una vez preparé un majao con el charque que me enviaba mamá. No me salió tan bien como los que hacía mi tía Vicenta en Santa Cruz, pero por suerte Fabián no conocía el plato y pareció gustarle. Un sábado fuimos al cine de la universidad y compramos el tarro más grande de popcorn y un vaso XL de Coca-Cola y vimos, besándonos cada tanto, dos películas de Hitchcock al hilo. Así, gracias a esos escasos momentos de plenitud, regresé a ese mundo que había abandonado, en el que el hombre que me atraía se quedaba algunos días tirado en cama mientras trataba de sobrevivir a sus ataques de ansiedad, y otros volvía a su oficina y su escritorio, febril, con ganas de sumirse en el trabajo pero a la vez sintiéndose al borde del colapso.

Sam me llamó pidiéndome disculpas y yo se las acepté, pero cuando sugirió reunirse conmigo para tomar un café, lo evadí. La Jodida pasó por el restaurante y después de saludarme se quedó callada y yo no dije nada y ella se fue y me sentí mal.

Traté de desarrollar un story-board para una historieta que tenía en mente, ambientada en un pueblo de vampiros y zombis que coexistían pacíficamente —salvo algunas escaramuzas entre vampiros fundamentalistas y zombis puristas— hasta la llegada imprevista de Samanta. Quería mezclar mis lecturas de la Hamilton con las de Rulfo, con un toque de imaginería de los videojuegos de *Silent Hill*. Fracasé en mi intento por jugar con la perspectiva, con el diseño de los cuadros en la página, con los colores; buscaba innovar, pero no sabía cómo hacerlo.

Tenía una pila de revistas con temas sobrenaturales, varias de superhéroes recomendadas por Chuck. Dibujé a Samanta con botas negras hasta la rodilla, chamarra y guantes negros, y pensé que estaba creando un sueño mojado para los hombres y tiré el cuaderno al basurero. Fabián me decía que no me desanimara, mis dibujos tenían más garra que antes, y no paraba de darme ideas para que mi relato fuera «apocalíptico, pero de verdad».

No queríamos fingir esta vez y fuimos a recepciones del departamento juntos. Konwicki, el polaco, pareció molestarse al verme, como si estuviera utilizando la superioridad moral que siempre creía tener para llegar a una conclusión rápida sobre mí (o acaso la razón era más simple, se acordaba de mi paper burlón «Agustín Yañez, precursor de Agamben», el semestre que dejé el doctorado). No me importaba, ya no era su estudiante.

Una vez, en el pasillo del departamento, después de visitar a Fabián en su oficina, Ruth Camacho-Stokes se acercó a saludarme, cariñosa y afable como siempre. Llevaba una falda a cuadros rojos y blancos y unos horribles Crocs anaranjados. Tenía una bolsa de libros de la biblioteca, dijo que quería ofrecerme algo.

Siempre me acuerdo de los papers que escribiste para mi clase. Les faltaba densidad teórica, pero tu voz era fuerte y eso hacía que se te perdonara todo. Estoy preparando un dossier para la exposición de Martín Ramírez el próximo semestre y pensé que podías escribir un texto inspirado por uno de sus cuadros. No tiene que ser académico, por eso pensé en ti.

Sacó de la bolsa un libro de tapa dura. Era lujoso, estaba lleno de reproducciones de cuadros a todo color, algunas de ellas desplegables.

Te puede servir de inspiración.

Para serle sincera, me armé de valor, este tipo de pintura no me llama mucho la atención.

Ruth no aceptaba rechazos. Dale vueltas a la idea, quizás se te ocurra algo. Hay plazo hasta enero, tenemos unos meses todavía.

Acepté sin comprometerme a nada. Sonrió, y de pronto bajó la voz: le haces bien a Fabián, admirable tu paciencia, aunque la verdad que como colegas hemos sido más comprensivos de lo necesario.

No ha debido ser fácil. Conocerlo tan brillante, y luego, una vez que su mujer lo dejó, ver cómo se…

Me miró sorprendida.

La cronología no fue así, dear, suspiró. Fue Fabián el que la dejó. Cuando lo contratamos, ya tenía… problemas, sólo que lo disimulaba bien. Publicó el libro, llegaron las reseñas espectaculares, y decidimos mirar al otro lado. Poco a poco nos fuimos enterando de los líos con Mayra. Sí, la causa y efecto es complicada. No es tan fácil como parece, que su angustia lo llevó a tomar este camino. Quizás fue el éxito tan temprano. O ni lo uno ni lo otro, de por ahí había algo en su personalidad. Todos somos adictos a algo, ¿no?, sólo que unos más que otros. Quién sabe.

Cuando se fue me quedé pensando en Mayra. La creía culpable de crear ese abismo por el que Fabián se precipitaba, inconsolable. Ahora tenía otra versión: era una sobreviviente.

La profesora había dicho que admiraba mi paciencia. Quizás había querido decir otra cosa: que le impresionaba mi estupidez.

Leía *Black Hole* en un banco en el Arts Quad, esperaba que Fabián terminara una reunión, cuando apareció Sam. Tenía las manos en los bolsillos de su chamarra, mascaba chicle, hacía esfuerzos por aparentar despreocupación. Quería apartarlo de mí, evitar que me tocara su miseria de enamorado no correspondido, que me contagiara su estilo soberbio para la desesperanza, su entrega inequívoca a una causa perdida. Pero ya era tarde y yo ya estaba contaminada, también era como él. Lo peor de todo: quizás él estaba así por mi culpa. Quizás yo le había inoculado mi virus. Entonces podía entenderlo. Una no se sentía mal así; creía que oraba en el altar correcto y que la fuerza de la oración sería tanta que lograría el milagro de transformar la realidad en aquello que una quería que fuera.

Me dijo que Oprah había escogido el libro del mes, una novela de Bolaño. Eso le hará mucho bien a la literatura latinoamericana. Los lectores querrán saber qué más hay aparte de Bolaño.

Eso le hará mucho bien a Bolaño, dije. Los lectores querrán leer otros libros suyos. Este país no permite más de un «gran escritor extranjero» a la vez. Así ya les tocó a Sebald y Murakami.

Estás siendo injusta.

¿Has visto cómo lo presentan a Bolaño? Un escritor beat, un Kerouac latinoamericano. Siempre, la romantización. «En América Latina todavía se siguen produciendo escritores que este país tan hiperprofesionalizado, con sus miles de programas de escritura creativa, ya no permite.» O algo por el estilo. Lo leí en Harper's.

Somos buenos para construir leyendas, dijo Sam. Pero también para desarmarlas. ¿Leíste el *New York Times*? Ya descubrimos que Bolaño no le hacía a la heroína, que no estuvo en Chile los días del golpe de Pinochet. Pretty soon we will find out que en realidad nunca salió de su casa y era más ermitaño y libresco que Borges. Anyway. Estoy pensando en sacar de mi tesis el capítulo dedicado a *Los detectives salvajes*. Es que cuando salga al mercado tendré que competir con un montón de doctorados con tesis sobre Bolaño. Debí haberme apurado un poco más. Este escritor es toda una industria.

A brand name. Bolaño Inc.

Habló de un ensayo en el que se comparaba a Bolaño con Dick, y yo recordé escenas de *Ubik* aunque no veía la conexión entre los dos autores.

¿Y cómo está él?, preguntó de pronto.

Vos sos su alumno. Deberías saberlo mejor que yo.

Ay, dear. No deja de sorprenderme tu dedicación. Este tema te ciega. Fabián siempre estará así como lo ves. Son muchos años, me temo que esto no tiene a way out. Sus colegas le han cubierto las espaldas todo este tiempo, lo han reemplazado en el classroom, no han avisado a los Deans de las clases canceladas, su ausencia de las reuniones de la facultad, sus estudiantes olvidados, las cartas de recomendación no escritas. Hasta que algunos se cansaron, como tenía que ser.

Publicará su libro y todo cambiará.

¿Se irán a vivir a una cabaña en una playa desierta en North Vancouver?

No seás irónico.

No me digás que no se te cruzó por la cabeza. Vivir al lado

de alguien perseguido por las furias, qué romántico. Además está la diferencia… ¿Cuántos te lleva? ¿Once, doce?

Me perdí en la contemplación de mis Converse hasta que cambió de tema y me habló de su programa semanal en la radio. Había una reacción positiva a sus análisis de lo que él llamaba «la psicopatología de la violencia cotidiana» en el país. Trataba de darle un contexto teórico a su discusión –los sospechosos de siempre: Freud y la pulsión de muerte, Nietzsche y el complejo del superhombre, Sade y Bataille y la violencia y la atracción del mal–, pero lo cierto era que los oyentes se enganchaban al lado tabloide del programa, a la manera en que Sam relataba los casos más extremos de asesinos en serie y masacres en colegios. Su programa con más audiencia había sido uno dedicado a Columbine.

Los oyentes se pusieron a discutir si un chico tan dedicado al mal como Eric Harris podía ser considerado un psicópata con sólo quince años. Traté de no meterme, pero para mí está claro que sí. La cultura interviene, pero en algunos casos como el de Harris la naturaleza es tan fuerte que no hay forma de evitar la psicopatía.

Nunca me hablás de tu tesis con tanto entusiasmo. Quizás deberías cambiar de proyecto.

Too late. Me portaré bien, terminaré mi tesis, y luego, cuando me contraten, enseñaré cursos con títulos como «Killing Machines» y haré que mis estudiantes vean *Natural Born Killers* y les pondré quizzes con preguntas del tipo who was the Railroad Killer or what is *The Book of God*.

Why not? To each his own.

Debíamos encontrar más temas de esos. Más cosas que nos apasionaran. Quería herirme con la cuestión de la edad, pero yo hacía rato que la había asumido y sentía más bien que esa diferencia era atractiva para mí. Me hablaba mal de Fabián y lo único que lograba era que me pusiera a defenderlo hasta un extremo absurdo; ¿por qué diablos, por ejemplo, había mentido con respecto a Fabián y su libro?

Se levantó y se fue.

Llegó diciembre, el final del semestre, el tibio invierno. Fuimos un fin de semana a San Antonio como si fuéramos una pareja normal y estable. Nos quedamos en el apartamento de un amigo suyo que estaba en la Argentina con una beca de investigación. Un apartamento pequeño, minimalista, con un colchón tirado en el piso y las paredes desnudas y libros de ciencias por todas partes y el refrigerador vacío. No había fotos de él en ninguna parte. Es un tipo raro, me dijo Fabián, lo conocí en la universidad en Buenos Aires. Nunca le gustó acumular cosas, y con eso me refiero tanto a posesiones como relaciones. Gana mucho dinero pero sus pertenencias podrían caber en un maletín de mano.

Podías haber sido como él. Te hubieras evitado muchos problemas.

No creás que no lo intenté. Pero ya es tarde, ¿no?

Fabián estaba flaco y tenía los ojos hundidos; hacía todo por mostrar su buen humor y comió sus platos favoritos —camarones a la diabla, chilaquiles— con un apetito que no le conocía. Lo acompañó todo con Coca light, no quería ni tocar el alcohol.

Otro fin de semana fuimos a visitar a unos amigos a El Paso (nos sorprendieron las oleadas de mexicanos que llegaban de Juárez y buscaban quedarse, tratando de escapar de la guerra entre los cárteles y de los intentos desesperados del gobierno por controlarla). Volvió a enseñar, retomó sus horas de oficina.

Regresé al restaurante, pero sólo por medio tiempo. Mi turno era por la noche. Por suerte me tocó con Mike, que apenas me veía seria se largaba con chistes que me hacían reír a pesar de lo opas que eran. Cuando terminaba, me iba a casa de Fabián. Fueron días de sexo desalmado y sin control. Una madrugada me pidió que lo golpeara en las mejillas con todas mis fuerzas; me sorprendió, pero intenté cumplir con el pedido. Me dijo estás siendo muy cuidadosa, dejate ir. Le di una bofetada violenta; la mejilla se le enrojeció de inmediato, y descubrí que le gustaba.

Sospechaba que toda la situación era precaria, pero no cuánto. Lo confirmé un miércoles en que llegué de Taco Hut a su casa y lo encontré borracho viendo una porno con la televisión a todo volumen. Estaba echado en la cama sin polera, dejando al descubierto su pecho lampiño y pletórico de lunares. Lo miré y se rió como si le hubiera descubierto una travesura.

Apagá eso, plis.

No jodás con tus remilgos. Más bien vení aquí y sentate conmigo.

Al menos bajaré el volumen.

¿Por qué no? ¿Acaso hay que ocultarlo? Me hacés recuerdo a una chica que tenía en Yale. La pobre se escandalizó la primera vez que se quedó en mi habitación y descubrió un calendario de *Sports Illustrated* en la pared y mi suscripción a Playboy. Como si fuera gran cosa, carajo. Decía que objetificaba a las mujeres. No duramos ni diez días después de eso.

En la pantalla, un hombre estaba tirado en un sofá y una mujer que sólo llevaba botas altas se contoneaba en torno a él.

Se llama Tory Lane y es de las más locas. Las cosas que le he visto hacer, una vez dejó que la ataran a una cruz y se metió una vela encendida.

Agarré el control y apagué la tele.

En otro momento esto podría ser divertido, pero ahora no. Sos más inocente de lo que pensé, pibita.

Me senté a su lado. En esa misma cama: él, yo, hace un par de años. Días que me hicieron presagiar que se abría un tiempo de plenitud para mí. Se necesitaba talento para equivocarse así, la complicidad con una mirada ingenua que parecía no haberme abandonado del todo, ni siquiera ante tanto desaliento.

Encendió un cigarrillo, y la alarma de la casa comenzó a sonar. Tuvimos que abrir las ventanas, apagar la colilla.

Fabián se puso a canturrear una canción de Dylan.

Anoche me vi sentado en una silla a mi lado, dijo de pronto. Crecía y luego me achicaba como si fuera de un material esponjoso. Pensé que eran las anfetas, que se me había ido la mano, pero no, era yo. Me quise levantar y darme la mano y no pude. Sentí que estaba borracho pero no había tomado nada, así que dije que mejor tomaba y mi cuerpo se igualaba a lo que sentía. Quise recordar mi nombre y no pude y me asusté, pero sí me acordaba de otras cosas como un reloj viejo que dejé reparando en una tienda y me olvidé de pasar a buscarlo, hace tiempo, cuando Mayra todavía vivía conmigo.

¿Qué voy a hacer?, dijo, y vi que no se trataba de una pregunta retórica: había angustia en su rostro. En serio. ¿Qué?

Te vas a poner bien. Y yo te voy a ayudar.

Puedo pedir una licencia de un año y nos vamos a cualquier lugar con playa. Me encantaría Mar del Plata, iba con mis viejos de pibe. Y vos dibujás y yo veo películas.

Vos escribirás tu libro, esta vez en serio. Dale, acostate. Estoy tan generosa esta noche que hasta te daré toda la cama.

¿Y vos?

No te preocupés. Dormiré en el sofá.

Abrió un armario y sacó una pequeña bolsa de plástico. Se puso a preparar líneas sobre la cubierta de una antología de nueva narrativa latinoamericana en el escritorio. Me senté en la cama, lo dejé hacer mientras buscaba cómo recuperar la iniciativa. Las sombras de los objetos se acrecentaban en las paredes, amenazantes.

¿Querés? Mi díler apareció hoy, no pude decirle no. Es de las buenas, y el precio no estaba mal.

No pude más.

O eso, o yo, dije, mirándolo.

Estás loca. Dale, acompañame.

Hasta aquí llegué. Si querés que te ayude…

Si lo ponés así… Entonces, querida, será mejor que me dejés solo.

Me levanté y salí de la habitación. Cuando bajaba las escaleras escuché sus insultos.

Cobarde, rajá de aquí. Volvé cuando aprendás a coger, bolita.

Salí a la calle, respiré el aire fresco de la noche, monté en mi bici.

Debía concentrarme en mis dibujos. En mis historias.

Nunca había estado enamorado de mí. Mientras más rápido lo aceptara, menos tardaría en recuperarme.

Y sin embargo.

Tres cuadras después, me detuve. ¿Sabía lo que hacía?

No importaba. Quería volver a casa de Fabián.

Tres días antes de la navidad Fabián se fue a Buenos Aires. Volvería en tres semanas. Yo fui a Houston a pasar las navidades. Al día siguiente regresé a Landslide. Necesitaba dinero, los que querían trabajar esas semanas recibían un bono en el restaurante.

Poco después comenzaron las náuseas. Vomitaba sin razón alguna, después de tomar un café o almorzar una ensalada.

Tardé una semana en darme cuenta de lo que me ocurría.

2

Juárez, Villa Ahumada - norte de México, 1994

Se había dejado crecer el cabello y el bigote y se le había acentuado la leve renguera con la que ingresó a prisión. Cuando llegó a Juárez con ropas viejas y sucias —botas sin lustre y de un café desvaído, jeans apretados que había conseguido en un centro de asistencia en El Paso—, pensó que nadie lo reconocería. Sin embargo, Jesús tenía todavía un rostro, un cuerpo que se podía situar.

En el taller de reparaciones donde trabajaba antes de perderse en el otro lado, Miguel, el único que sobrevivía de los viejos tiempos, lo saludó con efusión y lo llevó a una cantina en la que un violinista ciego tocaba un bolero de Agustín Lara a un público ausente; mientras tomaban sotol y se ponían al día en La Bienquerida —un letrero en el espejo del mostrador: HOY NO FÍO, MAÑANA SÍ— le contó que el cuerpo sin cabeza de Braulio fue encontrado una mañana en un descampado. No fue fácil identificarlo.

Está cabrón. Parece que fue una venganza. Un lío con el cártel. Esta ciudad está cada vez más peligrosa. Lo peor son las mujeres muertas. La policía no tiene idea de lo que está pasando. La prensa dice que es un culto satánico. Que un extranjero está detrás de todo esto.

Seguro dirán que es un albino y mide dos metros. ¿No decían también que el Subcomandante era extranjero, por lo de sus ojos azules?

Pos sí. Pero es imposible que sea una sola persona. Uno solo no puede cargarse a cincuenta mujeres.

El violinista dejó de tocar y se les acercó con el brazo extendido y un sombrero para las monedas. Lo ignoraron.

Alquiló una habitación en la calle Guerrero. A una cuadra de la pensión estaban los burritos Tony (de mole, aguados) y al frente el parque Borunda. Una noria herrumbrosa, con dibujos de gusanos de ojos saltones y lenguas largas a los costados de los asientos, giraba haciendo crujir sus goznes. Los carros chocones sacaban chispas y parecían conducidos por choferes endemoniados. Las tazas giratorias daban vueltas con tanta rapidez que deformaban los rostros de quienes se encontraban en su interior. Los niños disparaban rifles con balines a patos de plástico, pescaban en palanganas decoradas como estanques, arrojaban anillos a botellas de vidrio.

A Jesús le gustaba sentarse en uno de los caballitos de madera del carrusel, el que tenía una oreja mutilada y estaba pintado de amarillo chillón, y quedarse suspendido en el aire, aferrado al tubo de metal que ensartaba al caballito y le impedía escaparse. Se dejaba llevar por el retintín de la música. A veces descubría cerca a una chiquilla retechula y se le cruzaba por la cabeza seguirla y atacarla por detrás en una calle vacía y violarla y destriparla a cuchillazos. Pero luego se decía que era mejor no meterse en problemas y aguantárselas.

En una de sus vueltas por el carrusel llegó a la conclusión de que el final de Braulio no le había dado pena ni lo había sorprendido. El destino tenía sus formas de manifestarse, había que dejarlo actuar. Lo difícil, lo importante, era encontrar ese destino, escuchar sus instrucciones.

Starke había quedado atrás, ¿qué lo aguardaba en el futuro? ¿Qué hacer?

Una tarde vio al Innombrable sentado en un caballo negro junto al suyo. En su rostro cadavérico no había ojos y su boca estaba congelada en una expresión de pavor, como si aullara ante la presencia de un ser harto más inquietante que él mismo.

Jesús quiso bajarse del caballito pero no pudo. De su oreja mutilada salían hormigas con tenazas a manera de dientes. Se llevó las manos a la espalda, con miedo a que las hormigas lo picaran.

El Innombrable se bajó del caballo y pasó por su lado y se transformó en un señor de sombrero y bigotes. Alguien le tocó el hombro. Era María Luisa.

¿Nomás qué haces aquí?

Señor, es que ya terminó.

Era la mujer encargada del carrusel.

Jesús bajó del caballito y le pidió disculpas.

Llegó a la conclusión de que era mejor evitar la ola de violencia indiscriminada en la ciudad. No tenía nada que ver con el cártel, pero quizás alguien se acordaría de sus antiguas conexiones con Braulio.

Miguel lo puso en contacto con un tío que se dedicaba a la venta de carros robados al otro lado. Eso era fácil, ese idioma todavía lo entendía. Utilizaría Juárez como centro de operaciones, pero trataría de pasar allí el menor tiempo posible.

Intentó al principio concentrarse en El Paso, porque no quería ir lejos. Sin embargo, luego de un incidente en el que la policía lo detuvo y lo dejó libre después de un brutal interrogatorio, decidió buscar territorios más alejados de la línea. Tampoco quiso volver a cruzar por los puestos fronterizos de siempre; no se sentía tan protegido como antes.

Casi sin darse cuenta había vuelto a abordar los trenes de carga. Iba y volvía, iba y volvía: la línea parecía no tener secretos para él.

Trabajó durante dos meses en las plantaciones de tabaco en Kentucky, un mes en San Diego con una compañía encargada de proveer de baños portátiles a estadios, parques, carreteras en las que se·llevaban a cabo reparaciones. Era el encargado de limpiar los baños y se la pasaba vomitando. Fucking chamba de mierda, repetía entre dientes, orgulloso de su juego de palabras. ¿Qué hacía la gente en esos baños, por qué tan limpia en sus casas y asquerosa en lugares públicos?

Debió ir varias veces por la madrugada a plazuelas y calles de distintas ciudades, donde venían a buscar ilegales para trabajos mal renumerados. Los escuchaba, obsesivos en su miedo a la migra y su odio a los coyotes que los habían hecho cruzar y se habían quedado con sus ahorros y pertenencias. Uno había pasado treinta horas encerrado en una caja de frutas. Otro cruzó por Tecate a través de un agujero en una malla de metal y luego canales de desagüe llenos de mierda. Otro por la malla ciclónica en Tijuana, perseguido por el mosco de la migra, siguiendo a un coyote hasta una camioneta en una calzada, y luego a bajar y a atravesar la autopista a las carreras. Un salvadoreño, en una noche sin luna, por Tijuana, con culebras y ratones entre la hojarasca, y luego caminar por cerros hasta un puente en el que esperaba una pick-up con campera. Un güero flaco, escondido bajo el vagón de un tren, de cuclillas, agachado en una esquina durante diez horas, rogando no rajarse. Una mujer de manos temblorosas, detenida por la migra dos veces y deportada, violada por el coyote, había logrado pasar a la tercera. Un buey llegado de Oaxaca, cruzó en una van a la que le habían quitado los asientos, metido en un hueco escuchó a los perros olisquearlo y se puso a rezar y se fueron. Un colombiano, perdido en el desierto con su mujer, la había visto morir y luego se topó con un coyote que lo salvó. Otro, también en el desierto, salvado por un pozo en el que había un charco de agua maloliente y llena de moscas al lado de una cueva con una estampa de la Virgen de Guadalupe. No manches, cabrón, le dijo el gordo que estaba a su lado. Te creo lo del pozo pero no lo de la Virgen. Que mi viejita se quede paralítica si estoy mintiendo. Pos seguro que ya se quedó.

¿Y tú, buey? Jesús no abría la boca. Tenía historias mucho más interesantes para contar, pero no estaban relacionadas con el cruce al otro lado. Estaba más cerca de los coyotes, que iban y venían por la línea como si fuera la cosa más normal del mundo, que de toda esa bola de huevones que no conocía la realidad de la frontera y era esquilmada y con suerte sobrevivía. Era cuestión de ser arrojado, de no tener miedo. El miedo hacía que uno oliera diferente, los hijos de puta de la migra se daban cuenta de eso.

Fue electricista, jardinero, albañil. Odiaba chambear para los gringos. Era injusto terminar la jornada con veinte dólares en el bolsillo. Ese dinero se le iba en alcohol y coca barata, adulterada. Para comer y dormir, usaba los refugios para la gente sin hogar que administraban diferentes organizaciones religiosas, The Salvation Army, grupos de derechos humanos. Se acostumbró a comer sopa de lentejas y pollo frito. Por las noches dormía en catres de campaña; su sueño se volvió ligero, intranquilo, con el ruido de fondo de hombres que se quejaban de dolores en el cuerpo o se masturbaban o cogían apenas se apagaban las luces. Había negros, güeros, latinos. A veces, debido a su apariencia frágil, a su rostro joven, trataban de abusar de él. Se escabullía y terminaba la noche durmiendo tirado sobre cartones en un callejón. En un par de ocasiones debió comprar su tranquilidad masturbando a negros inmensos; en otro incidente, un tipo fornido lo violó repetidas veces, y Jesús no quiso admitir que eso que le dolía en el culo también le producía placer.

«No no no no no no NO. con la paciensia de los santos no se llega a ningún lado. todos debieran morir absolutamente TODOS. animales qué se creen no saben con quién estan tratando. qué se creen. pero no me pueden hacer nada me quieren destruir pero no me pueden hacer nada. YO soy el ÁNGEL VENgador. llegará un día en que sólo abrá un abitante en la tierra yo seré el unico. soy inmortal eso soy YO. animales animales. KILL THEM ALL.»

A veces se sentaba en un banco del parque Borunda, junto a un árbol de lilas, sacaba un cuaderno y se ponía a escribir. Escribía frases como «mi corason está estrujado» y «el dolor me derrite por dentro» y «el hombre de acero a encontrado una kriptonita interior, que lo derrite, derrite que lo» y «pondré una marca en mi pecho y luego apuntaré y dispararé la bala en el centro del unicornio».

Las páginas del cuaderno se iban llenando. Cuántas veces le había pasado así, comenzaba con frases concisas, luego la furia lo ganaba y todo se convertía en un monólogo en el que no había ni signos de puntuación ni acentos. Un cuaderno más que se uniría al grupo, y ya iban, ¿cuántos? ¿Nueve? ¿Diez? Todos dedicados a María Luisa, que no se lo merecía.

Dejaba de escribir cuando se le acababa el cuaderno, la mano agarrotada. Como los otros, lo escondía. Todos los cuadernos se hallaban en diversas partes de Juárez, como claves secretas que, al ser desenterradas, dibujarían los contornos de su desgarramiento. El primero que había escrito estaba en un anaquel de la Biblioteca Municipal, escondido entre dos volúmenes de la colección Sepan Cuántos…. (*Fouché el genio tenebroso* y *El fistol del diablo*). Otro en el sótano de la casa de Miguel, entre álbumes de fotos que nadie consultaba. Había dejado uno en una caja de metal en un hueco excavado al pie de un huizache, a la vera del camino por el que se subía al monte de la Piedad. ¿Dónde iría a dar este?

Todos los cuadernos constituían el Libro de las Revelaciones. No sabía cómo era que ocurría, pero había un momento en la escritura en que aparecían visiones de pueblos incendiados, bosques devorados por la humareda, tormentas que ahogaban a los niños, caballos agonizantes, mujeres epilépticas, niños retardados y ríos de sangre. Había ceniza por todas partes, como se imaginaba que luciría el mundo un día después del fin. Luego se hacía carne un profeta de larga cabellera negra que conducía a los sobrevivientes a una tierra prometida. Era el Innombrable.

Cuando no tenía dinero y no podía emborracharse o comprar coca, las mejillas se le enrojecían y su cuerpo temblaba tanto que a veces no podía sostener nada entre las manos. Sentía la boca seca y pastosa. Cualquier cosa —caca de perro, un pollo decapitado en una carnicería— le producía náuseas y sudores. Extrañaba al doctor de la enfermería de Starke, que le proveía de tranquilizantes. En las farmacias al otro lado no le daban nada sin receta, y en Juárez podía conseguir versiones genéricas, pero no eran baratas y le duraban poco (llegó a tomar cinco alprazolams por noche), y entonces prefería la coca a los ansiolíticos.

Por las noches no podía dormir. Y soñaba con los ojos despiertos: veía enormes alebrijes que cobraban vida y se disponían a devorarlo. Escuchaba la voz del Innombrable y luego copiaba en un cuaderno las frases que le había dictado. «ELIMINAR A TODOS LOS IMBECILES. Las mujeres y los niños primero. Las MUJERES y los niños PRIMERO. mitad hombre mitad ángel. hombreangelhombreangel.»

Sólo el alcohol y la droga lo tranquilizaban. Debía conseguir dinero.

Volvió, entonces, a animarse a entrar en casas cerca de las estaciones de trenes. Fue lo más cuidadoso que pudo a la hora de elegir: quería hogares vacíos, donde sólo lo esperara el robo.

El dinero y las joyas se fueron acumulando nuevamente en un locker en la estación de buses de Juárez.

Los Niners apuntaban nuevamente rumbo al Super Bowl. Steve Young no era un mal quarterback, pero extrañaba a Montana y se desinteresaba pronto de los partidos.

Intentó escribirle una carta a María Luisa. No sabía bien qué decirle. Mezclaba recuerdos tiernos de la infancia —él y ella jugando en el árbol hueco— con insultos por haberlo tratado tan mal, portarse tan desagradecida con él.

Quiso concentrarse en otras cosas pero las ganas de decirle algo a María Luisa no se le iban. Quizás sería más fácil tenerla frente a frente y hablarle. ¿Cómo estaría? ¿Chulísima? ¿En qué habría cambiado?

La idea le produjo ansiedad. Tal vez ella no quería verlo. Capaz que le daba la espalda cuando abriera la puerta y se encontrara con él.

Había superado miedos peores. Debía vencer este.

Una madrugada el bus lo dejó en una calle de Villa Ahumada. Sus pasos se dirigieron a la casa de su infancia. ¿Seguiría ahí?

Sí, ahí estaba. Una casa de un piso con el techo de calamina y las paredes de estuco, un árbol centenario en el patio. Le dio un empujón a la puerta; el candado estaba abierto, como si lo esperaran. Chirriaron los goznes. Había ruidos en la cocina. Su madre, envuelta en un rebozo negro, preparaba frijoles en una olla y calentaba tortillas en una sartén. Jesús se sentó en una silla y aguardó a que ella se diera la vuelta.

Profusión de cruces en las paredes. Las había de todas formas, como si su madre se dedicara a coleccionarlas: de latón, madera y aluminio; grandes y diminutas; de colores estridentes y negras como un velorio; con Cristos sufridos y sangrantes y sin nadie clavado en ellas.

Ninguna cruz debía tener a Cristo, pensó. Él estaba tan ausente como su padre.

Ella se dio la vuelta: parecía no haberle pasado un día. Lo vio, y en su rostro no hubo sorpresa. Trajo su desayuno, se sentó a su lado, le preguntó si quería algo más.

Él no contestó y se metió una tortilla a la boca.

Ella comió en silencio. Él hizo lo mismo: la mirada se dirigió a su plato.

Ella lo miró como si su mirada tuviera la cualidad de traspasarlo y posarse en la pared manchada de hollín detrás de él.

Te fuiste como tu padre, dijo al fin. Todos se van de aquí. Al final sólo quedan las voces.

María Luisa…

También se fue. Vive con Jeremías, un hombre trabajador. Tiene un hijo. Lo único que te pido es que no les hagas daño.

Jesús sintió una punzada en el corazón. La visita había sido inútil, entonces.

Le preguntó dónde vivía ella.

Nuevo México. No tengo la dirección. Es posible que el hermano de Jeremías la tenga.

Jesús se levantó, puso los platos en el fregadero. Se dirigió a la habitación donde solía dormir. Se había empequeñecido, y la pared que guardaba sus afiches de luchadores estaba desnuda, desprovista de sus colores relampagueantes. El suelo donde estaba su colchón se había partido en dos, como si un terremoto hubiera querido desgajar una parte de la habitación de la otra. Como si alguien hubiera lanzado un conjuro, una invocación, suficiente para convertir ese pequeño paraíso en un agujero negro y polvoriento.

Quedaba la cama de su padre y su madre. La cama de su madre y María Luisa. La cama de él y de María Luisa.

Nadie nada nunca. ¿Y qué si eso fuera la mera verdad? ¿Y qué si él no había vivido jamás ahí y su madre tuviera razón en actuar como si la visita en el fondo no hubiera estado ocurriendo?

Al salir de la habitación se dio la vuelta y volvió a ver la cama. Hiciera lo que hiciera la realidad para engañarlo, no podría contra su memoria: había sido cierto, todo.

No quiso acercarse a la cama. La vio desde lejos, asustado, como si lo ocurrido allí tuviera el poder de llevarlo a espacios en los que no había nada mejor que empuñar un cuchillo.

Su madre lo acompañó a la puerta.

Le pidió la dirección del hermano de Jeremías; se la dio. Se despidió en silencio, con un abrazo. Ella se dejó, el cuerpo flácido no opuso resistencia pero tampoco recibió a Jesús con calidez.

Jesús salió a la calle. La intensa luz del día lo enceguecicó por un momento. Luego fue recuperando la visión de las cosas.

Después de visitar al hermano de Jeremías y conseguir la dirección de su hermana, pasó las horas en la cantina Paso del Norte —atendida por una pareja de chinos, una rocola abusiva en su pasión a Los Tigres y Juan Gabriel, un gato durmiendo sobre una mesa en la que un viejo jugaba un solitario— emborrachándose con sotol y recordando una tarde en el circo con su padre y María Luisa. De lo que vio en el escenario sólo quedaba en su memoria un chivo amaestrado que no se movía de un banquito pese a las amenazas de látigo de su domador, y un amago de lucha libre entre dos payasos. Por lo demás, en esas horas en las que se sentó en unos tablones incómodos, los pies en el suelo cubierto de paja, su mirada se fijó, obsesiva, hipnotizada, en las reacciones de su hermana. No importaba lo que hicieran los trapecistas ni el tragasables o las contorsionistas enanas, sino la forma en que María Luisa vivía esos momentos. Y en ella había asombro, miedo, tensión, congoja, maravilla. Él había pensado o al menos, en la cantina Paso del Norte, había creído que había pensado que no debía separarse de ella por el resto de sus vidas. Todo estaba en orden si él podía disfrutar de la forma en que ella disfrutaba intensamente de todo.

¿Qué haría cuando lo viera? ¿Qué haría él?

En Starke había imaginado tanto el reencuentro que no se había puesto a pensar en lo que ello implicaba. ¿Estaba preparado para su rechazo, su disgusto, su decepción? Ya no era el niño de ojos traviesos con el que su hermana jugaba en la calle. Tampoco el chiquillo inquieto de los días previos a esa noche, cuando, pese a que comenzaban a emprender caminos separados, todavía había secretos compartidos, complicidades.

A ratos la rabia lo consumía y pensaba que quizás lo mejor para ella también era el cuchillo. Puerca. ¿Qué hacía con el imbécil del tal Jeremías? ¿Qué hacía con un hijo?

Le pidió al chino que le prestara papel y lápiz. En el mostrador se puso a escribir una carta.

«Querida hermanita veo que todo esta bien yo quería berte siempre e pensado que»

«Querida hermana nomás yo quería decirte que»

«Hermanita aunque pasen muchas cosas quiero que sepas que te llevo en mi corason»

«Hermana hermana la bida nos a separado pero yo tengo un puñado»

«Querida hermana es bueno ver que la bida te está tratando bien, ya mero»

«Puerca imbesil matar a todos los imbeciles KILL THEM ALL.»

Cuando salió de la cantina estaba borracho y la calle se le vino encima. Quiso levantarse pero no pudo: al rato, estaba durmiendo. Dos jóvenes que pasaban empujaron el cuerpo a un costado para evitar que lo atropellaran.

Despertó a la medianoche, aterido de frío.

Le costó levantarse. Cuando lo hizo, lo primero que se le vino a la cabeza era que debía ir a buscarla a Albuquerque.

No quería pensar en lo que ocurrido años atrás. Debía concentrarse en lo que vendría.

Cuando llegó a Juárez sacó todo su dinero del locker en la estación y, haciendo caso a una recomendación de Miguel, se fue a vivir al pueblo de Rodeo, en el estado de Durango, doscientos kilómetros al sudeste. No era fácil llegar allí —el camino a través de las montañas era sinuoso—, pero eso era lo que quería Jesús, al menos durante un tiempo: aislarse del mundo, perderse. Comenzar una nueva vida.

Una casa sencilla, de paredes blancas, un piso y dos habitaciones, apenas le costó mil dólares.

Comenzó a usar lentes porque le dolían los ojos. Bebía menos que antes y había logrado tener a las drogas bajo cierto control. Dormía mejor y habían desaparecido las manchas rojas en sus mejillas. Quería que su hermana se llevara una buena impresión cuando lo viera.

Al poco tiempo consiguió un empleo como profesor de inglés de una escuelita administrada por el convento Fray Bartolomé de las Casas. La escuela estaba al frente de la única estación de policía del pueblo. Jesús sonrió: si supieran.

3

Auburn, California, 1948-1952

¿Le gustaba, no le gustaba? Lo habían transferido a un edificio más grande que el anterior. Decían que estaría mejor, habría más espacio. Era cierto, había más de cien pabellones y eran grandes y estaban conectados por pasillos espaciosos, con ventanas altas por donde se veían los jardines que rodeaban al edificio y los muros que lo separaban de la carretera. Pero también había más gente, pululando por todas partes. Muchos de ellos deformes —cojos, con las manos amputadas, tuertos, sin un pedazo de rostro, con la lengua afuera—, sobrevivientes, entendió, de una guerra que no era la suya. Una guerra que se había librado lejos. Se encontraba en un país grande y belicoso, tan pronto ayudaba al señor Gobierno de México a quemar iglesias como cruzaba mares para atacar a otros.

Los enfermeros, con sus uniformes blancos manchados de sangre o uno de esos remedios que le daban a Martín o a sus compañeros de pabellón, los hacían desfilar todo el tiempo. No descansaban. A Martín le hacían recuerdo a los soldados. Pos sí, eran de las tropas enemigas, no había que olvidarlo pese a los buenos modales.

Los despertaban temprano por la mañana, con una sirena estridente que sonaba en todas las salas, y luego los hacían formar en filas. Los jóvenes aquí, los viejos allá. Los hombres aquí, las mujeres aquí.

Líquidos, líquidos. Por todas partes líquidos. De todos los colores. Rojos verdosos amarillentos. Ora sí ya lo sabía: ahí adentro sólo había líquido y la piel era un dique. Mares viscosos que se movían a cada latido del corazón. Le abrirían el cerebro y habría líquido.

Les puso nombres a los enfermeros. El Güero, el Tentenelaire, el Saltapatrás, El Coyote, El Chamizo, la Notentiendo. Los conducían a los dos baños que había en cada sala, hacían que se turnaran para bañarse, ducharse, vestirse. Les daban su medicina. Los contaban todo el tiempo, para asegurarse de que nadie se perdiera o se hiciera daño. Tres durante el día, dos al atardecer y hasta la medianoche, uno el resto de la noche.

Después de los baños venía el desayuno. Los hacían regresar a sus camas y les traían la comida en carritos. Les daban cuchillos, tenedores, cucharas, platos de plástico. Martín ayudaba a recoger los platos y utensilios sucios.

Le caía bien El Güero. Tentenelaire no tanto. Saltapatrás más o menos. Coyote dependía del momento. Chamizo pésimo. Notentiendo la mejor.

Era importante el orden. A cierta hora los doctores venían a revisarlos. A cierta hora se apagaban las luces. Por las tardes podían jugar juegos de mesa o a las cartas, llenar crucigramas. Había una salita donde pasaban películas. Si se portaban bien los dejaban salir al jardín.

No le interesaban ni las cartas ni los juegos de mesa. Se iba a dibujar a una mesa apartada. A veces se le acercaban a hablarle, pero veían que no respondía y se iban y lo dejaban tranquilo. A veces le pedían que los dibujara. No había nada mejor para él.

Dibujaba la sala en la que transcurría la mayor parte de sus horas. Paredes con ventanas. Pero eso no le interesaba tanto como dibujar lo que había dentro de su cráneo. El cinematógrafo de su cerebro, como ese al que había ido un par de veces con María Santa Ana en Los Altos. Las imágenes transcurrían incesantes y él las detenía y mezclaba con las que veía en las revistas, páginas enteras a colores con mujeres anunciando jabones y lavadoras y carros y trenes. Dibujaba caballos, y jinetes con sombrero. Un hombre sentado en una mesa al lado de una ventana enorme por la que pasaba el tren, y todos pensaban que él era el hombre. Vírgenes con coronas, y santos con ropas rojas. Paisajes con árboles, iglesias y animales. Trenes que iban y venían, vías interminables capaces de cruzar colinas. Túneles, carros y camiones y vagonetas que pasaban por los túneles, y rayas por todas partes. Diagonales, verticales, horizontales. Muchas rayas ondulantes, como para marear a cualquiera, negro intenso sobre papel blanco, negro suave sobre papel marrón. Le gustaba el efecto que se conseguía, la simetría.

A veces usaba lápices negros. Otras, lápices de colores, grafito, acuarelas, crayones de cera. Sentado en el suelo, iba pegando páginas sueltas para crear el espacio suficiente para sus dibujos. Recortaba figuras de las revistas y las pegaba al dibujo.

Extrañaba al señor Walker. Se preguntaba qué sería de María Santa Ana.

¿Y sus hijas? ¿Y Candelario?

Uno de sus compañeros de pabellón caminaba por todas partes con una capa azul atada al cuello y una sonrisa maléfica que dejaba todos sus dientes al descubierto; otro estaba en una silla de ruedas y tenía un frasco de aerosol con el que rociaba a todo el mundo. Cuando se reunía con ellos en las salas o en el jardín, se esforzaba por hablar, pero apenas le salían balbuceos guturales. Entonces reía. Al Chamizo lo exasperaba su risa y venía corriendo a callarlo, pero era inútil. Nadie podía hacer que dejara de reír.

El hombre de la capa repetía Ai am a jiro, y Martín se preguntaba qué significaba jiro. El de la silla de ruedas gritaba Mai esprai uil meik yu invisibol. Eso podía entender, pero el aerosol rociaba a la gente y nadie se volvía invisible.

Martín, en cambio, podía cerrar los ojos y hacerlos desaparecer. Cuando venía uno de los enfermeros a llevárselo a una sala donde un doctor lo conectaba a unos cables, él se concentraba y el doctor desaparecía. La electricidad lo golpeaba y él trataba de que el dolor no existiera pero eso era imposible. Era fácil hacer que desaparecieran enfermeros y doctores y paredes y jardines. Era más complicado lograr que el dolor se fuera. Y ahí estaba, siempre, en alguna parte. Y si no era la cabeza, punzante, era el pecho, como un martillo que lo golpeara, y si no era el agua fría en los baños, hasta que se le arrugara la piel, o el agua caliente hasta que se le enrojeciera, y la electricidad que lo sacudía en esa sala de paredes tan blancas que daba ganas de ponerse a dibujar en ellas.

Iiiiiaaaaa.

Una vez a la semana iba al taller de cerámica. Se encontraba con compañeros de otras salas, interesados en dibujar y en hacer esculturas. Se hizo amigo de un güero que no paraba de dibujar soldados y cañones y paracaídas y aviones y una cruz como una hélice. Miraba sus dibujos, que no le salían bien, y de pronto pensaba en la guerra de María Santa Ana. Era diferente allí. Atanacio le había hablado de caballos, de iglesias incendiadas, de casas y cosechas destruidas, pero nada de aviones y paracaídas. María Santa Ana, ¿seguiría con los federales? A veces no podía dormir pensando si se les había unido por su voluntad o si todo había sido un plan de ella para ingresar donde los enemigos y luchar gritando Viva Cristo Rey.

No debía engañarse. Él era un prisionero de guerra. María Santa Ana: pinche traidora. Capaz que él estaba ahí porque ella había avisado a los federales, y el señor Gobierno de México era amigo del señor Gobierno de los Estados Unidos del Norte.

El güero se sentaba a su lado y no hablaba. Aplaudía mucho, eso sí. Lo que le gustaba y lo que no. Martín no sabía qué pensaba el güero de sus dibujos, pero sí que lo aplaudía todo el tiempo.

Cuando terminaba la clase salían al jardín. Podían pasarse todo el rato libre juntos, sin hablar una sola palabra. Tentempié les sacó una foto. A Martín no le gustó, porque salía sonriendo y se dio cuenta de que había perdido algunos dientes. La siguiente, aprendería a sonreír con la boca cerrada.

El profesor del taller de cerámica decidió montar una exposición con los dibujos de los que habían asistido a sus clases. Vendría a observarlos un señor con sus alumnos. Era profesor de arte y quería tener más relaciones con la comunidad, entendió Martín. Había llegado de Rumania, dijo el Güero mientras bañaba a Martín. Transilvania, ja ja ja, festejó su propia broma. Drácula, ja ja ja, continuó. La broma se extendió por el edificio: vendría a visitarlos Drácula.

Pusieron los dibujos en las paredes del solario. Los había coloridos y en blanco y negro, pintados con acuarelas y con crayones. Predominaban los soles y las ventanas y las niñas flotando en nubes algodonosas, abrazadas a globos y osos de peluche.

Cuando vino el señor con sus alumnos, se detuvo un buen rato frente al dibujo de Martín. Un jinete armado en un caballo, al lado un ciervo y las colinas ondulantes. Preguntó quién era el autor. El profesor del taller le señaló a Martín.

Se le acercó. Drácula, Drácula, pensó Martín. Yu jav a lot of talent, le dijo. Yu nou it? Martín no respondió.

Drácula preguntó con gestos si podía regalarle el dibujo. Martín asintió.

El profesor de arte se fue con una sonrisa satisfecha.

A partir de ese día el profesor lo visitó con regularidad. Martín lo esperaba ansioso, porque le traía cuadernos de dibujo, crayones, lápices de colores. No podía descartar que fuera parte de un plan enemigo, pero debía reconocer que era más fuerte que él. No quería hacerlo desaparecer. Apenas viera algo sospechoso, cerraría los ojos y lo haría enfrentarse con su furia aniquiladora.

A. Ni. Qui. La. Do. Ra.

Cuando el profesor veía que Martín tenía nuevos dibujos, les ponía una fecha en el margen inferior derecho. Es bueno saber cuándo lo has hecho, decía. Martín sonreía. Los dibujos eran cuidadosamente guardados en el taller de cerámica. A Martín se lo dejó libre. Ya no tenía que ayudar a hacer las camas, limpiar las salas. Ahora sólo debía dibujar. Y dibujaba. Era imparable. Dibujos pequeños, inmensos, con muchos colores y en diversas combinaciones del gris. Se hacía regalar revistas y recortaba sus ilustraciones y las pegaba a los dibujos. No quería que el profesor lo visitara y lo encontrara con las manos vacías.

Un día el güero no asistió al taller de cerámica. Martín esperó a la próxima semana, y tampoco. Se acercó al profesor con un dibujo del güero. Le hizo señas enfáticas. ¿Qué había sido de él? El profesor se llevó las manos al cuello. Luego dibujó una soga en una hoja. Puso cara apesadumbrada.

Martín se persignó.

Estaba en clase de cerámica cuando le dijeron que tenía visitas. Un joven moreno y apuesto. Se identificó como hijo de su hermana mayor. Martín no quiso recibirlo.

El director lo llamó a su oficina y le dijo cosas que Martín no entendió. Al final, lo único que le quedó claro era que no le quedaría otra opción que recibir a ese joven.

La visita estuvo supervisada por Saltapatrás.

El hijo de su hermana se puso a llorar de emoción y lo abrazó. Le dijo que estaba trabajando en San Francisco cuando un paisano le vino con el chisme de que había más como él en un hospital al norte del estado. Tuvo una corazonada. Averiguó, y los doctores corroboraron que lo habían internado en las fechas aproximadas en que se había perdido su rastro. Tenía que ser él.

Calma, calma. ¿San Francisco? ¿Dónde está eso? Él estaba al norte, bien al norte, eso sabía. Y también recordaba cuando vino que había un estado que se llamaba Texas, por el que pasó con sus compañeros de viaje, y luego llegaron a California y ahí se fueron separando y él subió y subió hasta que dejó de subir. El tren, había que construir el tren. Los rieles, las vías, los durmientes. El hierro, la madera, el sudor en las tardes en las que el sol calcinaba como allá en el desierto y en El Picacho. Y a veces le dolía todo el cuerpo, aunque no como ahora, y a veces había accidentes, en una ocasión se le cayó una viga de acero en la pierna y estuvo cojeando un tiempo y en otra una explosión de dinamita lo tiró al suelo y el sonido se le quedó en los oídos, ¿cuánto tiempo? Mucho, mucho, allá, allá, bien lejos, en el lugar en el que ya no estaba, con paisanos como él, todos deseosos de volver que no volvían, eso, eso, algo había en este país que hacía que no volvieran, buscaran excusas para quedarse, se contentaran con enviar dinero, incluso se quedaran cuando no había dinero, no había chamba, nada de nada, y ahora qué, eso, qué, era la guerra, sí, la guerra allá en México, por eso no había vuelto, el señor Gobierno tenía la culpa, María Santa Ana tenía la culpa.

El hijo de su hermana le contó lo que pasaba allá lejos. Se asustó: no quería saber de su mujer traicionera. No quería saber de la guerra, dijo, y el enfermero a su lado se sobresaltó: ¿acaso podía hablar?

No hay guerra, tío. Tiene más de veinte años que todo se acabó.

El joven no paraba de hablar. Algo acerca de que sus hijas y Candelario lo echaban de menos. Algo acerca de que debía volver. Algo acerca de que él haría todo por ayudarlo.

¿Sus hijas? ¿Candelario? ¿Cómo podía confiar en ellos, si seguro los federales los habían criado y llenado de ideas? Se levantó agitado y se puso a patear las paredes. Saltapatrás se acercó a tranquilizarlo.

Tienes que volver con tu familia, tío. Te esperamos. Por favor, tío.

Con gestos, Martín pidió a Saltapatrás que lo acompañara a su cama. De una bolsa extrajo la última carta que había recibido de Atanacio y volvió a la salita donde lo esperaba el hijo de su hermana. Le dio la carta, con gestos le pidió que la leyera. Mientras lo hacía le dio la espalda y miró a la pared.

No entiendo, tío.

Traición, dijo. Mi mujer, los federales.

No es lo que dice, tío. No has entendido bien. Dice que ella luchó junto al tío Atanacio para defender el rancho, y que los federales los agarraron a los dos. Pero tiene años que ocurrió eso, y ahora ella te espera y todos tus hijos te esperan.

Martín volvió a agitarse y se puso a dar puñetazos a las paredes. Llegó a darse un cabezazo antes de que Saltapatrás reaccionara. Se palpó la cabeza: había sangre. Se miró las manos manchadas, líquido, líquido que salía de su cuerpo y no paraba de salir. La piel no había sido el dique, y ahora qué. Moriría, moriría. Se puso a gritar.

Saltapatrás llamó a otros enfermeros, que controlaron a Martín tirándolo al piso. Martín sintió que uno le ponía sus rodillas en la espalda y otro le apretaba el cuello.

Cerró los ojos. Ya no estaban. Pero el dolor quedaba. Aaaaahhhhh.

Saltapatrás le dijo al joven que la visita había concluido.

Martín tenía miedo. ¿Qué iría a decir ese joven? ¿Se lo llevarían? Lo transferirían a otra prisión, iría a dar a una celda oscura en México. Los federales de su país eran unos hijos de la chingada, no tenían respeto por la vida. Aquí se estaba bien.

Trató de calmarse. ¿Pararía la sangre? Un enfermero le puso una venda en la cabeza, lo llevarían a otra sala, estiches, estiches.

El hijo de su hermana se levantó de la silla y se acercó a Martín ante la mirada inquieta de Saltapatrás y los otros enfermeros.

Tío, tío. Por favor, no le hagan nada. Está bien, lo entiendo. ¿Tienes algún mensaje para tu mujer, tus hijos? Están con muchas ganas de saber de ti.

Martín dibujó un valle de colinas ondulantes y a Jesucristo en una cruz. La sangre que salía de su cabeza manchó el papel. Saltapatrás le dijo al joven en un español balbuceante dice las verá en otra vida.

El joven abrazó a su tío, se fue y no volvió más.

Al poco tiempo, Martín se enteró de que el profesor vendría a vivir por unos meses al edificio.

4

Landslide, 2008-2009

Fueron en principio los dolores de cabeza, poco después de la navidad, mientras daba una vuelta por el mall. Luego la náusea, que me acometía en momentos inesperados, después de tomar un té o comer una ensalada. Atribuí todo a la tensión que me provocaban mis relaciones con Fabián. Había llamadas y e-mails desde Buenos Aires, pero también la casi imperceptible sensación de que lo nuestro no llegaría a nada, ni ahora ni si lo intentábamos mil veces más. Fabián estaba cada vez más perdido en sus alucinaciones. Un e-mail decía: «de lo que más disfruto es del helado nadie puede competir con los de acá. el de dulce de leche es un poema. tuve un ataque de pánico en el avión y sentí que me lanzaba en paracaídas. era dos personas, uno que veía todo desde la ventana del avión y otro que iba como una bala contra el piso porque el paracaídas no se abría. esta mañana me desperté a las seis y algo me impulsó a salir al jardín. de pronto escuché un zumbido y vi que algo se venía contra mí. era yo, el paracaídas que no se abría. me tiré al suelo tratando de evitar el golpe. tarde, tarde. cerré los ojos y cuando los abrí no había nadie. salí corriendo, con la sensación de que había sobrevivivido y todo sería diferente desde ahora. pero luego vi el cuerpo destrozado del paracaidista y sentí terror».

Quería ayudarlo y así sentirme imprescindible en su vida, pero al final no podía hacer nada y era yo la que me estaba ahogando con él. A ratos sentía que lo mío era sobre todo orgullo y terquedad: quería volver con él porque no aceptaba que me hubiera dejado de manera tan poco ceremoniosa; reescribiría la historia y esta vez yo lo dejaría y emergería triunfante de lo nuestro. Otros ratos me invadía el deseo de entregarme a él y creía que no encontraría a nadie como Fabián; eran ráfagas, pero las había. Y así andábamos los dos, incapaces de cortar amarras del todo, imposibilitados de darnos por completo a la relación, perdidos en la incertidumbre del querer y el no querer.

Una semana de vómitos hizo que la idea se fuera abriendo paso, hasta que una visita a la farmacia, donde compré un test para el embarazo, me lo confirmó todo. En el baño de un café adornado con afiches de los conciertos de Jeff Buckley, me enteré de lo que ocurría. Los siguientes días no pude dormir: me asustaba el momento en que tendría que contárselo a Fabián. Preferí no decirle nada por teléfono o e-mail. Era mejor esperar a su regreso en enero.

Fabián llegó un lunes. Dejé que descansara y la mañana del martes me armé de valor y fui a tocar a la puerta de su casa y él me abrió y subimos al segundo piso y le pedí que fuera a sentarse en el sofá, y cuando lo hizo Woodstock se recostó a su lado. Le conté lo que me pasaba y se quedó sin palabras y se recuperó lo suficiente para decirme que se alegraba por mí, que sería responsable del bebé, pero que eso no significaba que tuviera que sentirse «atado» a mí. Luego dijo que apenas nos habíamos acostado antes de que él se fuera. ¿No habría habido alguien en su ausencia? Vio la furia en mi rostro y se disculpó, pero ya era tarde: esos días, una palabra fuera de lugar era suficiente para que todo explotara, y sí, había muchas palabras fuera de lugar.

Por teléfono, me sugirió que debía ir a Planned Parenthood y que no era obligatorio tener al bebé. Tiré el celular.

Había pensado contárselo a la Jodida y pedirle que me acompañara a Planned Parenthood, pero me di cuenta de que ya no le tenía la confianza de antes. Fui sola y me deprimí. Una negra rolliza con una sonrisa que mostraba sus encías me dijo que lo que yo estaba pensando hacer era más normal de lo que creía, una de cada tres mujeres menores de cuarenta y cinco años había abortado en los Estados Unidos. Me estremecí imaginando un cementerio infinito de nonatos. Recibí folletos con fotos de fetos deshechos por abortos ilegales. Me enteré del funcionamiento de la pastilla del día después. A la salida, tuve arcadas en el estacionamiento.

Me encontré con Fabián en Chip & Dip. Le dije que me negaba a un aborto. Él fue más firme y me dijo que se negaba a que yo lo tuviera. Me contó una vez más de la desaparición de su mujer, de cómo eso lo había llevado a la depresión y le resultaba intolerable la idea de traer a otro ser al mundo.

Pedí licencia en Taco Hut, tuve noches de insomnio. Me rondaban las palabras y la actitud de Fabián, quería ser capaz de decidir por cuenta propia pero su influencia pesaba. Comencé a preocuparme por mi futuro, a pensar como él, a ver las cosas como él las veía: con un hijo no podría estudiar, me decía; no podría ni escribir ni dibujar.

Quise convencerme de que era una buena decisión. No pude, no del todo.

Hubo otra llamada de Fabián en la madrugada. Convenía no hacerlo en Landslide. Podíamos ir el próximo fin de semana a El Paso. Él haría las averiguaciones.

El viaje a El Paso lo hicimos dos fines de semana después. Nos alojamos en un Holiday Inn en cuya piscina de agua fría Fabián pasó casi todo el tiempo, ocultándose de mí. Para llegar a la clínica tomamos un taxi que se perdió por unas callejuelas cercanas a la línea; al fondo se recortaba el cielo de Juárez, más oscuro que el de El Paso, agobiado por el smog de las maquilas.

La clínica tenía una sala de espera con dos bancos. La enfermera que me atendió tenía los brazos delgados y huesudos, el pelo negro sujeto en una trenza larga.

¿De dónde conseguiste este lugar?

Un amigo que enseña en El Paso.

La verdad que no lo entiendo. Podíamos haberlo hecho en Landslide. Paranoia pura, la tuya. Ya somos mayorcitos como para esconder estas cosas. Además que en Planned Parenthood me dijeron que aquí esto se maneja dentro de la más estricta confidencialidad.

Hundió los hombros, como diciéndome que ya era tarde para cambiar de opinión.

Entré a una habitación y la enfermera me pidió que me desnudara y me dio una bata. Me eché en una camilla y apareció la doctora, Ana Carranza para servirla. Fabián estaba a mi lado, yo oprimía su mano con fuerza.

La doctora Carranza me puso una inyección, y yo cerré los ojos y cuando los volví a abrir un par de horas después no tenía a Fabián a mi lado. Estaba todavía mareada cuando la enfermera se me acercó y me ayudó a levantarme. Me incorporé a duras penas, y vi a Fabián sentado en un banco. Hojeaba una revista; se me acercó y me abrazó. Quería darle una bofetada, pero no tenía fuerzas para hacerlo.

En el viaje de regreso, Fabián se ensimismó y habló poco. Me dolía todo el cuerpo, sobre todo a la altura del estómago, y me sentía débil. Dormí mucho.

Me quedé un par de días en el estudio, tratando de no agitarme, no esforzarme, tomarlo todo con calma. Nada de anestésicos fuertes, apenas Tylenol. A veces, los calambres en el estómago hacían que me revolcara de dolor y me dejaban tirada en el suelo, los ojos al borde de las lágrimas. Releí el primer volumen de *The Sandman*; de esos capítulos me seguían impresionando el azul de «Sleep of the Just», el ambiente pesadillesco de «Imperfect Hosts», una frase de «Dream a Little

Dream of Me» *—Dream dream dreeeeam… whenever I want to… All I have to do… is… dreeeeam…—*, los colores oscuros y el encuadramiento de las viñetas en «A Hope in Hell».

Debía dedicarme sólo a leer. Sí, podía ser una lectora profesional.

5

Rodeo, México; diversas ciudades
de Estados Unidos, 1994-1997

Una mañana un dolor de muelas obligó a Jesús a ir a la farmacia. La mujer que lo atendió en La Indolora —en el vidrio esmerilado de la puerta de la entrada se leía en un letrero «Inyecciones 3 pesos»— tenía el pelo negro hasta la cintura y las uñas pintadas de azul. Hablaba mucho y cuando sonreía mostraba un diente partido. A Jesús le molestó que hablara tanto, pero cuando se disponía a marcharse encontró una excusa para no hacerlo: había una balanza al lado de la puerta. Por tres pesos, también te tomaba la presión.

No tenía cambio; se sacó los lentes y se acercó a la mujer, ella adivinó sus intenciones y le dio unas monedas antes de que él abriera la boca. Jesús le agradeció y le preguntó su nombre sin mirarla a los ojos, entrelazando nervioso las manos.

Renata. ¿Está de paso?

Vivo aquí. Unas semanas nomás.

¿Y qué lo trae? Es un pueblo tan chico.

Me gusta que sea chico. La gente a veces cansa.

La gente no aprecia lo que tiene aquí. Yo viví un tiempo en Juárez pero tuve una mala experiencia y me regresé. Ahora tengo un buen trabajo y no me quejo.

Cuando salió de La Indolora Jesús tenía el teléfono de Renata.

Un día después fueron al cine a ver una de Jackie Chan que no le gustó a Renata —ya sé que es de mentiras, pero ¡tanta violencia!—, y luego él la llevó al restaurante Veracruz, que le habían recomendado cuando preguntó por un lugar elegante. En el recinto de piso de mosaico y adornos florales en las mesas, dos hombres apuraban una botella de mezcal en medio de una discusión a viva voz. Una pelirroja miraba una guía de México con aire concentrado; en una de las sillas de su mesa descansaba una mochila.

A Renata, que llevaba un vestido azul largo y se había hecho una trenza complicada en el pelo —arabescos que le llevaron más de una hora al salir de la ducha— le impresionó lo atento que era Jesús y que tuviera dinero para gastar. Cuando él le contó que trabajaba en la escuela de las monjas, ella le preguntó si pagaban bien ahí.

Doscientos cincuenta pesos, dijo él.

¿A poco? Casi nada.

Cuando necesito dinero cruzo al otro lado y me pierdo unos meses. He trabajado en las plantaciones de tabaco, en estaciones de gas. He recolectado naranjas en California, sembrado espárragos, cosechado arroz en Texas. He limpiado baños, eso fue lo peor. No se vive mal.

¿Y por qué no se queda allá?

Me puedes tutear. Se extraña mucho aquí.

El fin de semana volvieron a salir. Se besaron en la oscuridad de un karaoke en el que un enano panzón vestido de mariachi interpretaba canciones de Pedro Infante. Era junio, pero en el karaoke no habían quitado las decoraciones navideñas: un Santa Clos de plástico se bamboleaba sobre un parlante, un árbol lleno de adornos se secaba en una esquina, banderines que colgaban del techo formaban las palabras MERRY CHRISTMAS.

Jesús intentó tocarle los pechos en la oscuridad de la calle, pero ella lo rechazó. La invitó a que fuera a donde él vivía; Renata se negó.

Me gusta, dijo él. Me gusta que no seas como las güeras.

Mi madre, que en paz descanse, me enseñó que un hombre debe ganarse el respeto de una antes de dejar que pase algo.

Ruca de mierda, pensó Jesús. Pero tampoco estaba apurado; no había muchas opciones en Rodeo, y Renata no estaba mal. Esos días había formulado un plan en el que una pareja estable era fundamental. Alguien que hiciera que no se sospechara de él en el pueblo. Que le proveyera de respetabilidad. Que pudiera quedarse en su casa cuando él se fuera de viaje, cuidando sus cosas. Porque él ya lo sabía: el viaje debía continuar. No era para él eso de quedarse en un lugar por el resto de su vida.

Al poco tiempo Jesús se puso en contacto con un vendedor de carros robados. Le dijo que podía conseguirle carros. No tenía intenciones de volver a cruzar al otro lado; sólo quería aprovechar sus contactos en Juárez para traer carros, revenderlos y ganar unos pesos de comisión.

El negocio de los carros lo hizo conocido en Rodeo. Otros compradores de pueblos y ciudades vecinas se pusieron en contacto con él. Jesús disfrutó de su fama local, dejó atrás su paréntesis sobrio. Lo conocían en los bares, le conseguían coca barata, y en los burdeles de la zona las putas se peleaban por él porque sabían que tenía dinero y pagaba al contado.

Una vez llevó a Renata a Juárez. Fueron de compras a Futurama, y Renata quedó impresionada por las tiendas de marcas rutilantes. Jesús le dijo tienes suerte, le acababan de pagar un dinerito que le adeudaban, podía comprarse lo que se le antojara. Ella lo abrazó de la emoción y enfiló a las tiendas «rapiditito, antes de que te arrepientas». Jesús se sentó en sillones mullidos mientras esperaba a que ella terminara de probarse vestidos y zapatos; opinó con monosílabos cuando venía a mostrarle un par de pantalones o una cartera, se quedó callado cuando escogía algo que le parecía caro. Se fueron de la plaza cargados de bolsas, Renata parlanchina y sonriente, él repitiéndose para sus adentros it's over, puerca, it's over.

En ese viaje se acostaron por primera vez. Ella tenía los pechos planos y él le dijo que podía pagarle tetas nuevas. Renata se sonrojó: la asustaba la operación pero lo pensaría.

Jesús le ofreció mudarse con él. Renata se negó: qué diría la gente. Las cosas debían estar en regla para que ocurriera algo así. Jesús pensó qué te crees imbécil, agradece que te estoy perdonando la vida. Pero luego se dijo que en el fondo nada cambiaba.

A los dos días le pidió la mano y ella aceptó. Se casaron dos meses después.

«PUTA DE MIERDA SI SUPIERAS. no te aguanto no te AGUANTO. No es tu culpa ODIO A TODOS. hablan y hablan y dicen que me respetan pero all is craisdy, Yo sé es mi dinero, sin dinero no miran, $$$, así son todas así son todos. FUCKING opinions todo el rato, ratas sin neuronas. Llegara el día del Juicio Final, soy el ángel soy Dios soy. KILL THEM ALL.»

El Libro de las Revelaciones continuaba alargándose. Los cuadernos que lo componían eran distribuidos por todo el pueblo. Algunos fueron enviados a la dirección de María Luisa en Albuquerque.

En unos de sus primeros viajes a Juárez después de casado, Jesús no aguantó la tentación y cruzó hacia El Paso. En la calle Santa Fe entró a una cabina telefónica y llamó al número que tenía de su hermana. Le contestó una voz grave.

Era ella. Era ella.

Colgó.

Se dirigió hacia la Freight House y se embarcó en el primer tren de carga que partía. En el vagón se encontró con dos vagabundos malolientes, los rostros tiznados, las manos secas y arrugadas; uno de ellos le informó que iban a Missouri.

El tren empezó a moverse. Jesús había extrañado ese ritual. Se echó en el piso crujiente del vagón, intentó dormir. Ya vería la forma de llegar a Albuquerque.

«Santificado no sea tu nombre. no no no no no NO.»

En la primera casa en la que quiso robar, en un pueblo cerca de Saint Louis, lo sorprendió un hombrón con un revólver. Jesús debió salir corriendo.

Preocupado porque el hombre lo reconociera, en Saint Louis intentó conseguir otro número del Seguro Social bajo un nombre falso. La mujer que lo atendía en la oficina del Seguro Social notó algo extraño. Reyle, Reyles, ¿Reyes? El nombre no le sonaba auténtico.

Jesús estaba en la sala de espera cuando dos inspectores del INS aparecieron junto a un policía que, después de leerle sus derechos, lo arrestó. Fue llevado a una celda en la que se hacinaban otros ilegales como él.

Lo acusaron de intentar hacerse con engaños de números del Seguro Social, de mentir a la Administración del Seguro Social, y de hallarse ilegalmente en el país. El abogado que le tocó lo defendió sin mucha convicción, tratando sólo de lograr que se le minimizara la pena. Jesús rogó que lo deportaran, dijo que si lo dejaban en una ciudad de la línea tenían su promesa de que nunca más volvería. No le creyeron.

Fue sentenciado a doce meses de prisión.

Fueron meses solitarios en la celda, rumiando un odio cada vez más profundo a la gente de ese país. Los guardias le daban de golpes y lo castigaban con cualquier excusa; sus compañeros de prisión vivían agarrándose a navajazos entre ellos y comprando coca y yerba de los guardias y violándose como perros.

Todas las semanas le permitían hacer una llamada, y él, antes que hablar con Renata, prefería marcar al número de su hermana en Albuquerque. A veces nadie contestaba y él la imaginaba trabajando. Cuando escuchaba su voz al otro lado de la línea, se ponía nervioso y colgaba.

Hubo noches insomnes. Para tranquilizarlo, el doctor le recetó un buen número de medicamentos: Librium, Tryptycil, Valium, Clonazepam.

No escribió nada.

Tuvo pesadillas en las que el rostro de la puta del California que había sido su primera víctima –¿cuántos años ya?–, se transformaba en el de María Luisa, y luego volvía a transformarse en el de la puta del California.

Lo dejaron salir a los cinco meses. Tenía la mirada sombría pero decidida. Cuando salió de Starke había hecho todo lo posible por tener bajo control a ese Jesús que habitaba dentro de él y se preparaba en silencio para el día de la batalla final. Ahora ya no. Su furia se derramaría como lava ardiente hasta que en el mundo no quedara más que él, rodeado de las calaveras desdentadas de todos los muertos infelices que lo habían provocado con su corrupciónignoranciaprejuiciosinferioridad.

Cuando volvió a Rodeo encontró a Renata en su casa. La había decorado con cortinas rosadas y muñecos de peluche en el sofá, que contrastaban con los afiches de jugadores de futbol americano –Montana, Rice– que él había puesto en las paredes.

Se quedó boquiabierta al verlo. Se sentaba en el sofá floreado, sin querer agarrarle la mano, y luego intentaba abrazarlo. Jesús tampoco sabía qué hacer. Se sacaba los lentes y se los volvía a poner, hasta que al fin: ¿Qué mierdas le has hecho a mi casa? Esas cortinas, ¿te has vuelto loca, pinche vieja?

Renata estalló en un llanto que tomó a Jesús por sorpresa. Imbécil, pensó él, idiota, puerca. Luego organizó sus pensamientos. No le convenía pelearse con ella. Le pidió disculpas por su torpeza, son los nervios, y se animó a una explicación, le había salido un trabajo al otro lado, cerca de El Paso, no tenía forma de comunicarse. Renata le creyó; quería creerle, sólo necesitaba que él le dijera algo convincente. Se fue tranquilizando. Se le acercó y le dio un beso y le dijo que la siguiente le avisara con anticipación, había estado tan preocupada.

Es que no es justo, Jesús. Viene mi hermano y pregunta por ti y no sé qué decirle. Y luego luego viene la vecina y yo pongo mi cara de ya llegará. Y una escucha tantas historias de padres y hermanos y esposos que están bien un día y al día siguiente se marchan al otro lado y mandan dinero los primeros meses y desaparecen. Y yo sé que tú eres diferente, mírame, Jesús, y que jamás se te ocurriría eso, pero igual no es justo.

Era tonta, cualquier rato le llegaría su final. Por lo pronto, todavía la necesitaba. Para evitar sospechas, nunca más la dejaría sin dinero; abriría una cuenta en el banco local y, si viajaba, le daría permiso para que sacara ciento cincuenta dólares al mes.

Eso sí, habría que cambiar las cortinas.

Los siguientes dos años pasó poco tiempo en Rodeo. Volvió a los trenes de carga y a robar en ciudades y pueblos de Texas y Nuevo México. Renata aceptaba la situación: cuando Jesús regresaba, traía siempre algún regalo para ella —relojes, aretes, cadenas, vestidos— y sus bolsillos estaban llenos de dólares. Entendía que no había trabajo en Rodeo, que él debía cruzar al otro lado de tanto en tanto para mantener el nivel de vida que tenían. Se acostumbró a estar sola en casa, a verlo una semana cada tres o cuatro meses.

Al final Jesús se armó de valor y fue en busca de María Luisa en Albuquerque. Ése era el viaje que había iniciado cuando lo metieron a la cárcel nuevamente, debía terminarlo. Clinton acababa de ser reelegido, eso lo tenía de mal humor. Habría más Wacos y más bombas sobre Sarajevo.

Un viernes por la tarde llegó a la puerta de su casa, cerca de un Key-Mart en una zona alejada del centro. La casa era pequeña en comparación a otras de la cuadra; estaba pintada de color morado. Había un triciclo en el jardín.

Tocó el timbre. Una mujer abrió la puerta. ¿María Luisa? Estaba algo rellena, el amplio vestido convertía a su cuerpo en un objeto rectangular como un mueble. ¿Qué había sido del cuerpo delgado que lo mareaba? Estaban los ojos verdes, pero ahora ya no miraban de frente (ahora miraban como él siempre lo había hecho). Las mejillas picadas por la viruela y el pelo opaco. Sus labios finos, convertidos en los rebordes de una empanada. Le faltaba el resplandor con el que la recordaba. Hasta parecía mayor que él.

Jesús…

Quería que lo invitara a pasar a la casa. Necesitaba contarle que en el Libro de las Revelaciones había un lugar para su salvación.

María Luisa…

No te quedes ahí, por favor. Pasa, pasa.

La emoción lo ganó y se dio la vuelta y se alejó corriendo de ella.

Fueron meses peligrosos para Jesús. La vigilancia en la frontera se había incrementado, la migra no daba respiro, las celdas de los estados del Suroeste estaban llenas de mexicanos y centroamericanos que aguardaban su turno para argumentar su caso y evitar la casi inevitable deportación —tengo mujer, tengo hijos aquí señor juez, soy un perseguido político en mi país señor juez, si me devuelve los narcos me matarán señor juez, señor juez, mister lawyer, señor, mister, señor mister, please please please.

Una vez, en California, la policía hizo detener el tren de carga en el que viajaba, y fue arrestado junto a cuatro vagabundos que viajaban con él. Lo perdonaron y lo enviaron a una ciudad de la línea, donde lo dejaron libre.

En otra ocasión, en Texas, lo arrestaron por encontrarse borracho y sin papeles en la calle. Lo soltaron después de tres semanas. Cuando volvió a Rodeo, le contó a Renata de ese arresto. Eso hizo que ella le tuviera más fe: Jesús no le ocultaba nada, ni siquiera las cosas malas que le ocurrían.

Faltaba poco para la navidad. Estaba cansado; quería regresar a Rodeo para las fiestas. Descansaría unos meses, su cuerpo se lo pedía. Le dolía una de sus rodillas, a ratos era insoportable.

Había llegado el atardecer. Se encendían las luces de las ciudades. El tren pasaba por un suburbio en las afueras de Houston —los carros hacían fila en las intersecciones, esperando que se alzaran las barreras— cuando Jesús vio una casa de tres pisos cerca de las vías. Llamaba la atención su tamaño, más imponente que el de las casas vecinas.

Sintió que su cuerpo vibraba. Saltó del vagón sin pensarlo mucho.

La puerta de atrás no estaba cerrada con llave. La casa aparentaba estar vacía, pero igual se dirigió a la cocina y se armó con un cuchillo. Uno de borde aserrado para cortar carne. Fue a la habitación principal en el segundo piso. Se tiró en la cama y se hundió: el colchón era de agua. Decían que se dormía mejor pero no lo creía. Era como echarse sobre una gelatina: algo se movía ahí abajo, mil gusanos intranquilos. Imposible cerrar los ojos.

Las fotos en las paredes le contaron la historia: una pareja casada hace más de diez años, tres hijos. Ella, una doctora que trabajaba en la universidad, la típica güera; él, facha de ejecutivo de banco. En el escritorio encontró folletos con fotografías de fetos y el nombre de la doctora: Joanna Benson. Leyó una frases en inglés en el folleto. Creyó entender que la doctora hacía experimentos con fetos.

Debía apurarse.

Se quedaría en la casa a esperarla.

Metió en el bolsón de lona los adornos de cerámica que encontró sobre las cómodas. Se hizo con una cajita de madera forrada con conchas de nácar, en la que había collares y aretes; en el cajón de una de las mesas de noche encontró tres billetes de cien dólares y un reloj que no funcionaba pero que parecía fino. En una de las habitaciones de las hijas —posters de Mel Gibson, Tom Cruise y Bon Jovi en las paredes— encontró un bate de beisbol en un baúl al lado de la cama. Dio batazos imaginarios y se dio cuenta de que nunca había jugado béisbol. Debía hacerlo. Seguro había ligas en Rodeo.

Bajó al primer piso con el bate. Pensó en llevarse el equipo de música pero luego lo descartó: era pesado. Había otros adornos de cerámica en el comedor, pero eran grandes y se romperían en el bolsón.

Estaba sentado en la sala, esperando, cuando escuchó un ruido. La puerta del garaje. Tenía tiempo de escapar.

Escuchó el motor de un carro que ingresaba al garaje. El motor se apagó. Se puso a esperar al lado de la puerta que conectaba al garaje con la casa.

La mujer ingresó a la sala con bolsas de supermercado en la mano. El golpe que recibió la tiró al piso. Rodaron por la alfombra las latas de conservas, la mantequilla, la leche, las sandalias negras de tacón bajo que llevaba puestas.

No, por favor, no. Tengo tres hijas.

Shut up, Joanna.

Se sentó sobre ella y le dio un puñetazo en el ojo derecho. El golpe le remeció el rostro. Otro puñetazo. Se escuchó un crujido, como si se hubiera roto un hueso. KILL THEM ALL, se repitió Jesús y clavó el cuchillo de sierra en el pecho de ella. Agarró el bate y le dio de batazos en el rostro hasta destrozarlo. Un ojo voló y terminó en el piso de la cocina, al lado de un recipiente de latón con agua para un perro que no aparecía por ninguna parte (¿lo habrían llevado al veterinario?, ¿estarían experimentando con él?).

Cuando se cercioró de que la mujer no respiraba se incorporó y se acercó a la cocina y alzó el ojo y lo tiró al basurero. Regresó donde la mujer y le cortó la lengua con el cuchillo. Eso debía hacer con Renata. Hablaba tanto.

La desvistió. Tenía los calzones orinados, puerca. Hizo una pila con su ropa y la tiró al tacho de basura. Volvió a sentarse sobre Joanna. Se masturbó frente a ella. La penetró. Se fijó en la masa sanguinolenta en el lugar en que antes había estado su rostro. Se movió rítmicamente, con furia, hasta que sintió un ramalazo eléctrico que venía de lo más profundo. Sacó su verga y se acercó al lugar del rostro y terminó sobre él.

El semen se mezclaba con la sangre. Estaba temblando. El corazón latía acelerado y no había forma de tranquilizarlo.

Se acercó a una de las paredes blancas de la cocina y escribió con la sangre en uno de sus dedos: INOMBRABLE

Se percató de su error y volvió a escribir: INNOMBRABLE

Estaba cansado y tenía la garganta reseca.

Se limpió la cara y los brazos y lavó en el baño del primer piso la sangre que le había salpicado los pantalones y la camisa. Se los sacó, y luego fue al segundo piso en busca de ropa. Se puso una camisa azul que le bailaba, pero no pantalones, porque los del hombre eran tan grandes que ni siquiera podía ajustarlos bien con un cinto y pisaba los botapiés al caminar. Volvió a ponerse sus jeans manchados, se convenció de que no era para tanto. Se compraría pantalones nuevos.

En la cocina abrió el refrigerador y se preparó un sándwich de jamón. Lo acompañó con un vaso de leche.

Miró de reojo el cuerpo desnudo tirado en la sala contigua. La sangre sobre el pecho se estaba secando rápido. El color huía, la piel empalidecía.

Cargó el bolsón a la espalda y salió por la puerta de atrás. Dejó el bate y el cuchillo tirados en el piso de la cocina.

6

Esa mañana el sargento Fernandez estaba en la oficina ordenando papeles. Al mapa de Texas en la pared detrás de él se le había caído una de las chinchetas que lo sostenía y tenía una porción del territorio enroscada sobre sí misma.

Se acordó de Debbie y se preguntó cómo sería vivir tantos años en un lugar imaginando que siempre había otras ciudades donde se la podía pasar mejor. Cuando él se lo mencionaba, ella dejaba caer uno de esos suspiros que decían de toda una forma de ver el mundo, aire que parecía haber guardado en sus pulmones para ocasiones especiales como esa. Él veía la forma desdeñosa de los labios, la impaciencia en los brazos apoyados en la cintura, pero aun así exigía palabras que le dijeran lo que los gestos sugerían.

Se tocó la barba de días, Debbie decía que le raspaba, Rafa, debía afeitársela. Tantas cosas que debía hacer según ella. Crema en torno a los ojos, para que las arrugas no se le profundizaran. Suero para las mejillas y la frente, humectante antes de irse a dormir. Estaba obsesionada con mantenerse joven. En su adolescencia había sido modelo de centros comerciales y catálogos de grandes tiendas; actriz en compañías de teatro para aficionados, en los años universitarios. Le había mostrado fotos de esos años, afiches en los que su sonrisa inquietante y eufórica era el principal reclamo para atrapar espectadores.

Cuando salió de la oficina se cruzó con Jackson, que hablaba por teléfono y con McMullen, que llevaba una carpeta en la mano.

¿Leíste lo que llegó de Houston? Un asesinato de esos truculentos, en un suburbio de Houston. Ayer por la tarde. El asesino quizás haya usado el tren para escaparse. Nos han pedido que reforcemos la vigilancia cerca de la estación.

Fernandez se detuvo. A ver, a ver. Cuéntamelo todo. Y despacio, por favor.

Mejor léelo tú.

McMullen le entregó la carpeta. Había fotocopias de correos electrónicos de la policía, el INS, los Texas Rangers y el FBI de Houston. Fernandez leyó que una profesora de la universidad de Baylor había sido asesinada en su casa de manera brutal. Tres cuchilladas en el pecho, batazos en el rostro hasta desfigurarlo. Violada después de muerta. En una de las paredes de la cocina, escritas con sangre, dos palabras en español —o más bien, dos intentos de escribir la misma palabra—. Huellas digitales del asesino recobradas en el cuchillo y el bate encontrados en el lugar del crimen. Se estaban analizando muestras de su semen. El INS no las había identificado todavía, aunque sí tenían un perfil del sospechoso. Un hombre joven, probablemente un mexicano o centroamericano.

Bueno, dijo Fernandez, o sea que si escribe en español tiene que ser mexicano. Podemos dormir tranquilos.

No te creas, dijo McMullen. ¿Y si ataca de nuevo?

Ah, McMullen: no entendía su ironía.

¿Y por qué piensan que debió usar el tren?

La casa estaba cerca de la estación. Es una de las posibilidades más obvias.

Pero pudo no haber sido el tren, ¿no?

Claro que sí. A estas alturas hasta en bicicleta es posible.

Un mensaje en la pared. Se nota que sabe del Night Stalker.

Lo que nos faltaba. Psicópatas que estudian a otros psicópatas.

Se encontró con Debbie en un Best Western en el centro de Landslide. Tomaron una botella de tinto hasta que ella se emborrachó. Después del sexo, Debbie se duchó mientras él leía una *Newsweek*. Ella salió del baño con una bata roja; se la sacó frente al espejo a un costado de la habitación y se puso crema. De almendras, reconoció Fernandez, distrayéndose de su lectura, observándola de reojo. Un cuerpo que se afanaba por no dejarse ganar por los años, que hacía lo imposible por ofrecer resistencia a la revuelta que se llevaba a cabo dentro suyo, de tejidos que perdían elasticidad y destensaban y cuarteaban las pieles, manchas que asomaban en las manos y las mejillas, articulaciones que crujían y amenazaban con ceder en cualquier instante.

Debía conseguirse una puta veinteañera. Reconoció que no sería fácil: le había tomado cariño. Se encontraba con ella durante la semana, a veces en hoteles y otras en su propio apartamento. Después del tercer mes ella había dejado de cobrarle, pero él igual seguía pagándole como una forma de sentirse libre y poder engañarse con que no estaba en una relación estable.

La forma sinuosa y desinhibida en que caminaba desnuda por la habitación. Decía que era escort, no puta, y que había diferencias. A veces le tocaban hombres que sólo querían compañía, que no estaban interesados en el sexo. Fernandez hubiera querido conocerlos. Preguntarles cómo lo hacían. Cómo eran capaces. Seguro eran los mismos que decían comprar Playboy sólo por los artículos. Igual, lo que le importaba era que mientras ella siguiera viviendo de ese trabajo sería una puta para él. Podía verla seguido, pero se negaba a sentir que era su pareja. A veces, cuando hacía sus rondas nocturnas por las calles de Landslide, se sorprendía preguntándose qué hacía ella a esa hora. Si estaba con otro hombre. Hubiera querido que renunciara al trabajo, pero era demasiado orgulloso para pedírselo. Debía nacer de ella. Y, quién sabía, quizás Debbie esperaba que él se lo dijera.

Ella se echó en la cama y no tardó en dormirse; a él se le cruzó dejarle el dinero en el velador e irse, pero no quiso ser brusco e intentó quedarse al menos unas horas. El sueño no llegó: estaba demasiado sobrio, abrumado por la falta de coherencia de todo. La profesora de Baylor, asesinada cerca de una estación de trenes… Y lo peor de todo era que en la carpeta de McMullen había visto un telegrama del FBI. Los federales se harían cargo de la investigación. Hijos de puta, se quedaban siempre con los casos más interesantes.

De vez en cuando visitaba a Joyce, la hija de la anciana víctima del «asesino del tren». Las primeras semanas, él había aparecido en su trabajo —una guardería— con preguntas sobre su madre. Qué opciones se le ocurrían, gente que hubiera trabajado antes con ella, jardineros, plomeros. Había que seguir todas las pistas. Joyce no le dijo nada revelador y eso no lo sorprendió. De todos modos siguió yendo a verla, como si fuera un doctor haciendo visitas a casa de sus pacientes enfermos, alguien que se hacía cargo del destino roto de aquellos familiares a quienes la muerte tocaba de cerca. Escuchó a Joyce contarle anécdotas de su madre. Llegó a ir al cine con ella. Eso no era nada profesional pero la soledad era mala consejera.

Suspiró. Encendió la televisión, cambió canales. Vio el final de una película de Bruce Willis, un capítulo repetido de *Seinfeld*, un infomercial sobre rubias promiscuas en Spring Break. Antes de dormir pasó a Fox News.

Dawn Haze Johnson, la conductora de un programa de noticias que veía con frecuencia, se quejaba de un pedófilo en Wyoming y sermoneaba sobre la actitud de los padres jóvenes, que no se preocupaban mucho por sus hijos, no supervisaban sus juegos ni a sus amigos. Dawn Haze era experta en llorar sobre la leche derramada; en su afán por buscar culpables, si una niña era secuestrada de su habitación a las tres de la mañana era capaz de decir que los padres debían haber estado despiertos a esa hora, velando su sueño.

Luego del pedófilo vino una noticia de última hora, un segmento sobre una pareja asesinada brutalmente en Weimar, un pueblo de dos mil habitantes en Texas. El reverendo Norman Bates y su esposa Lynn habían sido masacrados con un martillo sacado del garaje de la casa del reverendo. El asesino había cortado con un cuchillo la rejilla de la puerta trasera de la casa.

Dawn Haze movía su melena rubia, jugueteaba con los botones plateados de su camisa antes de comunicar a los espectadores que tenía una primicia. Fernandez se dejaba llevar por la mujer. La pausa antes de que ella volviera a hablar se le antojaba demasiado larga.

Podía llamar a McMullen, preguntarle qué novedades tenía del caso.

Ahora sí: las autoridades del INS habían logrado identificar las huellas digitales de la escena del crimen como las mismas de un asesinato ocurrido un par de días atrás en un suburbio de Houston. En la pantalla apareció el rostro de un tal Jesús González Riele, un mexicano que había sido arrestado sin papeles dos veces y deportado a la frontera.

Quiso despertar a Debbie. Contarle, ansioso, de esa foto borrosa en blanco y negro. La tez morena, los bigotes finos a los costados, los pómulos prominentes, el pelo negro revuelto. Es que, ¿podía ser él…?

La miró, perdida en el sueño. A ella no le importaría mucho lo que él le contara.

Dawn Haze estaba furiosa: con leyes tan laxas de inmigración, pronto el país no sólo estaría invadido por todos los mexicanos, sino que se contagiaría de la violencia desalmada que flotaba por allá. It's time to build a wall so they can't come here so easily!

Rafael tosió y se levantó de la cama. Se vistió tratando de no hacer ruido. Estados Unidos era su único país, lo había aceptado con convicción desde los doce años, cuando llegó con sus papás a Calexico, pero igual no le gustaba que se hablara mal de México o los mexicanos. Que se generalizara con tanta facilidad. Era cierto que entre los que llegaban había narcos y ladrones violentos, pero la gran mayoría sólo quería una nueva chance en sus vidas, un trabajo decente. Además, ¿qué país era más creativo que los Estados Unidos a la hora de la violencia?

Estaba acostumbrado a discutir con Dawn Haze. En verdad, sólo veía su programa para molestarse.

Lo invadió la rabia. Pero no iba dirigida hacia Dawn Haze sino a Gonzalez Riele, o Reyle, que los acababa de joder a todos. A los dieciocho Rafael había trabajado de guardia de seguridad en una tienda Gap en el centro de Landslide, y una vez vino un chico a probarse y cuando se iba los otros guardias notaron que se estaba llevando unos jeans bajo su pantalón. Uno de los guardias lo detuvo y lo llevaron a la trastienda y lo agarraron a bofetadas y empujones, y el chico se largó a llorar, no tenía papeles, por favor no me entreguen a la policía, por favor no, y él, después de convencer a duras penas a los otros guardias, es casi un niño, lo llevó a la puerta y le pidió que no lo volviera a hacer y lo dejó ir. Y cuántas veces, en sus rondas rutinarias como Ranger, había detenido a un carro porque tenía un farol roto o el sello de inspección vencido, y el que lo conducía resultaba ser un ilegal asustado y él se conmovía y lo dejaba ir. Los había ayudado y quizás ahora les iba igual o mejor que a él, pero de qué servía. Su propio trabajo y el de tantos otros resultaba ensombrecido porque los medios y la gente se acordaban sólo del asesino ilegal.

Si Dawn Haze supiera que ese hombre podía haber asesinado no sólo a tres sino al menos a cinco personas, ¿qué diría? Pronto lo sabría.

CUATRO

1

El profesor vivía en el edificio blanco. No era posible confundirlo con un doctor o un enfermero. Se había cortado el pelo al ras. Solía llevar camisas de manga larga pese al calor, un traje negro o gris o café, elegante y aburrido, pensaba Martín, aunque seguro decían lo mismo de su uniforme, ese como pijama celeste tan suelto que el pantalón a veces se le caía al caminar, debía amarrárselo bien.

Por las mañanas el profesor acompañaba a Martín al taller de cerámica, que estaba vacío a esas horas y en el que Martín podía dibujar tranquilo. Bajo la mirada atenta del profesor, Martín se sentaba en el suelo y recorría su mente en busca de recuerdos. Cuando encontraba alguno que le llamaba la atención, lo veía por el filtro de las revistas que leía, mezclado con los dibujos y fotos de sus páginas.

El profesor intentó hablar una vez con él. Martín no contestaba. El profesor, entonces, le dijo en inglés que su vida estaba dedicada a estudiar el arte de los locos. Dijo «locos» en español y Martín le entendió. Le decía que su vida estaba dedicada a estudiar el arte de los «skizofrenic». «Autsaider art.» Las palabras iban saliendo, los dientes del doctor no las podían frenar, y Martín pensó que podía dibujar esos incisivos largos, esa boca entreabierta que escupía saliva, en la cara de uno de sus jinetes. O mejor: podía dibujar las palabras. Un hombre que tenía el estómago lleno de palabras y debía expulsarlas como si se hubiera tragado conejos. Un vómito de vocales y consonantes que salían flotando envueltas en una flema verde. ¿Por qué la gente le hablaba en ese otro idioma tan complicado? ¿Querían que estallara su cabeza? ¿Es que no tenían compasión de él? Sólo pedía que lo dejaran dibujar. Que cerraran la puerta y fueran a pasear.

Conejos. En el Picacho los cazaba. A veces un disparo en el estómago los partía en dos. María Santa Ana sabía prepararlos bien, una receta heredada de su viejita. Y ni qué decir de la carne encebollada con frijoles. La cochinita al horno. Aaaaahhhhh.

El profesor le decía que tenía fe en su talento. Que lo admiraba. Que creía que había encontrado a un Jenri Rusó mexicano. ¿Qué? Jenri. Russsoooó. Eso. Ajá. Y le traía cuadernos, revistas y colores. Estaba bien así. Podía dejarlo hablar siempre y cuando trajera todo lo que necesitaba para dibujar. Y Martín dibujaba. Había desarrollado una rutina minuciosa, que comenzaba con él sacando las hojas de los cuadernos y colocándolas en el suelo una junto a otra, para pegarlas y tener un espacio más amplio para dibujar. Después preparaba la pasta inventada por él, en la que mezclaba, entre otras cosas, betún, crayones, carbón, el jugo rojo que extraía de algunas frutas, y su saliva, de preferencia con mucha flema. Todo esto, en boles que había aprendido a hacer en las clases de cerámica. Luego recortaba con paciencia dibujos y fotos de las revistas. Le gustaban las propagandas de jabones, porque allí siempre había un rostro de mujer hermosa que le hacía recuerdo a María Santa Ana aunque fuera güera. A veces pegaba ese rostro al final de las vías del tren, como un destino o una promesa. ¿Quieres volver a tu casa?, preguntaba el profesor en inglés, y Martín no entendía. ¿Te… espera… tu mujer?, preguntaba el profesor en español, y Martín algo entendía.

El profesor podía pasarse en silencio tres o cuatro horas, sentado, mirando a Martín trabajar. Una vez, cuando Martín había dibujado lo que parecía un gato, el profesor le preguntó en español si eso era un gato. Sí, gato, dijo Martín y continuó dibujando. El profesor dijo en inglés:

Creía que eras mudo.

¿Miut? Martín no entendió lo que le decía.

El profesor se fue y volvió con un diccionario inglés-español. Fue señalando varios dibujos de Martín. Le preguntó si eso era un «zapato».

Sí, zapato, respondió Martín con una voz que apenas se escuchaba.

¿Y eso, era un «perro»?

Sí, perro.

¿Y esa casa, «tu casa»?

Sí, casa.

¿Y esa mujer, «tu mujer»?

Sí, mujer.

¿Y ese edificio, «iglesia»?

Sí, iglesia.

Tú no eres mudo, Martín.

¿Miut? Martín no entendió qué le decía el profesor.

El profesor buscó en el diccionario. «Mudo», dijo dos veces. Martín no respondió.

Tú no hablas porque no quieres hablar, ¿no?

Perro, dijo. Y luego: casa, mujer, zapato, gato. Aaaaaaahhhhhh.

Cerró los ojos. Así estaba bien. El profesor había desaparecido. Debía quedarse en esa paz, en esa sala oscura sin nadie más que él. Tenía miedo. ¿Y si abría los ojos y el profesor seguía ahí?

Cuando los abrió, mucho tiempo después, el profesor no estaba.

El profesor le pidió permiso para montar una exhibición de sus dibujos en una galería de arte en Sacramento. Martín no entendió lo que le pedía, pero firmó en una hoja que le entregó el Güero. Su firma era una serpiente ondulante, la *eme* que se estiraba como las colinas de su pueblo.

El profesor se hacía acompañar a veces por alguien que traducía al español lo que él decía en inglés. Martín decidió no volver a hablar más. Abusaban de su confianza.

La exposición había sido un «éxito», le contó el profesor. Martín tuvo visitas de artistas, críticos de arte y profesores de la región. Escultores, pintores, alumnos del profesor. El director del hospital permitía las visitas, a veces las acompañaba, sacando pecho ante las atenciones brindadas a su paciente. Martín los aceptaba pero hubiera preferido que no vinieran. Que le trajeran regalos y luego lo dejaran tranquilo.

Un paciente le entregó un papel y lápiz y le hizo gestos para que garabateara algo ahí. Martín dibujó un tren en miniatura. Las volutas de humo las hizo como formas algodonosas que parecían querer escaparse de la página. El gordo lo miró y luego apuntó a Martín con un dedo y disparó. Martín sonrió, y el gordo estalló en llanto. Tentempié y Saltapatrás aparecieron corriendo y trataron de tranquilizarlo. Se lo llevaron al jardín.

¿Qué debía haber hecho Martín? ¿Tirarse al piso?

Luego de ese incidente el director restringió las visitas a Martín. Sólo el profesor siguió manteniendo el acceso privilegiado.

Hubo una exposición en un lugar llamado Berkeley. Y otra en un lugar más lejano llamado Syracuse. El profesor le traía recortes y Martín leía los titulares: «Wonderful Insane Art». ¿Qué era eso? Las fotos mostraban al profesor dando una charla en una universidad cerca de Syracuse, en un pueblito llamado Ithaca. Detrás del profesor se podían ver los dibujos de Martín.

Hubo otra exposición en un lugar llamado Oakland. El profesor consiguió un permiso especial para que Martín pudiera asistir. Le prestó un traje negro; las mangas del saco le quedaban largas. Uno de los enfermeros le regaló un cinto amarillo que no hacía juego, y el director una corbata a cuadros que parecía una servilleta.

Martín salió en una vagoneta del edificio, acompañado por un enfermero pelirrojo al que bautizó Gabacho Rojo. En la parte delantera de la vagoneta se encontraba el profesor.

El pelirrojo sabía algunas palabras en español y le preguntó a Martín si tenía idea en qué año se encontraban. Martín entendió, pero no respondió.

Uno nueve cinco cuatro, dijo el enfermero. Martín entendió, pero no entendió.

Cuando llegó al edificio azul donde estaban sus cuadros, Martín leyó en una de las paredes de la entrada, en letras grandes: «The Art of a Schizophrene: Drawings By Insane Artist Martín Ramírez».

Schizo, schizo, schizo…

Dio una vuelta por las salas del edificio, acompañado del profesor y el pelirrojo. Hubo gente que se le acercó y le pidió sacarse una foto con él. Sonrió y los dejó hacer. Luego se acordó de sus dientes cariados y ennegrecidos y trató de hacer una mueca afable con la boca cerrada.

Le gustó que las salas estuvieran limpias y bien iluminadas. Que sus dibujos se pudieran apreciar. Pero la vuelta le tomó menos de diez minutos. Quería salir de ahí, volver a su edificio. A su casa. ¿Es que no entendían?

Hubo otra exposición en un lugar llamado San Francisco. Iba a ser más grande, más concurrida, y entendió que el profesor decía que allí lo suyo estaría en una salita pero que también habría dibujos de otros artistas «locos».

Martín se animó a decir: ¿Locos? Él no estaba loco.

Esquizofrénicos, dijo el profesor en inglés.

Otra vez esa maldita palabra.

Psicóticos, dijo el profesor en inglés, pero Martín no entendió.

Esculturas de un paciente después de su lobotomía.

¿Lobos?

Él quería dibujar lobos. En las afueras de su pueblo había muchos.

Eso, dijo el profesor. Lobos.

La exposición fue uno de sus mejores momentos. El profesor le entregó una carpeta con recortes. Emborronó las fotos en las que aparecía mostrando los dientes. Quiso leer, pero se atoró: ese maldito idioma se le volvía a cruzar. Hubo gente importante que llamó al edificio y pidió una cita con él, y el director dijo no. Uno que otro pudo venir con el profesor, y él los presentaba y luego se hacía a un lado para que hablaran. Pero Martín no abría la boca, Martín cerraba los ojos y los hacía desaparecer y cuando los abría la gente importante ya no estaba.

Siguió dibujando. El profesor ya no vivía en el edificio. Daba lo mismo: igual venía a verlo tres veces a la semana. Revisaba sus dibujos, hacía comentarios, los catalogaba y se iba. Se llevaba dibujos después de pedirle permiso; Martín asentía, asumía que se los estaba pidiendo prestados, aunque lo cierto era que nunca los devolvía.

Cuando Martín no tenía un dibujo nuevo, el profesor se molestaba. Martín, ui giv yu so meny fasilitis. Martín no entendía lo que le decía, pero el tono de la voz lo asustaba. No quería ofenderlo. Y se ponía a dibujar, y a veces el profesor lo miraba y decía algo así como is de seim, ui nid niu sings, y lo único que le llegaba a Martín era que tenía que volver a dibujar. No se quejaba.

Seguía con su tos crónica, y se había acostumbrado tanto a los dolores de cabeza que sólo se daba cuenta de ellos en los escasos momentos en que desaparecían. A veces se ponía nervioso, agitado, y los enfermeros no podían calmarlo y le inyectaban morfina o lo bañaban en agua fría, pero al menos ya no había tratamientos con cables.

La guerra la habían ganado los federales, con la ayuda de los Estados Unidos. Él sería un prisionero por siempre. Debía acostumbrarse a eso. Con que lo dejaran dibujar, todo podía aceptarse. Incluso la traición de María Santa Ana. Incluso la ausencia de sus hijas. Y de Candelario. Aaaaaaahhhhh.

Un día el profesor apareció con un rostro solemne. Martín se preocupó: ¿se habría muerto alguien? El profesor y Martín salieron al patio. Caminaron por el sendero principal, rodeados por árboles que acababan de ser podados, los troncos pintados de blanco. El cielo era de un azul marino, y el brillo del sol doraba las colinas al fondo. Martín pensó en las colinas peladas de su pueblo, en los colores apagados de allá.

A juzgar por los gestos, el profesor le decía algo importante, pero él no entendía sus palabras. Le picaba el bigote fino que se había dejado crecer. Le diría a Saltapatrás que lo afeitara. O mejor al Gabacho Rojo.

El profesor escribió: Europa.

Sabía que Europa era un país grande que estaba bien lejos. ¿Quería que se lo dibujara? El problema era que no había estado nunca ahí.

El profesor lo abrazó. Él se sintió bien y no quiso desprenderse de ese cuerpo cálido pegado a él.

Entraron a la sala principal. Cuídate, Martín, le dijo el profesor en español.

Cuidarme, cuidarme, repitió Martín.

El profesor le dio la espalda y desapareció.

No volvió a verlo. Ahora pasaba más tiempo solo. ¿No era eso lo que quería?

Dejó de dibujar con el ritmo de antes.

Lo cierto era que lo extrañaba.

Los enfermeros cambiaban, y a veces le hacían compañía, pero no era lo mismo. Los doctores hablaban y escribían en papeles para los enfermeros, pero sus visitas eran fugaces. Sus compañeros en el pabellón gritaban y se peleaban y no había momento en que no hubiera un líquido que se les escapara del cuerpo. Lo tenían ponchado. Si no era la sangre se ponían a orinar en el pasillo o vomitaban en las mesas y las camas. Olían mal, él seguro olía igual que ellos, una mezcla de sudor y orín y remedios. Si fuera por él, hubiera vivido con los ojos cerrados. Con todo a su alrededor desaparecido, y viendo sólo esas imágenes de su vida en el rancho que luego transformaba en sus dibujos.

Conocía a gente en el taller de cerámica, pero sabía que no le tenían paciencia.

¿Y si hablaba? ¿No estaba ya de buen tamaño?

Vino un doctor nuevo, miope y de pies planos, y dijo que debía trabajar, ayudar en algo, qué era esa vida privilegiada de dibujar nada más. A decir verdad no sabía si lo había dicho, pero ése había sido el resultado.

Regresó al jardín. Regaba las plantas. Cortaba el césped. Miraba las colinas y pensaba en su pueblo. Se imaginaba recorriendo el Picacho montado en su caballo, solo o acompañado de Atanacio, en busca de conejos y venados para la comida. Yendo al mercado junto a María Santa Ana, a vender los huevos y los jitomates producidos en su parcela en la ranchería. Yendo a la iglesia junto a su mujer y a sus hijas y sin Candelario. ¿Sin su hijo? Tenía que ser así, Candelario no había nacido aún y si Martín no se iba de San José quizás nunca hubiera llegado a nacer.

Se cansaba rápido. Le dolía el pecho. Los enfermeros hablaron con el director. Llegó una contraorden. Dejaría de ayudar. Podía dedicarse sólo a sus dibujos. Pensó que no era porque al doctor le gustaban sus dibujos. Pensó que era porque le daba tristeza.

Extrañó al profesor.

2

Landslide, 2009

De los cerros altos del sur, el de Luvina es el más alto y el más pedregoso. Está plagado de esa piedra gris con la que hacen cal. Allí la llaman Piedra Cruda, y la loma que sube hacia Luvina la nombran cuesta de la Piedra Cruda. Y la tierra es empinada. Dicen los de Luvina que de aquellas barrancas suben los sueños; pero yo lo único que vi subir fueron zombis. Zombis tristes, uno los oía rasguñando el aire con sus aullidos espinosos, haciendo un ruido como el de un cuchillo sobre una piedra de afilar.

El hombre aquel que hablaba se quedó callado un rato, mirando hacia afuera. Y afuera seguía avanzando la noche.

Otra cosa, señor. Nunca verá un cielo azul en Luvina. Usted verá eso: aquellos cerros apagados como si estuvieran muertos y a Luvina el más alto, coronándolo con su blanco caserío como si fuera una corona de muerto.

Yo no quería que me hablara de los cerros. Quería escuchar de los zombis.

Pues sí, como le estaba diciendo. Luvina es un lugar muy triste. Usted que va para allá se dará cuenta. Yo diría que es el lugar donde anida la tristeza. Donde no se conoce la sonrisa, como si a todos los zombis les hubieran entablado la cara. Cuando llena la luna, se ve la figura de los zombis recorriendo las calles de Luvina, llevando una cobija negra.

Allá dejé la vida. Fui a ese lugar con mis ilusiones cabales y volví viejo y acabado. Y ahora usted va para allá… está bien. Cuando llegué por primera vez a Luvina, el arriero que nos llevó no quiso dejar ni siquiera que descansaran las bestias. En cuanto nos puso en el suelo, se dio media vuelta. Yo me vuelvo, nos dijo. Nosotros, mi mujer y mis tres hijos, nos quedamos allí, parados en mitad de la plaza, con todos nuestros ajuares en los brazos. Una plaza sola, sin una sola yerba para detener el aire. En qué país estamos, Agripina, le pregunté a mi mujer. Y ella se alzó de hombros. Ve a buscar dónde comer y dónde pasar la noche, le dije. Ella agarró al más pequeño de sus hijos y se fue. Pero no regresó.

¿Se la comieron los zombis?

La encontramos metida en la iglesia. Con el niño dormido entre sus piernas. Entré a rezar, nos dijo. Allí no había a quién rezarle. Era un jacalón vacío, sin puertas y con un techo resquebrajado. Viste a alguien, le pregunté. ¿Vive alguien aquí? Sí, allí enfrente… unas mujeres… Las sigo viendo. Mira, allí tras las rendijas de esa puerta veo brillar los ojos que nos miran.

Aquella noche nos acomodamos para dormir en un rincón de la iglesia, detrás del altar desmantelado. Entonces oímos a los zombis con sus largos aullidos, entrando y saliendo por los huecos socavones de las puertas, golpeando con sus manos de aire las cruces del viacrucis. Los niños lloraban porque no los dejaba dormir el miedo. Y mi mujer, tratando de retenerlos a todos entre sus brazos. Y yo allí, sin saber qué hacer.

Poco antes del amanecer se calmaron. Después regresaron. ¿Qué es?, me dijo mi mujer. Qué es qué. El ruido ese. Es el silencio. Duérmete.

Pero al rato oí yo también. Era como un aletear de murciélagos en la oscuridad, muy cerca de nosotros. De murciélagos de grandes alas que rozaban el suelo. Entonces caminé de puntitas hacia allá, sintiendo delante de mí aquel murmullo sordo. Me detuve en la puerta y los vi. Vi a todos los zombis de Luvina, sus figuras negras sobre el fondo negro de la noche. Los vi parados frente a mí, mirándome. Luego, como si fueran sombras, echaron a caminar calle abajo. No, no se me olvidará jamás esa primera noche que pasé en Luvina. ¿No cree que esto se merece otro trago?

¿Cuántos años estuve en Luvina? La verdad es que no lo sé. Y es que allá el tiempo es muy largo, como si se viviera siempre en la eternidad. Porque en Luvina sólo viven los zombis y los que todavía no han nacido. Y allá siguen. Usted los verá ahora que vaya. Los mirará pasar como sombras, repegados al muro de las casas, casi arrastrados por el viento. Cuando el sol se arrima mucho a Luvina, los zombis se te acercan y te chupan la sangre y la poca agua que tenemos en el pellejo. Me salí de ahí y no he vuelto ni pienso regresar.

Pero mire las maromas que da el mundo. Usted va para allá, dentro de pocas horas. Tal vez ya se cumplieron quince años que me dijeron a mí lo mismo: «Usted va para Luvina». En esa época tenía yo mis fuerzas. Pero en Luvina no cuajó eso. Me sonaba a cielo aquel nombre. Pero aquello es el purgatorio. Un lugar moribundo donde hasta los perros son zombis y ya no hay ni quien le ladre al silencio. Y eso acaba con uno. Míreme a mí. Conmigo acabó. Usted que va allá comprenderá pronto lo que le digo…

Se quedó mirando un punto fijo sobre la mesa. Afuera seguía oyéndose cómo avanzaba la noche.

Estábamos en la sala de mi apartamento, sentados en la alfombra. Habíamos abierto una botella de tinto y andábamos por la mitad. La noche se apoyaba en las ventanas; una polilla revoloteaba en torno al resplandor amarillento de la lámpara, sobre la mesita enana en la que descansaba mi laptop. El rostro de Sam brillaba; con el cuerpo entre las sombras, parecía como si una cabeza flotante me estuviera hablando.

Está muy bien, tiene fuerza. Respeta el original pero se convierte en otra cosa.

¿En serio, en serio?

Pero es una broma, ¿no? Digo, ya tengo de sobra con los zombis.

Un libro de remakes de textos clásicos, ¿no te parece una buena idea? Aureliano Buendía como Hombre Lobo, por ejemplo. Y quizás acompañarlo con historietas, onda *La Argentina en pedazos*.

Sé de dónde sale la idea, dear, vi esa novela que reescribe *Orgullo y prejuicio* con zombis. No me parece. Espero más de vos. Incluso podría aceptar toda tu parafernalia de monstruos y escenografía gótica, siempre y cuando seás original y apuntés alto.

Esas semanas Fabián se encontraba mejor y había vuelto a enseñar, pero yo no tenía ganas de verlo. Terminaba mi turno en Taco Hut y me dirigía al estudio con ganas de perderme en mi mundo. No me salía mucho, estaba bloqueada, no podía dibujar, así que me puse a hacer versiones de cuentos clásicos que incluyeran a vampiros y zombis. Necesitaba de alguien que me escuchara, y acepté que Sam me volviera a visitar. Le había dejado claro que no quería nada y él me hizo entender que ni siquiera valía la pena tocar el tema, aunque no tardé en descubrir que no se daba por vencido. No era para tanto, me decía. Yo conocía de mis pequeñeces y limitaciones, iba descubriendo que la idea que tenía de mí, de lo que podía ser y hacer, era mucho más generosa de lo que la realidad podía ofrecerme.

Encendí un cigarrillo, me paré para alcanzar la alarma contra incendios y desconectarla. Se me cruzó por la cabeza un pensamiento cruel: debía decirle a Sam lo que había pasado con Fabián, mi viaje a El Paso. Eso lo curaría del espanto y no me volvería a buscar. Pero tampoco quería que dejara de llamarme. Su compañía era mejor que nada. Había terminado contándoselo todo a mamá, pero no había hecho más que preocuparla. Me llamaba todos los días, me ofrecía que me fuera a vivir con ellos un tiempo o venir a quedarse conmigo hasta que me tranquilizara, y yo le cambiaba el tema y me arrepentía de haber abierto la boca. ¿De qué me servía? Ella quería hablar con Fabián, ya me va a oír ese desgraciado, y yo ni se te ocurra.

Se suponía que a estas alturas ya debía estar bien metida en mi novela… bueno, historieta, novela suena pretencioso. Pero ya ves, como no se me ocurre nada original…

Es entendible. Has tenido semanas difíciles. En todo caso, los zombis nunca fallan.

Hasta que fallan.

Abrí la ventana, tiré el cigarrillo y fumamos un joint. Pensé en la hija que no había sido y me dolió todo el cuerpo. Se habría llamado Ana y habría tenido una trenza larga, como la doctora Carranza, y me habría ordenado la vida. Ojos cafés y la mirada firme y decidida que yo no tenía. No hubiera sido una madre perfecta, no se me habría dado bien ese mundo de baberos y pañales, pero algún rato a ella le hubiera tocado tener siete, ocho años y entonces…

Las luces del barrio resplandecían en la noche serena; podía oírse la voz nerviosa de una vecina buscando a su gato, el paso relampagueante de los autos por la autopista. No quería que me ganara la miserable sensación de estar sola. A estas alturas de la noche en College Station mis amigas y yo habríamos estado planeando a qué bar, qué club ir. Siempre así, cansadas de todo y listas para la nueva fuga.

Me llamó la Jodida, dijo Sam. Ha vuelto con Megan pero sospecha que ella está viendo a Nissa. ¿La conociste?

Alguna vez, en una rave. Una negra lindota.

Dice que el sexo es buenísimo pero las peleas atroces. Que está notando que a ratos le falla la memoria. Y que llega a su próximo cumpleaños y va a dejar todo. El alcohol, los cigarrillos, la coca.

Recordé promesas similares de Fabián, las primeras semanas en los bares a los que íbamos en la calle Sexta, cuando apenas nos conocíamos y todavía me quería impresionar. Cuando disimulaba que había otras cosas que le interesaban más. Años después, estaba claro que aquella primera vez en que, en el segundo piso de un desolado club de jazz, amenacé con dejarlo si continuaba con las drogas y él se rió de mí y yo cedí, en cierto modo había perdido la batalla.

El mundo, un lugar con materiales altamente inflamables. Y yo me quemaba.

A mí también me había llamado la Jodida varias veces. Me despertaba temprano para contarme que estaba en la cama de Megan, que dormía desnuda a su lado, chica, está jeva está bien buena, y yo no contestaba y volvía a dormirme y cuando despertaba minutos después ella seguía hablando, tengo novia y estoy feliz, estas vacaciones las pasaremos en San Juan, se las presentaré a mis papás, estarán contentos. Yo no respondía y al rato ella hija de puta, bicha, te pudrirás en el infierno, tú me metiste en esto y luego te lavaste las manos, y yo en qué te metí ya tenés edad para tomar tus decisiones y ella tú me hiciste probar primero, crees que no me acuerdo, bicha. Y yo colgaba pero ya no podía volver a dormir y me dirigía al baño a darme una ducha fría y me sentaba en la tina y dejaba que el agua cayera sobre mí hasta que la piel se arrugaba.

La mujer seguía buscando a su gato, su voz cada vez más desesperada.

Volvimos a la sala. Terminamos la botella y él sugirió abrir otra. Un calambre me sacudió. Me llevé las manos al estómago, me hinqué en el piso.

Sam me ayudó a llegar al sofá. Me tiré sobre los almohadones y dejé que pasaran los minutos y todo volviera a la normalidad.

Igual no te escapás, pibita, sonrió, alcanzándome un vaso de agua. Mi turno.

My god, Sam. Have mercy on me. Estoy cansada y me duele todo.

Su programa radial comenzaba en una hora. Habíamos quedado en que después de leer mi cuento revisaríamos el guión juntos. Me entregó la carpeta que había dejado sobre la mesa al llegar. El tema de la noche era un Top One Hundred de asesinos en serie. Comenzaba con una especulación sobre Maldoror, «el primer asesino en serie de la literatura latinoamericana». La música: un par de canciones de Kasabian –un grupo que homenajeaba a Charles Manson– y una de Gun's n Roses compuesta por el mismo Manson.

No sé si me gusta la idea de fondo, dije. Un poco frívolo, ¿no? Está bien una lista así de modelos, de canciones, de grupos de rock, hasta de escritores, pero ¿asesinos en serie?

Ya es tarde para cambiar el guión en grande, a lo máximo le podré hacer un par de ajustes.

Me conmovían sus intentos por mostrarme que había entendido el mensaje, que también tenía su lado frívolo, que no todo él era un académico acartonado. Su programa había comenzado poco después de que nos conociéramos. ¿Es que hizo todo por mí, para impresionarme, para convencerme de que no era como yo creía que era, y yo simplemente no lo percibí?

Leí: «Pedro Alonso López, el "Monstruo de los Andes", más de trescientas muertes en su haber, entre Colombia, Perú y el Ecuador. Madre prostituta, expulsado de su casa a los ocho años, sodomizado luego por un pedófilo, violado varias veces en la cárcel…».

No entiendo el porqué de esos datos. ¿Hay que tenerle pena?

Por supuesto que no. Lo que sí hay que hacer es contextualizarlo.

No tenía ganas de continuar.

¿Está bien si no sigo leyendo? Es que, la verdad, preferiría escucharlo, que me sorprenda. No se me ha pasado el dolor, me voy a meter en cama y te voy a escuchar tranquila.

Lo que vos digás.

Se levantó, se puso la chamarra. ¿Estaba molesto?

¿No me querés acompañar? Después del programa podríamos darnos una vuelta por Underground.

Es lunes, Sam.

Quién lo creyera. Vos, quedándote en casa.

Are you crazy? ¿No ves como estoy?

Seguro. Y todo por un idiota que ni siquiera vale la pena.

Qué obsesión la tuya. Si es así entonces deberías sacarlo de tu comité, ¿no?

Creeme que lo he pensado. Pero no se puede.

Entonces me entendés más de lo que creés.

Lo acompañé a la puerta. Se despidió con un beso que tocó mis labios. Lo miré como reprochándole lo que acababa de hacer. Se hizo el desentendido.

Apenas se fue llamé a Fabián. Le pregunté si me vendría a visitar. No, estaba poniéndose al día con su mail, le llevaría toda la noche. Su voz titubeante me hizo sospechar que había estado tomando. Se lo pregunté.

Todo está bien. Ya tengo edad para cuidarme solo. No puedo hablar mucho, los Deans me han pinchado el teléfono. Son unos hijos de puta. Están buscando razones para despedirme. Pero sabés, ¿no pueden? ¡Tengo fucking tenure! Se jodieron, ¿viste?

Me envió un beso, mañana cocinaría algo especial, estaba invitada. Colgó.

Traté de desentenderme del asunto. Tenía que leer el libro sobre Ramírez, me quedaban dos semanas para entregar el ensayo, Ruth me había escrito un e-mail preguntándome cómo me iba.

Leí un ensayo hasta la mitad, hojeé las reproducciones de los cuadros. Era un dibujante talentoso. Difícil tener una vida más desventurada que la de él. Irónico que hoy sus cuadros pudieran encontrarse tanto en el Smithsonian como en el Guggenheim.

Cerré el libro. Algo ahí quería hablarme, pero no estaba con ganas de escuchar.

La conversación con Sam me daba vueltas la cabeza. No quería darle la razón, pero sabía que la tenía.

Rompí mi versión de «Luvina». Me fui a la cama, encendí la radio.

Antes de irme a dormir revisé mi correo. Había un e-mail de Fabián: «sólo quiero que no desaparezcas que seas infinita. que se destruyan los edificios y sigamos caminando de la mano

como si no pasara nada. que tomemos helado de dulce de leche en una playa vacía y nos riamos de los Deans. y bailemos.
siempre siento que lo mejor ya pasó. no quiero sentir que lo
mejor ya pasó».

Al día siguiente llamé a Ruth y le dije que no contara conmigo para el dossier. No pareció molestarse; su tono tranquilo y comprensivo era el de alguien que esperaba esa respuesta. Me dolió. Hubiera querido que luchara por mí, que no se
rindiera con tanta facilidad, aunque no fuera más que para
que yo volviera a negarme.

Al colgar, sentí como si ella hubiera sido la que me había
pedido no participar más en el dossier, cuando era yo la que
me fui.

3

Jesús cayó de rodillas. Tenía las manos hundidas en la grava al lado de las vías; una de las palmas tenía un raspón que sangraba. La silueta del tren se iba empequeñeciendo en la noche. Los pitidos continuaron por un rato, y luego se apagaron y volvieron los ruidos del verano: el chirriar de los grillos y las cigarras; el grito de niños que se negaban a entrar a la casa, guardar las bicicletas, despedirse de otros niños del vecindario.

Se levantó. Su renguera no hacía más que empeorar. Había saltado pese a que el tren no había disminuido la velocidad. Ya le había ocurrido antes y tenías las marcas para probarlo: cicatrices en la mano derecha, en el antebrazo izquierdo, en la muñeca derecha, en la frente.

La casa que le llamó la atención tenía chimenea y se encontraba en una esquina; en el porche, un sofá verde despintado por el uso y macetas de rosas y claveles suspendidas de alambres. Un letrero de madera en la ventana de la puerta de la entrada decía MY HOME IS YOUR HOME en letras góticas.

A través de la ventana se podía ver a una pareja discutiendo en la cocina. El hombre llevaba overoles y un sombrero de paja que le hizo recuerdo a los menonitas que había visto cerca de su pueblo cuando era niño.

No estaba en condiciones de enfrentarse a alguien que le llevaba una cabeza. Pinches güeros. Hasta las mujeres lo dejaban chiquito. Igual, no lo intimidaban como antes. Entraba y salía como si todo ese vasto territorio le perteneciera. Sabía moverse: su tamaño le daba una agilidad que ellos no tenían. Tenía tarjetas falsas de la seguridad social que había comprado a coyotes, licencias de conducir robadas, incluso carnets de bibliotecas y gimnasios. Conocía sus debilidades: había armas por todas partes, la violencia era algo de todos los días. Como en México pero diferente a México. Allá la policía y la ley no hacían nada; aquí al menos lo intentaban, hasta que llegaba otro crimen peor que los distraía y hacía olvidar el anterior.

Escupió.

Una mujer joven, de pelo negro con hebillas en formas de mariposa, bajó de un Honda Civic azul mal estacionado –una de las llantas sobre la banqueta– frente a una casa de un piso, las paredes de madera pintadas color ocre, y el jardín con rosales florecientes y un limonero que parecía haber estallado (los limones regados en el piso). Ella lo miró y siguió su camino, como si al instante de verle la cara hubiera descubierto que no había nada de valor en él, no merecía perder el tiempo como para dirigirle la palabra, seguro era uno de tantos paisanos que rondaban las calles en busca de chamba, carpinteros o plomeros o albañiles, cualquier cosa con tal de ganarse unos pesos. ¿Por qué no se volvían a México?

Puerca de mierda. Ésas eran las peores, cambiaban de ropa y de acento, se daban aires, querían esconder su origen. Dio un rodeo y por una ventana trasera de la casa atisbó hacia el interior. La mujer estaba sola, había encendido las luces y caminaba de un lado a otro descalza, hablando en inglés por celular. Era cachetona, las piernas gruesas, el culo salido. Carne por todas partes, como le gustaban.

La mujer puso un caballete en la sala y se sentó en una silla frente a una hoja de papel cebolla. Tenía un pincel y una caja de acuarelas en la mano. Le daba la espalda a Jesús.

Debía apurarse pero prefirió esperar. Tenía curiosidad por ver lo que ella dibujaba.

Lo que vio aparecer: un hombre cruzando el lecho de un río seco.

Esta vez lo mejor era entrar por la puerta principal. Se acercó a la cocina. Abrió un cajón al lado del fregadero, buscó algún instrumento contundente. Encontró una tijera, pero no estaba afilada. En una esquina, al lado del microondas, había un receptáculo de madera con cinco cuchillos alineados en orden descendente de tamaño; se hizo del más grande.

Se detuvo en el pasillo que separaba a la sala de la cocina. La mujer se percató de su presencia y dejó de dibujar. Lo miró; en su rostro había desafío. Y él que creía que ella gritaría apenas lo viera.

No he hecho nada malo, dijo ella en un español perfecto. Me llamo Noemí… Puede llevarse lo que quiera. Nomás no me haga daño, por favor.

Hija de su puta madre. ¿No podía ser más original?

Jesús pudo ver un ligero temblor en los labios, como si por fin el miedo hubiera hecho presa de ella. Flores bordadas en la falda crema, una blusa blanca con manchas de carmín en la parte superior.

Estoy dibujando un libro para niños, continuó Noemí.

Él observó las paredes de la sala: afiches de películas (*Toy Story*, *Ice Age*, *Monsters Inc.*).

Es la historia de un hombre que deja a su mujer y a sus hijos y cruza al otro lado en busca de trabajo.

Tosió.

No sé si me gusta, dijo Jesús.

¿Mande?

Que no me convence.

Puedo cambiarla, se apresuró ella. No sé cómo va a continuar. Quizás uno de los hijos cruce al otro lado en busca de su padre. Hace poco vi la exposición de un pintor… Tiene rato que venimos cruzando la línea.

En realidad la línea es la que nos cruzó. Todo esto era nuestro.

Jesús se le acercó hasta ponerse a un metro de distancia de ella. Noemí se fijó en el cuchillo, resplandeciente a la luz de la sala. Cuando habló, su voz se había convertido en un susurro: no me haga daño.

Él asintió. Y se abalanzó sobre ella y le clavó el cuchillo en el pecho. Ella trató de defenderse y forcejeó y cayó al suelo, pero no hizo más que terminar con las dos manos aferradas al cuchillo. Eso es, puerca. Clávatelo. Jesús se montó sobre ella y, cuando sacó el cuchillo del pecho, se embadurnó las manos de la sangre que manaba incontenible de la herida, formando rápidamente un charco.

Antes de continuar, se acercó a las ventanas y bajó las persianas.

Clavó el cuchillo en uno de los ojos de Noemí. Jugó con la sustancia blanca y viscosa, como si estuviera operando a una muñeca enorme. Alguna vez operó sin permiso la única muñeca que había recibido María Luisa en un cumpleaños. La dejó sin cabeza.

Clavó el cuchillo en el otro ojo. El filo metálico cortó un pedazo de la mejilla derecha, se hundió en la izquierda, golpeó huesos y saltaron astillas. Volvió a hundir el cuchillo en la frente, y esta vez el filo se dobló y Jesús se quedó con el mango. Puerca, hasta tus cuchillos son baratos.

No se la cogería.

Se acercó a una de las paredes de la sala y escribió con sangre: INNOMBR

Era una palabra muy larga. La dejaría así.

Se lavó los brazos manchados de sangre en el fregadero. Tiró el mango y el filo del cuchillo en el basurero de la cocina. Calentó en el microondas un plato de pozole que encontró en el refrigerador. Lo acompañó con una lata fría de Corona.

En la recámara encontró collares y aretes de plata; la billetera no tenía dinero; le tentó llevarse las tarjetas de crédito pero decidió que era peligroso. Puso en su bolsón la colección de DVDs de Noemí. Sólo veía películas de dibujos animados. A ver si descubría algo bueno ahí.

Admiró el cuadro de una calavera sonriente con un sombrero de charro; tocaba una guitarra sentada en una silla; a sus pies había cartas de la lotería (la sirena, el soldado, el borracho, el valiente, la rosa). Entre sus libros encontró uno de fotografías de la revolución mexicana. Una foto lo fascinó: un hombre se enfrentaba al pelotón de fusilamiento con una sonrisa y un cigarrillo en la mano. Toda la pose indicaba su falta de miedo. Su valor.

Cuando le tocara quería irse así. Con una sonrisa en los labios. Con un cigarrillo en una mano, aunque no fumara. Con una botella de sotol en la otra mano.

Sonó el celular de Noemí y estuvo a punto de contestarlo pero no lo hizo. Tomó las llaves del Honda. Salió de la casa, se subió al carro y partió. Paró en la primera gasolinera que encontró. Compró beef jerky, Doritos y un six-pack de Coronas.

Llamó a su hermana del teléfono público que estaba a la entrada de la gasolinera. Al escuchar su voz, Jesús colgó.

Condujo en dirección al sur. Mientras más cerca de la línea estuviera se sentiría más protegido.

Dos venados cruzaron por la carretera; desaceleró para observarlos. Toda esa región estaba llena de antílopes, coyotes, serpientes. Decían que sólo había lobos para el lado de México, que los ganaderos de Texas y New Mexico los habían eliminado porque los lobos diezmaban el ganado.

A un costado de la carretera, en un terraplén sin asfaltar, bajo la sombra de un cedro, había un jeep estacionado. Jesús se cruzó al carril derecho y, al pasar junto al jeep, notó que una mujer de mediana edad trataba de cambiar una llanta ponchada.

Padre nuestro que no estás en el cielo.

Se detuvo. Sacó el cuchillo del bolsón y lo puso en la espalda, entre el cinto y el pantalón. Bajó del carro y se acercó al jeep con paso firme. Hizo el rostro más solícito y humilde que tenía a su disposición, aquel que le había salvado de un par de arrestos cuando lo detuvo la policía. A su lado pasaban los carros sin detenerse. El sol no daba descanso, quemaba la nuca, los brazos.

Hi, can I help?

La mujer se sorprendió al verlo. Era gorda y pequeña y estaba descalza, tenía el pelo castaño corto y un gancho insertado en un labio. El rostro era duro y estaba curtido, como si pasara la mayor parte del tiempo al aire libre. Los brazos manchados de grasa. Había colocado el gato al lado de la llanta ponchada, bajo el jeep, y sostenía entre sus manos la palanca para desajustar los tornillos de la llanta. Se había sacado los anillos y las pulseras y las había dejado en el suelo junto a una lata de cerveza.

Hola, gracias, dijo en inglés. Los tornillos están muy ajustados, no se mueven ni para atrás ni adelante. Pensaba llamar a una grúa.

Podría intentarlo, dijo Jesús en inglés.

Me llamo Peggy. ¿Quiere una cerveza?

Jesús dijo que le aceptaba una cerveza más por cortesía que por ganas de tomarla. Peggy se dirigió a la parte trasera del jeep y volvió con una lata.

KILL THEM ALL.

Jesús tomó la palanca e intentó desajustar los tornillos. Logró hacerlo rápidamente con tres; el cuarto y el quinto le costaron, pero al final lo consiguió. Con el sexto luchó durante un buen rato. El sudor corría por la frente y las mejillas, impregnaba sus axilas. Apuró la chela y estuvo a punto de escupir: sabía a pis.

¿No hay suerte?

«Santificado no sea tu nombre.»

Nomás es cuestión de seguir intentando, dijo en español. Luego pasó al inglés: pero lamentablemente no me queda más tiempo. Me están esperando.

Gracias de todos modos. Llamaré a la grúa.

No costaría mucho. La carretera estaba desierta, podía sorprenderla con un golpe y tirarla a un costado. Era de su tamaño, seguro más fuerte de lo que aparentaba, pero él se impondría. El cuchillo haría el resto.

Jesús le preguntó por la mejor manera de llegar a la autopista 10. Quería ganar tiempo mientras decidía qué hacer. Era fácil, había que seguir conduciendo unos diez minutos, vería las señales.

Peggy no tenía celular. Debía caminar unos cien metros hasta un CALL BOX al costado de la carretera. Jesús la acompañó. Cuando llegaron, él la miró fijamente, sorprendiéndose ante el brillo de sus ojos verdes, y le dijo:

Tiene usted mucha suerte.

Supongo que sí. Hay que verlo así, podía haber sido mucho peor.

Peggy se movió en su sitio, inquieta, y bajó la mirada.

Bueno, tengo que hacer la llamada. Gracias una vez más.

Jesús se dio la vuelta y se dirigió al carro. Peggy vio el cuchillo pero aparentó no verlo y se concentró en la llamada que tenía que hacer.

4

La Grange, Texas, 1999

La anciana yacía en la cama con el cráneo destrozado. La sangre había pringado los cabellos y cubría parte de la frente y las mejillas, manchaba el edredón y creaba un charco en el piso. A un costado de la habitación podía verse la pala utilizada por el asesino. La televisión estaba encendida en un canal de telenovelas en español.

El sargento Fernandez escuchaba a un agente del FBI en el pasillo que daba a la habitación. Parece que estaba durmiendo, decía el agente. Al menos eso, no sufrió.

¿Alguna pista?

Llegaron los informes de Houston. Era lo esperado pero ahora es oficial. Las huellas digitales en la pala pertenecen a Reyle. Son las mismas que se encontraron en la casa ayer en Houston. Y las mismas de los otros crímenes. Hay gotas de sangre que lo relacionan con al menos cinco muertes. No es por decir lo obvio, pero me temo que nos hallamos ante un asesino en serie. Ya ni siquiera se molesta en ocultar sus huellas.

En realidad nunca se molestó, dijo Fernandez. Simplemente tuvo suerte. Ha estado en la cárcel, ha tenido líos con la policía más de una vez, y lo único que ha hecho el INS ha sido deportarlo a México.

¿Qué más podían hacer? Arrestan a tantos ilegales todos los días. Lo único que quieren es devolverlos a México lo más rápido posible.

Esto es diferente, dijo Rafael. Con el prontuario que tenía, debieron ser más cuidadosos. Estas muertes podían haberse evitado.

Fernandez se llevó las manos a la frente y trató de ocultar su molestia. Nada funcionaba como debía. Comenzando por él: los bancos de datos del FBI relacionaban a Reyle con al menos cinco muertes, pero él hacía rato que tenía la intuición de que una sola persona estaba detrás de otras muertes sin aclarar y no había hecho nada. Ni siquiera se lo había dicho a nadie, un superior que podría estar hoy felicitándolo por su pálpito correcto, maldiciendo el no haberle hecho caso. Y tenía razón el agente, no era culpa del INS: Reyle había usado varios seudónimos, tenía varias tarjetas del seguro social, era escurridizo y había que reconocerle sus méritos. Era cierto lo que decían otras agencias de los Rangers, tan desdeñosos de las agencias federales y de la policía local, tan dispuestos a convertirlo todo en material para una película. Se habían creído demasiado en su propia leyenda. Era lo que los Rangers decían del FBI.

El FBI ha bautizado Operación Stop Train a la búsqueda de Gonzalez Reyle, dijo el agente observando las paredes del pasillo como si fuera posible encontrar allí una pista que diera con el asesino. Reyle también tiene un nombre para los medios: Fox News lo llama The Railroad Killer. Seguro algún ocurrente del FBI, uno de esos que se pasa el día creando perfiles de asesinos en serie, le pasó el nombre a los periodistas.

Podían haber sido más originales, pensó Rafael mientras salía de la casa. Si todas las muertes hubieran ocurrido cerca de un campo de futbol americano, se hubiera llamado a esto Operación Touchdown, y el asesino habría sido The Quarterback Murderer.

En un carro policía se encontraban el hijo de la anciana y su esposa en estado de shock. El hijo se limpiaba los mocos con un pañuelo; la mujer tenía la cabeza rapada y Fernandez se preguntó si estaría siendo sometida a tratamiento. Le hizo recuerdo a una prima después de la quimio; la lucha había sido tenaz pero al final el cáncer se impuso.

El hijo de la anciana y su esposa habían descubierto el cuerpo de Annie Tadic. La anciana vivía sola en un rancho al lado de la autopista 10, en el condado de Fayette. Debía desayunar con ellos esa mañana, y no había aparecido. La llamaron y no hubo respuesta. Vinieron en su búsqueda y la encontraron muerta.

Fernandez pasó junto a ellos e inclinó levemente la cabeza a manera de saludo. Los había escuchado sorprenderse de que la anciana estuviera viendo un canal en español, no entendía el idioma y eso le había causado problemas con los trabajadores ocasionales que contrataba. Rafael concluyó que el asesino había cambiado de canal. Después de asesinar a la anciana, se puso a ver una telenovela. Cosas similares en otras casas: una vez cometido el crimen, se preparaba un sándwich, tomaba una cerveza o calentaba un plato en el microondas. En el reporte preliminar, el encargado de hacer perfiles de asesinos en serie, un psicólogo del FBI que trabajaba en Quantico, escribió que esa tranquilidad pasmosa escondía un carácter calculador, una mente racional y una sensación absoluta de omnipotencia. Fernandez estaba de acuerdo con la omnipotencia pero con lo otro no. No siempre había un correlato directo entre la causa y la consecuencia. El asesino podía estar tan nervioso que en vez de huir era capaz de sentarse a tomar una cerveza. ¿Calculador, racional? No necesariamente. Aunque, en el fondo, ¿qué sabía? Psicópatas como Reyle estaban cortados de otra madera. Un asesino en serie iba mucho más allá de lo que le había tocado en suerte como Ranger.

Se dirigió a su carro protegido por el cordón amarillo en torno a la casa.

El reporte del psicólogo de Quantico le hizo pensar que todos los agentes del orden trabajaban con ficciones y se equivocaban mucho. Se hacían perfiles de los asesinos, se abundaba en su infancia de chicos abusados y violados, se deducían formas de ver el mundo a partir de gestos intrascendentes. Las ficciones servían para llenar vacíos, para especular en voz alta y sentirse algo más seguros de que todo tendría un desenlace positivo, la ley quebrantada habría de restaurarse. Todos los asesinos podían ser reducidos a una serie discreta de actitudes, obsesiones, compulsiones. Pero a todas las ficciones les faltaba algo: «lo inexplicable», aquello que no remitía a nada. Era fácil entender que el mal atrajera, fascinara, sedujera. Era más complejo aceptar que el mal, el horror, el abismo, fueran parte fundamental de la vida. Destacable, que el FBI tuviera un encargado de meterse en la cabeza de los asesinos en serie: alguien tenía que hacerlo. Pero Fernandez había llegado a la conclusión de que era mejor no intentar entenderlos. Ellos eran, y punto. Había que arrestarlos y despacharlos con una inyección letal.

El sol del mediodía caía despiadado sobre la planicie salpicada por ranchos, cedros y robles de troncos secos y ramas quebradizas, cactus inclinados como si no pudieran soportar mucho tiempo más el peso del calor. Una nube alargada con rebordes metálicos lucía sola en el horizonte. Fernandez se metió un pedazo de beef jerky a la boca.

Diana Tadic no había sufrido, eso era lo único positivo.

Esas semanas Rafael contempló impotente lo que ocurría con la Operación Stop Train. Policías estatales y agentes del FBI redoblaban la vigilancia en torno a las estaciones de tren y patrullaban las vías del sistema ferroviario del país en busca de lugares donde el asesino pudiera esconderse. Se hacían redadas en centros asistenciales, plazas donde se reunían los ilegales en busca de trabajo, refugios donde los vagabundos se quedaban a pasar la noche. La foto del asesino se había hecho pública y estaba en todos los periódicos y noticieros de televisión. Algunos condados imprimían letreros con la palabra

WANTED en letras grandes, la foto y una recompensa monetaria para quien lo entregara.

Ocho días después del asesinato de Noemí y la anciana, se encontró el Honda Civic de Noemí cerca de las vías del tren de un pueblito en las afueras de San Antonio. Eso motivó que un agente del FBI dijera ante las cámaras, frustrado:

Todo indica que cruzó la frontera y se escapó a su país. Lo cual sería una pena para nosotros. Allá no tienen la pena de muerte y así les va.

Dawn Haze aprovechó ese comentario para dedicar dos días de su programa a hablar mal del sistema de justicia en México y atacar a los estados «liberales» en los que no había pena de muerte. Fernandez se rió de su argumento pero luego se dijo que no había de qué reírse, era más bien triste y patético, muchos estaban de acuerdo con Dawn Haze.

Al día siguiente Dawn Haze dedicó el programa a una «primicia»: antes de la última serie de muertes, el Railroad Killer había sido detenido por una patrulla del INS cerca de El Paso, y luego de revisar sus archivos en la computadora, deportado a México. A esas alturas el INS debía haber sabido que el hombre que acababan de detener era sospechoso de asesinato. La respuesta del INS fue tibia: el sistema informático de la agencia no estaba conectado a los de las otras agencias, de modo que no podían enterarse de la información que manejaban el FBI o los Texas Rangers. Además, el sospechoso usaba un montón de nombres diferentes y eso dificultaba todo.

Excusas, excusas, dijo la presentadora. No sólo fueron incompetentes al soltarlo, sino también al no tener un sistema informático conectado a los de las otras agencias. Y nada nos devuelve a los que han muerto por culpa de esta incompetencia.

Fernandez debió admitir que le daba la razón a Dawn Haze.

Fernandez compiló en la oficina una lista de las víctimas del Railroad Killer (el nombre había calado, hasta él lo llamaba así).

Victoria Jannsen. Miss Havisham. Joanna Benson. Noemí Dominguez. Norman y Lynn Bates. Annie Tadic.

Siete muertos. Seguro había más. Casi todas mujeres. Dos ancianas. Un asesino cobarde, que buscaba víctimas fáciles. Recordó la letra de un corrido: *Decía Gregorio Cortez / con su pistola en la mano: / No corran, rinches cobardes, / con un solo mexicano.* Qué irónico que ahora él fuera un rinche que perseguía a un mexicano cobarde. Varios años transcurridos entre las dos primeras muertes y las restantes. ¿Qué habría ocurrido? En la última actualización del psicólogo de Quantico, se llegaba a una conclusión sacada del manual para entender psicópatas: el asesino cometía un crimen para saciar su sed de sangre, pero a medida que pasaban los días se aburría con más facilidad, por lo que el intervalo de tiempo entre un crimen y otro disminuía. No era difícil deducir que, después de varios años en los que el Railroad Killer había logrado controlar sus impulsos, ahora estaba desatado; el siguiente crimen sucedería muy pronto.

¿Había algo que unía a todas las víctimas? ¿A partir de ellas, se podía adivinar quién sería la siguiente? Ocurriría cerca de una estación de tren, pero ¿a quién le tocaría la mala fortuna de enfrentarse al criminal en los confines reducidos de una sala, una cocina, un dormitorio? ¿Quién se toparía con un cuchillo de cortar carne en la mano de un ilegal con una furia acumulada de años?

El sargento Fernandez tuvo piedad de la próxima víctima.

Esa noche vio a Debbie en un Ramada del cèntro. Durante el sexo, sintió los rasguños de ella en su espalda, cierta desesperación. Ella estaba sentada sobre él; podía ver su rostro concentrado, la melena castaña que a ratos le cubría los ojos. Él iba y venía del momento, se le cruzaba el cráneo quebrado de Diana Tadic. Debía esforzarse por sacar esa imagen de su cabeza.

Ella se vino pero él no. Ella siguió intentando pero no hubo caso.

¿Qué pasa, Rafa? ¿Mucho trabajo?

Disculpas. Sabes lo que me tiene preocupado.

Sí, lo sé, ella se rindió, encendió un cigarrillo y se echó a su lado. Pero igual me frustra.

Él la atrajo sobre sí y la besó, ella se recostó sobre su pecho.

Ya no quiero quedarme en Landslide.

Rafa observó la nariz recta, las mejillas huesudas, el cigarrillo entre los labios.

Tengo una prima en Ontario.

Esa amenaza no debía molestarlo. Había que tomarla como era, la simple movida estratégica de una mujer que quería lograr más de lo que tenía. De todos modos, algo lo golpeó.

¿Canadá? ¿Tan lejos? El norte del norte.

Indeed. Un día me dijiste que eras capaz de seguirme hasta el fin del mundo. ¿Te vendrías conmigo?

Suena bonito, pero ¿y mi trabajo?

Se levantó para ir al baño, a manera de cambiar de tema. Cuando volvió, ella terminaba de vestirse y se ponía las botas.

¿Pasa algo?

Nada. Ya terminó la hora. Son ciento cincuenta dólares.

Él alzó la billetera del velador, se puso a buscar los billetes pero ella no le dio tiempo de nada: se fue tirando la puerta tras de sí.

Fernandez no supo si salir detrás de ella o esperarla o llamarla. Al final se tiró en la cama y se dijo que volvería. Pero no lo hizo.

Debbie se tranquilizaría. Debía darle tiempo.

Rafael se enteró a través de McMullen de que el FBI había logrado recabar información sobre el sospechoso, y de que todas las pistas conducían a un pueblito llamado Rodeo, en México. Reyle estaba casado y su esposa vivía allí. Las autoridades mexicanas habían permitido que los agentes del FBI ingresaran al país y vigilaran la casa de Reyle en Rodeo. Sin embargo, no se animaban a autorizar el siguiente paso: hablar con la esposa. Temían que después ella encontrara una forma de alertar a su marido.

Había que ser paciente y esperar a que Reyle cometiera una equivocación y volviera a su casa.

No pudo más y llamó a las oficinas del FBI en Houston. Habló con el agente Johnson, a cargo de la operación Stop Train. Lo conocía, era un negro corpulento y afable al que le gustaba pescar en el Golfo, habían trabajado en coordinación un par de veces.

Wayne, ¿cómo anda la pesca?

¿A cuál te refieres?

Tengo una propuesta que hacerte. No es oficial de los Rangers, es sólo mía. Hablo un español correcto, sin acento. Pasaría desapercibido en Rodeo. Podría aprovechar eso para hablar con la mujer de Reyle, contarle quién es en verdad su esposo, pedirle su ayuda. Ganarme su confianza.

Es muy arriesgado, dijo Johnson después de pensarlo. ¿Qué ganaríamos? Si él tiene una doble vida bien organizada, tarde o temprano bajará la guardia y volverá a casa. Es mejor esperarlo.

Fernandez insistió: las alternativas no son mejores. Podemos esperar sentados vigilando la casa y él no vendrá por voluntad propia, seguro ya sabe que estamos tras su pista. En cambio encontrará la manera de comunicarse con su mujer. Y ahí sí, si nos ganamos su confianza ella podría estar dispuesta a entregarlo a cambio de algo.

Johnson le dijo que le avisaría. No le convencía del todo, pero lo consultaría.

Pasaron los días. Rafael imaginó largas reuniones para discutir su plan. Al FBI no le gustaba perder el control de los casos que investigaba.

Johnson llamó el fin de semana. Aceptaban la oferta pero un agente del FBI lo acompañaría. Podríamos hacerlo solos pero sería como robarte la idea. Así que te vienes con nosotros.

Si no ganaban la empataban. ¿Qué podía hacer Fernandez? Aceptar. Si no lo hacía, se acercarían a hablar con ella sin él.

Le dijo que estaba bien.

5

Landslide, 2009

Regresé a mis horas normales en Taco Hut; me llevaba un Moleskine al trabajo, y a la hora del descanso dibujaba mi versión de «Luvina» o garabateaba ideas para mi historia. Había perfilado mejor al personaje principal: se llamaba Samanta, era latina, limpiar el mundo de vampiros, zombis y hombres lobo era su obsesión desde que uno de ellos había matado a su hija. El territorio postapocalíptico de Marcela se dividía en el Sur y el Norte, separados por un río. Conté la historia a mis compañeros; a Osvaldo y a Mike les gustó, pero Oksana, una chica rusa que había entrado a trabajar con nosotros, no la entendió.

Iba creando mi universo de forma detallada —los desechos químicos que convertían a los hombres en zombis, los caserones abandonados que remitían a la literatura gótica y sugerían el final de los tiempos—, pero me costaba soltarme, dejar que mi relato fuera saliendo como un magma incontenible. Ana me asaltaba a cualquier hora. Paralizada, trataba de enfrentarme a ella, a lo que imaginaba era ella o podía ser ella —una trenza larga y negra, una sombra que me daba la espalda—, pero fracasaba.

Leer era lo único que me tranquilizaba. Pero no cualquier cosa. Sólo los primeros capítulos de *The Sandman*. Una y otra vez, terminarlos y vuelta a empezar.

Fabián tampoco era buena compañía para el trabajo. Se sentaba frente a la computadora para contestar el correo, revisar blogs o hurgar en el disco duro, con la paranoia de que los decanos le habían metido un virus espía que transmitía todas sus comunicaciones. Yo hacía inventario de sus defectos. Le había aparecido una carraspera que a ratos se parecía al asma y otros a una alergia; se encerraba en el baño, y yo escuchaba ruidos que me hacían sospechar que vomitaba. Salía como si nada, abría una botella de vino, esnifaba rayas en papeles estañados o tarjetas de crédito, y yo me negaba a acompañarlo y miraba a otra parte. Después veíamos una película clase B de los años cincuenta –*El ataque de los tomates asesinos*, *La mujer de cincuenta pies*–, él sabía que me gustaban y había comprado una colección de ochenta DVDs (una oferta de la televisión a las tres de la mañana). Las drogas hacían que el sexo fuera bastante desigual: noches explosivas seguidas de encuentros frustrados porque él no podía tener una erección.

Fabián tenía momentos de ternura, cuando estaba en la oficina me escribía e-mails cursis en los que decía que me extrañaba, no podía imaginarse un futuro sin mí. En algunas líneas afloraba su fragilidad y eso me llegaba: «Yo estaba a mi lado vestido de terno negro parecía un sepulturero. puse unos cables en mi cabeza y apreté un botón y recibí un shock. el que era yo me dijo you're not well you're not well you're not well. me agarró la mano y dijo que me llevaría a un parque de diversiones. le dije que sí, por supuesto, y me convertí en un niño. tenía un globo en la mano y de pronto yo ya no estaba conmigo y me sentí muy solo. ¿te gustaría ir a un parque de diversiones? six flags no está muy lejos».

A veces, al atardecer, salíamos de paseo por el barrio; nos acercábamos a la cancha de beisbol en el parque, iluminada por la luz blanca de los reflectores en las esquinas del perímetro, y solíamos encontrar a los grupos de siempre, profesionales después del trabajo que jugaban softball, estudiantes extranjeros de la universidad que correteaban tras una pelota de futbol. Nos sentábamos en el césped a ver el partido. En esos momentos yo, que sabía bien de nuestros límites, hacía esfuerzos por proyectar un futuro compartido —trataba de verme en una casa cerca del mar, escribiendo y dibujando hasta la madrugada mientras él dormía— y fracasaba.

Había días en que lo llamaba al salir de Taco Hut, y su tono frío, distante, impersonal, me decía que estaba encerrado en su caparazón y no quería verme. Otros, se las tomaba conmigo y me preguntaba si no era una espía de los decanos. Su voz me hacía pensar que estaba borracho o drogado. Así alternábamos las semanas, en un maniaco ritmo bipolar.

Seguía viendo a Sam, que se ofrecía a leer lo que escribía y se esforzaba por no entender mi desinterés hacia él. Hablaba con la Jodida de tanto en tanto, sólo escuchaba de ella aventuras rociadas con trago y coca en las camas de sus compañeras casuales (había engañado a Megan al descubrir que ella la engañaba). Una tarde me encontré con ella en la parada del bus —los pantalones caídos, una bandana negra, la polera sucia y arrugada— y me dijo que era posible que se tuviera que volver a Puerto Rico. Las notas no la acompañaban, tenía muchos «incompletos» en sus cursos, su asesor le había advertido de la posibilidad de que perdiera la beca. No la noté preocupada. Nos despedimos con un abrazo frío.

Sam me había invitado al cocktail que daba el museo de la universidad para celebrar la inauguración de la retrospectiva dedicada a Martín Ramírez. Preferí no ir con él y convencí a Fabián de que me acompañara.

Fabián había hecho esfuerzos por vestirse con elegancia, aunque el saco era viejo y los pantalones le quedaban chicos. Había profesores de la facultad de Historia del arte y colegas de Fabián; eran pocos los académicos que salían de su escondite a visitar campos que no les correspondían. Nos acercamos a saludar a Ruth, que, rodeada por un grupo de estudiantes del doctorado, argumentaba con convicción que debía entenderse a Ramírez no como un mexicano sino como un latino, un hispano, un chicano, un mexicano-americano (había vivido en los Estados Unidos cuarenta de sus sesenta y ocho años).

No tenía ganas de una discusión académica sobre la identidad, así que dejé a Fabián con Ruth y fui a dar una vuelta por la exposición. Estaba dividida en temas relacionados con las obsesiones del pintor: jinetes y caballos; paisajes; mujeres; trenes y túneles. Los dibujos, enormes, impactaban y eran una revelación para mí; había reconocido antes el talento de Ramírez, pero lo vi desde la distancia con que se podía apreciar el arte sin necesidad de sentirlo; no había sido capaz de entrar a su misma frecuencia. Podía disculparme diciendo que las reproducciones en libros y en la red no le hacían justicia, pero eso no cambiaba mucho. Sentí que debía haber escrito algo para el dossier, que había perdido una oportunidad.

Admiré la sección de jinetes y caballos, la más concurrida y la que tenía más cuadros. Me fijé en el detalle de los cuadros —los cinturones cargados de balas, los caballos que miraban al cielo, las líneas paralelas que enmarcaban la composición, el rojo y el violeta dominante—, leí los textos a los costados: se conocían casi trescientos dibujos de Ramírez, ochenta de ellos tenían que ver con jinetes.

Se trataba de crear símbolos a partir de obsesiones, de marcar el gran territorio del mundo de manera que algunos objetos o individuos se hicieran parte de nuestra mitología personal. El problema era que yo había comenzado al revés: sólo después de mucho pintar y escribir uno iba descubriendo sus recurrencias temáticas, entendiendo que allí se desplegaban las coordenadas principales de una obra. Yo ni siquiera había comenzado a narrar la historia en la que darles cuerpo y ya quería tener los símbolos.

En la sección de paisajes me topé con una calavera pintada por Ramírez. Tocaba un violín, y a su lado, carente de proporción, una pareja bailaba al son de la música (la cabeza del hombre era enorme). Líneas onduladas que representaban campos, casas con un trazo infantil, carros en un camino de tierra.

Conocía las calaveras de Posada y las que predominaban en la pintura folk mexicana, pero esas eran más bien risueñas, vestidas en sus trajes de gala, listas para la fiesta. La de Ramírez tenía una mueca grotesca en el rostro, parecía la representación de la máscara de un villano para una serie de terror en Hollywood. La combinación era lo que me atraía: el rostro desfigurado, el violín festivo.

He ahí mi novela, entonces. En vez de zombis, calaveras con rostros a lo Freddy Krueger; mexicanas, pero pasadas por la imaginación del cine norteamericano de terror.

Volví en busca de Fabián para comentárselo y me topé con una conmoción: un grupo de curiosos se agolpaba en torno a él y Ruth, que discutían acaloradamente. Me acerqué al círculo.

Salí gorda de mierda, exclamó Fabián. ¡Te voy a matar! Ramírez es mexicano, no chicano, por más que haya vivido toda su vida en California. Gente como ustedes ha destrozado la universidad. Con su corrección política ya nadie puede opinar como se debe. Y si alguien se anima le hacen la guerra, como a mí.

Me abrí paso entre el gentío, jalé a Fabián. Callate por favor, grité. Le tapé la boca, pero era inútil: estaba desatado. Para ese entonces Ruth gritaba que se arrepentiría de haberla amenazado. Dos profesores se acercaron a calmarla; se la llevaron de la exposición, mientras los guardias de seguridad se arremolinaban en torno a Fabián y le advertían que si no se tranquilizaba sería arrestado. Les prometí que me haría cargo, lo llevaría a su casa.

Lo saqué a empujones de la exposición. Tomamos un taxi. Prefiero dormir solo esta noche, dijo. Quise responder pero noté en su rostro la expresión lejana que le conocía bien.

Cuando llegamos a la puerta de su casa, le pregunté qué ocurría.

Te envío un mensaje mañana cuando me despierte.

Bajó del taxi, y le dije al taxista que partiera.

Ingresé al estudio furiosa, pensando que esa noche habíamos asistido a diferentes exposiciones. Yo me había fijado en la obra de Ramírez buscando qué podía utilizar para mi historia; a él le había servido para provocar un lío y una buena dosis de autocompasión.

En realidad era así últimamente: hacíamos cosas juntos, pero no importaba mucho. Por más que de cuando en cuando nuestras vidas alcanzaran a tocarse, nos movíamos por senderos que se iban alejando uno del otro sin remedio.

El hombre que me conmovía se iba convirtiendo rápidamente en un fantasma.

Me hubiera gustado tenerle piedad pero creo que yo también estaba cansada.

6

Rodeo, 1999

Cuando Jesús llegó a su casa con joyas, perfumes y vestidos en su bolsón, Renata lo abrazó y le dijo que lo había extrañado. Estaba furiosa, esta vez a él se le había ido la mano, la había dejado sola demasiado tiempo. Jesús se mordió la lengua para no decirle que era una puerca, crazy bitch, superloca cabrona, y si no cerraba la boca le perforaría los ojos con un cuchillo y escupiría sobre su cuerpo y lo tiraría a un barranco.

Los regalos lograron acallarla. Esos aretes de plata estaban retebonitos, ese broche te ha debido costar un chingo. Quizás ése era el precio de estar con Jesús, le había dicho Lila, la vecina, que se le había vuelto su mejor amiga. Ésa era su vida, debía respetarla y no ponerse a competir. Vivía bien gracias a que él tenía papeles y podía cruzar al otro lado y trabajar allí cuando le diera la gana. Tenía mucho coraje para quejarse, ya quisiera Lila estar casada con alguien así. ¿Que no?

Jesús compró cortinas negras para la casa y las instaló y le pidió a Renata que las mantuviera cerradas todo el tiempo, incluso cuando hiciera sol a pleno, tenía enemigos y se sentía espiado. Llegó a forrar con papel periódico las ventanas de la cocina.

Es que es muy raro así, dijo ella. Hace calor dentro de la casa y casi casi no hay luz natural. ¿Y qué le digo a Lila si pregunta?

Que tengo rosácea y el médico me ha prohibido que el sol me dé a la cara.

Renata lo miró extrañada pero no dijo nada. Las mejillas de Jesús estaban coloreadas por un rubor permanente, pero ella trabajaba en una farmacia y sabía que la rosácea no se combatía con cortinas. ¿Significaba eso que Jesús no se volvería a poner al sol? Tenía más sentido que tuviera enemigos buscándolo, pero, entonces, ¿qué había hecho? ¿De quiénes se trataba?

Esos pensamientos la trabajaron los primeros días del regreso de Jesús. Luego se fue acostumbrando a la nueva normalidad en la casa y se olvidó de ellos.

Jesús pasó días tranquilos con Renata. Trató de alejarse de la coca y el sotol. Necesitaba estar alerta, con los sentidos bien despiertos. Seguro lo estaban buscando. Debía tomar precauciones, pero tampoco les daría el gusto de encerrarse.

Intentó hacerse de una rutina. Por las mañanas volvió a enseñar inglés en la escuela de las monjas. Iba temprano, evitaba las calles concurridas. Al atardecer, salía a pasear por el pueblo. Cuando un agente lo multó por no respetar la señalización, pensó que era mejor no usar carro y se compró una bicicleta. Se consiguió un perro, Tobías, que ladraba a todo lo que se movía. A veces salía acompañado del perro, y pasaba por la farmacia de Renata antes de volver a casa. En esos momentos le venían imágenes de las semanas anteriores al otro lado, y lo veía todo como una pesadilla: algo que no había ocurrido de verdad y que estremecía la piel de sólo imaginarlo.

Se puso a escribir todo en uno de sus cuadernos. Algún día se los llevaría al Padre Joe. Los primeros cuadernos contaban mentiras, pero luego luego se ponían interesantes. El Padre Joe lo entendería.

Por las noches iba a cantinas con Renata y se relajaba mientras escuchaban rancheras y corridos. Volvió a beber. El sotol le raspaba la garganta, como si le estuviera perdiendo la tolerancia.

Una de esas noches llegaron a casa a la madrugada y él estaba borracho y forcejeó con el cierre del vestido de Renata mientras ella le pedía entre gritos y risas no te apures tanto. No llegaron a la recámara; lo hicieron sobre la alfombra de la sala. Jesús le dio una bofetada en el rostro. Ella se llevó la mano a la boca: salía sangre de sus labios. Jesús le dio otra bofetada.

No me toques, gritó ella. ¡No me toques!

Él hubiera querido agarrarla a golpes. Hacerla llorar de verdad.

Eso nunca, Jesús. Eso nunca. Ya bastante vi en mi casa. Una vez más y no aguanto.

Se fue a la recámara y cerró la puerta. La escuchó sollozar.

Se levantó y empujó la puerta y se sacó el cinto y le dio con la hebilla hasta que le aparecieron moretes en los muslos, en la espalda, en las mejillas. Hija de puta, ¿quién te has creído que eres? ¿Me vas a venir a dar órdenes? ¿A mí? ¿A mí? Agradece que te dejo vivir, puerca. La agarró del cuello y estuvo a punto de sofocarla. Le dio de patadas con las botas con punta de hierro mientras ella, hecha un nudo a un costado de la recámara, no paraba de hipar, llorar y pedir perdón.

Cuando ella perdió la conciencia, él se bajó los pantalones y volvió a penetrarla. Jesús se vino y se limpió con el vestido. Durmió tirado en el suelo.

Los ronquidos despertaron a Renata. Le dolían las piernas y la espalda y le costaba incorporarse. A duras penas logró llegar al baño. Se limpió las heridas con alcohol, se pasó por el cuerpo una toalla remojada en agua fría.

Quizás debía ir donde Lila y contarle todo. No paraba de temblar y llorar. Estaba asustada.

Se echó en el sofá. No pudo dormir.

Al día siguiente preparó el desayuno y actuó como si nada hubiera ocurrido. No dijo una sola palabra y mantuvo los ojos puestos en el suelo. Tenía la cara hinchada, llamó a La Indolora y dijo que se había caído y no iría al trabajo.

«Te crees que no sé que te hases la burla de mí a mis espaldas puta puerca cabrona ahora ya sabes lo q te espera KILL THEM ALL no abrá descanso no hay descanso el señor no sea contigo no sea con nosotros santificado no sea tu nombre nadie se librará ahora saben q ha llegado ha llegado ha llegado el momento su hora a lamerme las botas puta inombrableanimales ay que eliminarlos como perros como vacas como puercos como david koresh era el profeta y lomataron no podrán conmigo no abrá otro waco KILL THEM ALL.»

El fin de semana era el cumpleaños de Lila. Renata en principio no quería ir, se quedaría en casa, había mucho que hacer, pero Jesús se compró una cámara de video, dijo que tenía ganas de filmar y se haría cargo de la fiesta. Renata asintió y se puso una venda en la mejilla, diría que se había caído.

Jesús aprendió a usar la cámara con Tobías. Cuando vio lo que había captado en la pantalla pequeña, el perro correteando con la lengua afuera, se dijo que eso era lo que le faltaba. Cuando volviera a cruzar al otro lado se llevaría la cámara. Filmaría a esas puercas tiradas en el piso con un cuchillo en el cuello y la sangre manchando la alfombra.

La casa de Lila, con serpentinas de pared a pared y colgadas en las ventanas, tenía un aire festivo, como preparada para recibir el año nuevo. Había piñatas para los niños, gorros de papel, servilletas y platos de plástico. Por los altavoces del equipo de sonido se escuchaba a Los Tigres del Norte y Los Tucanes de Tijuana. La televisión en la sala estaba encendida pero sin volumen, y pasaba una maratón de películas de James Bond. A ratos venía uno de los niños y le subía el volumen y los disparos y explosiones llenaban la sala y eran tan fuertes que se confundían con la música y hacían pensar que estaban sucediendo ahí mismo. Jesús se asustó una de esas veces que fue al baño. Luego descubrió que era la televisión y le bajó el volumen.

En el baño esnifó un par de líneas sobre una tarjeta con la propaganda de un téibol en El Paso –*First TUESDAY of every month is SuPEr TuEsDAy $5.00!!!*– y se lavó la cara. Sus mejillas estaban rojas y el rostro parecía distorsionado, como si una mitad no encajara con la otra. El pelo largo necesitaba de un corte. Después de estar al otro lado tanto tiempo se veía más moreno de lo que era, más flaco, más sucio.

Ése era él, ése no era él.

Quiso darle un puñetazo al espejo pero se contuvo.

La fiesta se prolongó hasta la madrugada del domingo. Despues de que acostaran a los niños, Tomás, el hermano de Lila, vestido de mariachi con los pantalones apretados, cantó hasta cansarse. Renata ayudó a preparar cordero asado, en el refrigerador había latas de Tecate y sobre una mesa en la cocina una hilera de botellas de tequila, mezcal, sotol.

Jesús mezcló trago y se emborrachó. Vomitó en el patio y se tiró a dormir en un banco. Renata debió llevárselo a la casa con ayuda de Tomás; le sacaron las botas, los jeans y el cinto y lo metieron en la cama.

Se despertó al mediodía, Tobías a sus pies. Le dolía la cabeza y el estómago y debió tomar digestivos y antiácidos. Renata lo atendió en silencio, le trajo la comida a la recámara –un pozole bien enchilado, para que se recuperara–, y luego fue a casa de Lila a ayudarla a limpiar los restos de la fiesta.

Volvió a dormirse después de comer. Cuando despertó, encendió la radio y lo primero que escuchó fue un nombre que le era familiar. ¿Podía ser posible? El locutor decía que las autoridades en los Estados Unidos habían logrado identificar al asesino conocido como el Railroad Killer y que se trataba de un mexicano ilegal.

Se desperezó de golpe: el nombre le era familiar porque era uno de los que había usado al cruzar al otro lado. Una ligera variación de su apellido.

Las autoridades norteamericanas creían que el asesino se había refugiado en México y estaban negociando su búsqueda y captura con la policía mexicana. Había la posibilidad de que un grupo de agentes del FBI viniera a México, aunque la policía mexicana decía que cualquier cosa que se hiciera, se mantendría intacta la soberanía nacional.

Había llegado el atardecer. Las sombras pronto se adueñarían de Rodeo.

Se vistió procurando mantener la calma. Había una mancha de vómito en sus jeans sobre una silla; buscó otro pantalón en uno de los armarios. Tobías se le metió entre las piernas y Jesús lo apartó de un empujón.

Se puso un sombrero, colocó seis balas en el tambor del revólver. Debía apurarse. Si habían dado con un nombre, pronto lo identificarían y sabrían encontrar su paradero.

Cuando salió de la recámara se topó con Renata, que volvía de la casa de Lila. Traía el pelo negro sujeto en dos trenzas con cintas de colores, una blusa roja holgada con volados y sandalias que dejaban al descubierto las uñas pintadas de carmesí. La venda en la mejilla estropeaba la perfección de esa imagen.

¿Estás bien? ¿No era mejor que te quedaras en cama?

Tengo que salir un rato. Ya vuelvo.

Ingresó al baño y se lavó la cara con agua fría. Tenía los ojos inyectados en sangre, el pelo revuelto. La furia caerá sobre ellos, murmuró. Como un millón de soles que explotan y una lluvia de fuego en sus cabezas. KILL THEM ALL.

¿Qué cosa, Jesús? Me estás asustando.

Ella lo había seguido y se apoyaba en el vano de la puerta de baño. Tenía los ojos bien abiertos y se mordía los labios.

Jesús se dio la vuelta y no pudo contenerse. Santificado no sea tu fucking nombre, dijo. La abrazó y se puso a llorar. Primero fueron lágrimas entrecortadas; luego todo explotó y no hubo forma de que Renata lo calmara.

Tobías volvió a acercarse y Jesús le propinó una patada que lo hizo escapar con un aullido lastimero. Se sentó en el suelo del baño frente a Renata, que se quedó mirándolo. Jesús observó los aretes, dos lágrimas de plata que había robado, ¿dónde? Ya no se acordaba a cuál de sus víctimas habían pertenecido. Quizás era mejor así. Todos esos cuerpos, todas esas caras, debían fundirse en uno solo.

Tengo miedo, dijo Jesús al fin. Tengo miedo, Renata.

¿Qué pasa? Cuéntame todo. Sólo te podré ayudar si sé lo que pasa.

He hecho algo malo y unos hombres están detrás de mí.

A todo hay salida. ¿Algo malo? ¿Cómo qué?

Es algo que tengo que resolver solo.

Jesús supo que apenas saliera de la casa y se fuera de Rodeo no volvería a ver a Renata. Los años con ella se acababan, como se habían terminado los años con otras mujeres. Ésa era la vida que le había tocado y no debía quejarse. Perdía pero también ganaba.

Recordó las tardes de juegos con María Luisa, en el patio y en el lote baldío con el árbol hueco; las noches en las que habían dormido juntos en el colchón, en la cama protectora. De Rocío se olvidó muy rápido. Renata no había estado mal; con ella había logrado contenerse. No la había matado pese a todas sus ganas. Algo especial debía tener para amansarlo así.

Había hecho intentos desesperados de arraigarse a algo, pero siempre, inevitable, regresaba el deseo de partir. Pocas veces se había sentido tan protegido como cuando cruzaba el río y se montaba en los trenes de carga y se tiraba en el suelo del vagón vacío o asomaba su cabeza por la puerta entreabierta del compartimiento y una brisa fresca hacía contacto con sus mejillas y la camisa se le pegaba al cuerpo y desfilaban a su lado los desiertos, los campos de maíz y tabaco, los pueblos y las ciudades.

Se incorporó. Si alguien viene a preguntar por mí, por favor no digas nada.

¿Qué puedo decir? ¡Si no sé nada!

Se puso el sombrero y se dio la vuelta y salió de la casa. Ella se tiró en el sofá sin saber si alegrarse o entristecerse. Tobías se le acercó y le movió la cola.

CINCO

1

Auburn, 1959-1963

El profesor vino a visitar a Martín una vez más. En la sala donde se encontraron, después de un abrazo efusivo, el profesor
notó la deteriorada salud de Martín, la ausencia de dientes.
Había intentado que lo trasladaran a otro hospital, pasaban
los años y DeWitt empeoraba: salas hacinadas de pacientes,
pisos y paredes sucias, jardines descuidados y baños malolien-
tes. Faltaban vendas y agujas esterilizadas, el yodo y el alcohol
no se reponían con diligencia, los enfermeros hacían nego-
cios con la morfina y el instrumental quirúrgico.

El profesor sintió que le debía una explicación a Martín
sobre su ausencia. Su español no había progresado mucho, así
que sólo atinó a decirle una y otra vez: Helsinki. Martín asintió. Y se puso a mostrarle los dibujos que había acumulado.
Los enfermeros habían seguido las instrucciones del profesor:
todos estaban fechados en la parte inferior derecha. El profesor leyó January 1957, April 1957, February 1958, May
1959… Los temas no habían cambiado. Jinetes con cananas
cruzándoles el pecho, montañas de líneas onduladas, trenes y
túneles, paisajes con iglesias y animales y gente bailando. Recortes de revistas pegados en los dibujos, collages que insistían
en sus obsesiones: los rostros de las mujeres impecables de las
propagandas, los artefactos aerodinámicos de la modernidad.

Martín hizo con las manos líneas que iban de él hacia el
profesor. Este entendió que Martín le estaba regalando sus
dibujos. Se lo agradeció.

Vino un enfermero de los nuevos y le dijo al profesor que la reunión debía terminar. Martín se agitaba mucho, no era bueno para su salud. El profesor se molestó: no estaba acostumbrado a ese trato. El enfermero no hizo caso a sus quejas.

El profesor preguntó por la salud de Martín. El enfermero mencionó algo de molestias pulmonares. ¿Preocupantes? Mucho. Preguntó si había cambiado algo estos años.

Por lo que sé, no dibuja tanto como antes. Pasa horas sentado en una silla en el patio, de cara al jardín. Parecería que está esperando la llegada de alguien. Cuando un auto ingresa por la puerta principal, se para y agita las manos como saludando. Una vez, cuando el director salía, corrió hacia su auto y quiso abrir la puerta. Apenas lo pudimos contener. Lo tiramos al piso, tuvimos que usar un chaleco de fuerza. Lloraba, gritaba.

El profesor miró a Martín, que estaba a su lado. Le puso su mano en el hombro. Le dio una palmada en la espalda. Te extrañé, dijo. Martín sonrió. El profesor notó que se le habían humedecido las pupilas.

No te volveré a dejar.

¿En serio?, preguntó el enfermero.

Es un decir. Regreso a Helsinki. No sé cuándo volveré.

Había llegado la hora de despedirse. El profesor le dijo al enfermero que iba a quedarse con los dibujos de Martín. El enfermero asintió.

Ése es el trato, ¿no?

No son para mí, se trata de difundir el arte de Martín. Lo que más me enorgullece es que el Guggenheim haya aceptado diez dibujos. Se los envié hace años. Querían montar una exposición sobre las diferencias entre artistas establecidos y alguien como Martín. Al final se desanimaron, seguro pensaron que era demasiado provocativo. Es tan difícil que los museos grandes te presten atención. Pero no debería quejarme, ya es mucho que hayan aceptado diez dibujos. ¿Verdad, Martín?

Martín asintió.

El profesor se fue.

Esa noche Martín no cenó. Tampoco quiso bañarse. Se tiró en su cama, miró las manchas en las paredes durante varias horas. Le dolía el pecho; era un dolor profundo, como si estuvieran marcando sus músculos con un hierro que quemaba. Como si la circulación de la sangre se contrajera y detuviera. Como si le apretaran el corazón y quisieran sacárselo.

Recién logró dormirse hacia la madrugada.

Por las noches Martín se quedaba mirando las sombras que se agitaban en las ventanas del pabellón, las siluetas movedizas de los árboles empujados por el viento. Cuando venían los enfermeros a hacer la ronda de las tres de la mañana, cerraba los ojos y se hacía el dormido, pero apenas se iban los volvía a abrir. Aparecían retazos de los enfermeros, cabezas sin cuerpos, piernas largas que flotaban en torno a las camas. Había ruidos en la sala, lamentos de alguien al borde de la muerte, ataques de tos, carcajadas.

Se llevaba bien con todos, pero no había hecho amigos. En el taller de cerámica le hablaban, pero él no respondía. Trabajaba en el jardín, feliz por estar al aire libre, pero ignoraba los esfuerzos de los otros pacientes por comunicarse. Lo invitaban a jugar juegos de mesa, a ver la televisión o una película, pero él no les hacía caso. A veces veía cortos de dibujos animados. El ratón y el pato y las ardillas. Era mágico, cómo se movían los dibujos.

Se frotaba la cara con las manos. Se tocaba el fino bigote que no quería que le afeitaran. Se masturbaba tratando de no hacer ruido, avergonzado, aunque al día siguiente las manchas en el pijama o las cobijas lo delataban.

Pensaba en María Santa Ana y se preguntaba si seguiría cabalgando junto a otros hombres, cruzando la sierra cercana al pueblo, defendiendo al Señor Gobierno mientras el viento le silbaba en la cara. Se preguntaba qué hacían sus hijos solos en casa. Eran niñas responsables, seguro sabían qué hacer solas. De Candelario no podía decir nada, no lo había conocido.

Pero igual los remordimientos lo atenazaban. Cuando vino su sobrino, ¿debía haberse ido con él? ¿Por qué esa terquedad, ese deseo de no volver a casa? ¿Miedo a qué tenía? ¿A encontrarse con que María Santa Ana no lo quería más y se había ido con otros hombres? ¿Y qué si había ocurrido eso? ¿No era él lo suficientemente fuerte para levantarse? ¿Qué había ganado quedándose aquí?

Y el profesor no volvía. Y ese chico que en el taller de cerámica había sido su amigo y luego se había muerto, ¿qué sería de él?

Le dolía la garganta cuando respiraba. Los médicos le habían mostrado fotos de sus pulmones. Le decían cosas en inglés, ¿por qué insistían con ese idioma? Era para ponerlo nervioso. Apenas escuchaba esas palabras raras quería meterse cera a sus oídos. ¿Y qué le decían? Lo adivinaba: que algo no se veía bien.

Uuuuuuuaaaaaa.

Sólo quería estar lo suficientemente repuesto como para volver a ver al profesor.

Discurrían las sombras por las ventanas. ¿Un tren? Cerró los ojos. Trataría de dormirse.

Una mañana se quejó de dolores en el pecho y escupió sangre. Lo llevaron corriendo a la enfermería. Un doctor lo revisó con cara preocupada y dijo «exams, exams». Lo llevaron a otra sala. Iban y venían en torno a él, discutían qué hacer. Uno de ellos, el enfermero pelirrojo que más sabía español, se le acercó y le dijo algo así como que había que operar con urgencia. Le dieron un papel para firmar. Martín puso una equis, sonriente. Era una sonrisa falsa: el dolor en el pecho apenas le permitía respirar.

Lo tuvieron largo rato en una camilla y lo hicieron desvestirse y le pusieron un delantal. Lo llevaron a otra sala. Quiso preguntar qué sucedería con sus dibujos. Si podía tener uno de ellos con él, acompañándolo. Pero no abrió la boca. Le pusieron una inyección. Tuvo ganas de enviar una carta a sus hijas. Dibujaría el edificio donde vivía, la sala con ventanas donde pasaba la mayor parte del tiempo, el patio y el jardín.

Se le cerraban los ojos. No estaría mal, así desaparecería todo lo que lo rodeaba, esas máquinas con cables, las pinzas y jeringas, las tijeras que veía en las mesas metálicas que los enfermeros llevaban de aquí para allá. Pero la diferencia era que esta vez él no se esforzaba por cerrar los párpados. Eran ellos los que lo hacían solos.

Quiso preguntarle a María Santa Ana si lo seguía queriendo. Si era así, entonces él estaba dispuesto a perdonarle que se hubiera metido con otros hombres en su ausencia. Incluso podía seguir viviendo entre las montañas, con su caballo y su fusil. Tenía que aceptar que era de él, eso sí. No sería fácil.

Quiso levantarse y escribir algunas palabras en español en las paredes del edificio. No les gustaría nadita que lo hiciera. ¿A poco? Escribiría: «Hoy va a llover. Hoy. Va. A. Llover».

No tenía fuerzas para levantarse de la camilla.

¿Qué sería del profesor? Ah. Había sido su único amigo. Pero no podía decir que hubieran sido amigos, nunca habían hablado. Su única compañía, eso sí. Estaba el chico que murió, aunque no se comparaba. No no no. El profesor era bueno. Algún día volvería y lo trataría de sacar del edificio y él le diría que lo entendiera, esa era su casa, no se imaginaba viviendo en otro lugar.

Los músculos se le relajaban. Tenía la boca pastosa, no podía abrirla. Hormigueos en las piernas, en las manos. «Hoy va a...»

Se estaba bien así, sin moverse. Era como si una cobija le fuera cubriendo todo el cuerpo.

Cerró los ojos.

No los volvió a abrir más.

2

Rodeo, 1999

Renata salía del trabajo cuando el sargento Fernandez se le acercó, acompañado por un agente del FBI y dos judiciales. Sabía de qué se trataba: por la mañana, en La Indolora, había visto en el periódico local una foto de Jesús en la primera página y leído el artículo que la acompañaba. No creyó una sola línea de lo que decían, todo se basaba en especulaciones infundadas, pero aun así le impactó que se asociara a Jesús con una serie pavorosa de crímenes. ¿Era por eso que estaba tan nervioso? ¿De ahí le venía su miedo? Su jefe se dio cuenta de lo que le ocurría —quizás también había reconocido a Jesús en la foto— y le sugirió que se tomara el día libre. Se fue a casa, pero el estar sola la deprimía: las fotos de esos jugadores en las paredes le recordaban a Jesús. La casa estaba sombría; quitó el papel periódico de las ventanas y abrió las cortinas. Después de la madriza que había recibido sabía que Jesús tenía cosas que ella no conocía, pero no estaba dispuesta a juzgarlo; todos los hombres se equivocaban y su esperanza era que Jesús le pidiera disculpas. Al terminar la comida decidió volver al trabajo.

Uno de los judiciales le mostró su credencial y le dijo que querían hablar en privado con ella. La siguieron a su casa. Renata fue al patio y soltó a Tobías, que dio vueltas por la sala y orinó en la puerta de la cocina. Renata lo tranquilizó con un hueso de plástico mientras el sargento admiraba el orden de la cocina, la pulcritud de los platos, la limpieza del refrigerador, la luz brillante que se filtraba por las ventanas. No era la casa de los asesinos en serie en las películas, psicópatas que en general no solían estar casados y tampoco les interesaba la construcción plausible de una vida doméstica. Las películas exageraban, pero algo de verdad había en ellas: Torrance, el único asesino en serie que le había tocado en su carrera —apenas fue un subordinado curioso—, no tenía muebles en toda la casa, dormía tirado en un colchón y pasaba el día en el sótano, donde había construido una celda para sus víctimas y tenía instrumentos de tortura artesanales.

Renata se sentó frente a ellos en el sofá de la sala principal. Estrujaba un pañuelo, hacía esfuerzos por no llorar. Fernandez se fijó en la decoración de las paredes de la sala.

Raro su marido, trató de iniciar la conversación. No le interesa el futbol.

Conozco mucha gente por aquí a la que le gusta el futbol americano y el beisbol, Renata se pasó la mano por el pelo, siguió la mirada de Fernandez. Hasta el básquet prefiere Jesús. Dice que se meten pocos goles en el futbol y que en eso los gringos lo tienen claro. Mejor ver algo que termine cuarenta a veintitrés que cero a cero.

Bueno, sí, tiene razón. Disculpe que haya generalizado. A nadie le gusta.

Yo salía con una chica muy güera que le gustaba la salsa, dijo Will Rosas, el agente del FBI que acompañaba a Fernandez y a los judiciales. Cuando le comenté que no sabía bailar, me dijo que yo no era un buen representante de mi cultura.

¿Y qué pasó? ¿Dejó de salir con ella?

Comencé a tomar clases de salsa. Sirvió de poco.

Fernandez observó a Rosas: los zapatos de charol, el saco recién planchado, la corbata. Todo un burócrata. Muy joven para eso, podría ser mi hijo, pero si le gusta… Haría carrera y llegaría lejos, pero en una oficina y no en las calles.

Jesús, dijo Renata, es inocente... Es incapaz de matar una mosca, lo conozco bien, son años. He leído el periódico, son purititas mentiras.

El sargento compadeció a Renata, se fijó en la marca morada que tenía en una de las mejillas y pensó en otro lugar común: los vecinos, los familiares del asesino, se ponían a decir quién lo hubiera pensado, si era tan buen chico, sociable, cumplido con los mandados. Le hubiera encantado vivir en el siglo diecinueve, ese país extraño con ciencias como la frenología y la antropología criminal, que aseguraban conocer la identidad del asesino con sólo ver la forma de los huesos del cráneo, el tipo de mandíbula. Quedaban rasgos de esos tiempos en el lenguaje —*tiene cara de boxeador*—, pero ya no la ciencia. Uno se ahorraría de tantos problemas si, con sólo ver la cara de un vecino, pudiera decir si era capaz de matar a alguien, si, con sólo ver la cara de su pareja, pudiera concluir cuán dispuesta estaba al engaño, a la mentira.

Señora, la entiendo, dijo el sargento. Los periódicos se adelantan a los hechos. Su marido es inocente hasta que se demuestre lo contrario. Tenemos pruebas que indican que valdría la pena hablar con él. Si lo arrestamos, tenga la seguridad de que habrá un abogado. Tendrá todas las oportunidades del caso de defenderse.

Si lo arrestan... ¿será juzgado aquí?

Todo dependerá de las autoridades mexicanas, terció Rosas. No haremos nada que no esté de acuerdo con las leyes mexicanas.

Si lo arrestamos aquí será juzgado aquí, dijo uno de los judiciales. Mientras no haya un pedido de extradición, las leyes mexicanas se harán cargo de su marido.

Necesito pruebas, dijo ella. Pruebas de que Jesús tiene algo que ver con esto.

El sargento estaba preparado. Abrió un maletín y hojeó un puñado de fotos hasta encontrar la que buscaba. Se la pasó a Renata. Una mujer sonreía junto a su esposo. Estaba parada en la puerta de su casa, junto a un carro.

Esto no me dice nada, dijo Renata.

Los aretes, dijo el sargento. Son los mismos que usted lleva.

Le pasó otras fotos, ampliaciones en las que se·veían los aretes en primer plano. Renata se sacó los aretes y los observó con detenimiento. Puede ser una casualidad, dijo.

También puede no serlo, señaló Rosas.

Renata no pudo más: el llanto la ganó.

Había sido un buen golpe de efecto, pensó Fernandez. Debía ser cuidadoso: no convenía abusar.

Son muchas las joyas que desaparecieron de las casas de las víctimas, dijo. Las tenemos clasificadas en una lista. Tenemos entendido que su marido le regalaba joyas.

Renata asintió, limpiándose las lágrimas con un pañuelo.

Yo no tengo nada que ver, sollozó. Soy inocente. Jesús, Jesús... Él me pegaba. ¿Ven esto aquí? Se tocó la mancha violácea en la mejilla.

¿Podemos ver las joyas?

Renata dudó, pero luego se levantó del sofá y se dirigió a su recámara.

Las palabras del sargento la tocaban en su lado más débil. Confirmaban sospechas que había tenido todo el tiempo. ¿Qué era eso de desaparecer por meses? ¿Y qué trabajo pagaba tan bien que permitía la compra de tantas joyas? Una idiota, no cuestionarse más ese aspecto de Jesús. Lo cierto era que había preferido no hacerlo. Pero la había pegado con una violencia sorprendente. Y eso no se lo esperaba.

Entró a su recámara acompañada por uno de los judiciales y volvió con dos cofres de metal. Vació el contenido sobre la mesa de la sala. Debía estar tranquila, estaba haciendo lo correcto: Jesús ya no era el hombre del que se había enamorado. Pero costaba tanto aceptarlo.

El sargento sacó varias hojas del maletín.

No es necesario, dijo Renata. Le creo. Pero ¿cómo puede ser posible? El fin de semana estaba cariñoso, relajado. Tuvimos una fiesta donde los vecinos, se la pasó filmando. Jugó con los niños, bailó con todo el mundo, bebió más de la cuenta pero estaba de buen humor.

Suele ocurrir, dijo Fernandez. Se ponía en su lugar y la entendía. Las pruebas la forzaban a construir otro Jesús, extraño y cruel pero también posible —había indicios que le permitían llenar los huecos—, y luego volvía a aferrarse al Jesús conocido la mayor parte del tiempo. Estaría así por un buen tiempo, luchando entre dos imágenes, la nueva que le proponía la realidad y la otra que ella había elaborado con paciencia, incluso con amor.

Igual. ¿Cómo fue que pude estar tanto tiempo con un asesino y no darme cuenta?

No tiene que sentirse culpable. Es lo más normal. Todos tenemos un mundo que escondemos de los demás.

Rafael se sintió mal al pronunciar la última frase. Debía evitar los lugares comunes, las cursilerías. Tampoco era lo suyo consolarla, aunque era más fuerte que él el impulso que lo llevaba a meterse en su piel, ver el mundo a través de sus ojos. Era más fácil comprender a las víctimas que al asesino.

¡Pero no todos son asesinos!

Renata volvió a ponerse a llorar. Rosas se le acercó y le dijo palabras de consuelo en un español apenas inteligible. Uno de los judiciales se levantó, incómodo, y se puso a ver de cerca los afiches en las paredes. Fernandez insistió: ¿nos ayudará, Renata? Esperaron unos minutos hasta que se tranquilizara. Rosas fue a la cocina y volvió con un vaso de agua.

No sé dónde está, dijo ella limpiándose las lágrimas, tratando de recuperar la compostura. Cuando se iba, nunca llamaba. Sabía que viajaba al otro lado y nada más. Debí haber sospechado algo pero nada, creía que estaba chambeando en algo legal, si nomás me mostró su green card.

¿Tenía algún pariente a quien quería en especial? ¿Madre, padre, hermana?

A veces hablaba de su madre y su hermana. Tiene años que perdió contacto con su padre, cuando era niño se fue de la casa y no volvió más… Sé que la madre vive en su pueblo y la hermana en los Estados Unidos. En Albuquerque, me dijo una vez. Quería ir a visitarla pero no sé si lo hizo. No tengo la dirección. No llegué a conocerla… Una vez encontré una foto de una niña retechula en su billetera. Una chamaca de pelo negro, ojos verdes. Atrás había una dedicatoria cariñosa que me llamó la atención. Pensé que era de una noviecita de cuando era chamaco, por lo que decía y porque la niña debía tener doce, trece años. Cosas del tipo «nunca te olvidaré», «te llevo en mis pensamientos»… Me puse celosa y se lo dije. Me contestó que no debía preocuparme, era su hermana. Me pareció raro y no insistí.

Albuquerque, pensó el sargento. Había que seguir esa pista.

Cuando salieron de la casa, el sargento Fernandez tuvo lástima de la mujer que dejaban atrás. Antes de subir al carro de los judiciales, le dio una palmada a Rosas, buen trabajo, y respiró hondo, como tratando de que sus pulmones se apoderaran de todo el aire del atardecer.

Aire: eso era lo que necesitaba.

Cuando Fernandez regresó a Landslide, le llegaron las noticias de que se habían encontrado los cadáveres de dos personas en una casa rodante a metros de las vías del tren, en un pueblo cerca a Albuquerque. Se trataba de Jim y Lynn Mercer, un hombre mayor y su hija; habían sido asesinados a cuchillazos, la mujer violada después de muerta. La cercanía a las vías del tren y el hecho de que después de los crímenes el asesino se hubiera quedado un buen rato en la casa rodante, hurgando en el refrigerador y sirviéndose algo de comer y beber, hacían pensar que era obra del Railroad Killer. Las huellas digitales corroboraron pronto la sospecha.

Salió del apartamento sin abrir la maleta, fue a dar vueltas por la ciudad en su carro. Una vez más el asesino había logrado burlar a todos: había cruzado la frontera rumbo a su país, y cuando todos creían que se refugiaría en México, vuelto a cruzarla de regreso a Estados Unidos. ¿Es que nadie lo podía ver porque se lo había tragado la tierra? ¿Es que era invisible?

Se detuvo en una gasolinera, compró beef jerky y los periódicos. El chico que lo atendió era un mexicano con un inglés pobrísimo. Como para darle la razón a Dawn Haze: ahora eran tantos que ni se molestaban en aprender el idioma. Podían funcionar con el español y una cuantas frases de inglés.

De nada servían el INS, los Rangers, el FBI. Todos ineficientes, incapaces de vigilar la frontera o atrapar al Railroad Killer. Había dejado tantas huellas, era un indocumentado sin muchas luces, y sin embargo capaz de poner en jaque a los encargados de seguridad del imperio. Imbéciles: lo habían agarrado tantas veces e, impacientes por librarse de esos hombres que no cesaban de invadir el país como zombis enviados por un país enemigo, lo habían devuelto a la frontera. Es que los mexicanos son como los chinos, todos igualitos, se esconden entre la multitud, había dicho el capitán Smits y él se había molestado aunque no dijo nada.

Ya en el carro, pensó que tampoco él mismo servía de nada: tantos años tras las huellas del asesino, para llegar siempre tarde. ¿Qué importaba atraparlo ahora? Eso podía evitar muertes en el futuro, pero no calmaba el dolor de tantas familias destrozadas.

Sí, claro que servía de algo. Una muerte evitada justificaría todos los errores cometidos.

Rafael se enteró al final del día que el FBI había puesto al Railroad Killer en la lista de los más buscados y que ofrecía ciento veinticinco mil dólares de recompensa por su captura. Estaba en el primer puesto, desbancaba a Osama bin Laden. Por lo visto no cambiarían en su gusto por la publicidad. Tanta alharaca, más les valía dejarse de afiches al estilo del Lejano Oeste y concentrarse en encontrar al asesino.

Pensó, de pronto: Albuquerque. ¿Estaría tratando de contactar a su hermana?

Debía apurarse.

Por la noche sonó el teléfono. Era Debbie. Le explicó que no la había llamado porque estaba con mucho trabajo. Había pensado no verla, pero luego se le ocurrió que un par de horas con ella podría relajarlo, y le pidió que viniera. Debbie respondió que no había llamado para eso, y colgó.

Landslide, 2009

Volví a ir a fiestas de la universidad, traté de recuperar las ganas de estar con amigos, perderme en sus preocupaciones harto más livianas que las que me atareaban esos días. La relación con Fabián era agotadora y me hacía pensar en aquello en lo cual alguna vez había jurado no caer. Me fui de College Station porque veía cómo mis compañeras de la universidad se perdían en las *responsabilidades* –hijos, trabajo– y se iban convirtiendo en Living Dead. Las Novias Cádaver. Había estudiado un B.A., pero nunca me llamó la atención eso de terminar una carrera o buscar una forma de ganarme la vida. Conseguí trabajo en una agencia de publicidad, pero lo dejé después de un tiempo y estuve un año sin saber qué hacer, tratando en vano de vender tiras cómicas a los periódicos (poco originales, le debían casi todo a los hermanos Hernandez), hasta que un amigo guatemalteco que sabía de mi pasión por la lectura me convenció de que solicitara una beca para hacer el doctorado en literatura latinoamericana. En Landslide había descubierto los límites de mi idealización: no encontraría el estímulo para la creatividad entre mis compañeros y profesores, entendería su pasión por la literatura pero no la forma clínica de acercarse a los libros. ¿Y Fabián? Había horas en que la pasaba bien con él, la conversación fluía y el sexo se hacía caníbal, pero me costaba cada vez más tener paciencia para llamadas erráticas a las cinco de la mañana, e-mails alucinados, recaídas que me hacían ver que a pesar de los cambios todo permanecía igual. No era del todo la mujer abnegada que la situación me forzaba a ser.

Una noche salimos a la calle y nos pusimos a caminar bajo la lluvia después de hacerle a la coca (esa vez había cedido). Charlábamos a gritos, entre carcajadas histéricas. Pasó una camioneta a toda velocidad y nos salpicó; Fabián tiró una piedra. Un vidrio se hizo añicos, el conductor perdió el control, la camioneta fue a dar contra la acera y se detuvo con el motor humeante. Dos tipos bajaron e increparon a Fabián. Se largó a discutir con ellos de igual a igual pese a que le sacaban una cabeza. Uno de ellos lo empujó y él terminó en un charco en el suelo. Los insultó e intentó incorporarse pero no pudo; le rogué que nos fuéramos. Me costó lograr que me hiciera caso.

Otra noche me llevó por los barrios bajos de Landslide en busca de su díler. Fabián me dijo que Travis le conseguía coca fina a buen precio, tenía contactos con los cárteles mexicanos que operaban en Landslide. En un callejón abandonado, escuché a Travis gritarle a Fabián y negarse a venderle un gramo de coca más: Fabián le debía dinero a Travis.

Nos estábamos yendo cuando Travis le pidió a Fabián que se acercara. Sacó una pistola y se la puso en la sien. En la penumbra yo veía las siluetas de un hombre delgado con un sobretodo y otro que le llegaba al cuello.

¿Quieres salvarte?, le dijo Travis. No te hagas el listo y no regreses sin mi dinero.

Escuché la voz temblorosa y humillada de Fabián pidiendo disculpas, prometiéndole que en la siguiente quincena, cuando le depositaran su cheque, le pagaría todo, y Travis se rió y le dio una bofetada. Profesor, ja. Me cago en toda tu filosofía.

Fabián se llevó una mano a la mejilla y se dio la vuelta, cabizbajo.

¿Dónde estaba el hombre arrogante que tomaba decisiones inamovibles conmigo? ¿El altanero con los académicos de la «corrección política» como Ruth? ¿El que hacía lo que le daba la gana con sus estudiantes?

Cuando nos dirigíamos en busca de un taxi, lo vi empequeñecido.

Una noche fui con Sam a ver una película sobre un asesino en serie en Milwaukee. Sam quería comentarla en su programa radial. En la oscuridad del cine de la universidad, con los pies estirados en el asiento delantero, traté en vano de concentrarme en la película. Me preguntaba qué estaría haciendo Fabián.

Faltaban unos quince minutos para que terminara la película cuando Sam se levantó y me dijo te espero afuera, y yo por lo visto no tienes estómago. Salió sin responder. Me imaginé que su molestia tenía que ver con la escena aterradora que acabábamos de presenciar: el asesino quería convertir a sus víctimas en zombis y para ello se le había ocurrido perforar el cráneo de un chiquillo de quince años e inyectar ácido hidroclórico en su cerebro.

Al salir del cine lo encontré sentado en la alfombra, la espalda apoyada contra la pared, bajo un afiche que anunciaba una película de Will Ferrell. Lo vi como luciría dentro de diez años: un profesor serio y calvo, incapaz de bromear con sus estudiantes.

Disculpá, demasiada carnicería para mí.

En casa de herrero cuchillo de palo.

Una cosa es que me interese el tema y otra que me encante ver la violencia más excesiva. Esa película era pornografía pura.

A mí me parece contradictorio.

Fuimos a un bar a dos cuadras del cine. Se llamaba Mi Casa es Su Casa y estaba adornado por afiches de anuncios de lucha libre y fotos de El Santo, Blue Demon y El Huracán Ramírez. Se podían comprar máscaras de luchadores, tomar tragos con nombres de llaves de lucha. En los televisores pasaban videos de películas de El Santo.

Muy mexicano, me reí mientras pedía La Tijera Voladora con sal y limón.

Más bien no. Jamás encontrarías un bar like this en México. Esto tiene que haber sido hecho por gringos.

Sam pidió shots de tequila y a partir de ahí no paramos. Me entretuve leyendo los letreros en un espejo del mostrador. «Todo el mundo está loco, menos tú y yo, pero empiezo a dudar de ti.» «Si no vuelvo, lo bautizas.» «La ociosidad es la madre de una vida bien padre.»

Al cuarto shot, Sam dijo que quería contarme algo.

¿Te dice algo el nombre Railroad Killer?

¿Debería?

No creo. Yo era muy niño cuando atacó por primera vez. En ese entonces no se sabía que se trataba de él. Una estudiante de intercambio sueca, recuerdo haber escuchado a mis padres hablar del tema. Durante mucho tiempo el caso permaneció abierto. No había ni sospechosos ni pistas. Pero pasaron diez años y resultó que se logró probar que la sueca había sido la primera víctima de un asesino en serie. El Railroad Killer. Incluso estuvo de número uno en la lista de buscados del FBI.

Tantos asesinos en serie en este país, difícil distinguirlos uno del otro.

Así de enorme es la tragedia nacional. Alguien mata a diez personas y en poco tiempo la gente ya ni se acuerda de él.

¿Y qué tiene que ver el Railroad Killer con vos?

Sonó mi celular. Era Fabián. No le entendí nada.

Esperá. No te escucho bien, voy a salir a la calle.

Ya en la calle, le pregunté qué pasaba.

Niña, te necesito aquí en los próximos minutos. La voz sonaba grave.

¿Qué pasa? No me asustés.

Tengo miedo. Tengo miedo, niña. Y no respondo.

Ahora sí, me preocupé.

Estoy tomando un taxi ya mismo. Te pillo en diez minutos.

Me fui sin despedirme de Sam.

La casa estaba silenciosa y a oscuras. Pagué el taxi, fui corriendo hacia la puerta principal. La empujé: no estaba con llave. Encendí la luz del rellano y la escalera.

¿Fabián?

No hubo respuesta. Subí tratando de mantener la calma. Encendí la luz de la sala principal del segundo piso. Sonó el celular. Era Sam.

¿Con que esas tenemos? ¿Te fuiste así nomás?

Luego te explico, colgué.

Me acerqué al cuarto de Fabián. Encendí la luz.

Estaba tirado en la cama y tenía los pies apoyados en una silla. Miraba al suelo con los ojos entrecerrados. No llevaba zapatos ni pantalones y tenía la camisa blanca manchada. Hizo ruidos guturales, como si tuviera la lengua metida en la garganta. Traté de tranquilizarme. Estaba cansada de esos sustos.

Me senté sobre la cama destendida. En la mesa de noche estaban las fotocopias de mi story-board más reciente. Al lado, una carta de los decanos en la que se le informaba que le habían rescindido el contrato. Le pagarían un año más de sueldo, pero a partir del próximo semestre estaría desvinculado de la universidad.

Debía haber recibido la carta por la tarde. Había preferido no decirme nada.

Eso es todo. Los hijos de puta. Te lo dije y no me creías.

Lo siento. Me asustaste, pensé que era…

Esto es grave, carajo. Me voy. Mañana mismo, si es posible. No aguanto un día más en esta puta ciudad.

Un buen abogado te puede defender. Tenés tenure, se supone que sos intocable.

No quiero saber de esta universidad. Hace rato que enseñar me importa un carajo. Es hora de tomar decisiones. ¿Te venís conmigo?

Salí de la habitación. Me senté en la escalera.

Michelle, ¿sí o no? ¡Contestá, please!

Me quedé un rato sin decir nada.

4

Texas y Nuevo México, 1999

Esta vez había cruzado cerca de Ojinaga. Tuvo que esperar un buen rato hasta que la patrulla de la migra pasara por la carretera al otro lado y se perdiera de vista. Luego se metió al río flaco. Perdió el equilibrio cuando lo vadeaba y tuvo la sensación de que se ahogaba. Había sido una falsa alarma, apenas dio tres brazadas estiró las piernas y se dio cuenta de que no estaba en un lugar profundo. Caminó entre las piedras hasta que llegó a la orilla y se apresuró.

Tenía los pantalones mojados y había llevado sus zapatos en una bolsa con fruta y botellas de agua. El sol le quemaba las espaldas. No podía dirigirse hacia El Paso, tendría que moverse por pueblos pequeños en los que no habría tantos policías. Había planeado dirigirse hacia Marfa, luego Fort Stockton… No tenía otras opciones. Sabía que lo buscaban y que los trenes de carga estarían vigilados, al igual que las carreteras. Estaba preparado por si lo agarraban, con documentos falsos de identidad y tarjetas falsas del seguro social.

Caminó por un sendero entre arbustos y huizaches. Se cruzó con venados que huyeron al verlo. Un conejo agonizaba al lado de un tronco hueco; observó la sangre brillante en las patas posteriores, en el pelaje blanco.

Divisó en el cielo un helicóptero de la migra. Se escondió entre el follaje hasta esperar que pasara el peligro. Debía apurarse. Las instrucciones de un amigo coyote no eran difíciles de seguir. Pero el sol mareaba y hacía que costara pensar. Tomó agua, se refrescó la cara. No se la estaban haciendo fácil. Se le iban cerrando los caminos.

La angustia lo invadió cuando pensó con claridad inesperada que todo eso quizás significaba que nunca más volvería a montar en un tren de carga o conducir un carro para cruzar al otro lado. Se dio cuenta de lo tonto del desafío. ¿Para qué volver? Debía haberse quedado en México, esconderse en alguna ciudad grande.

«Santificado no sea tu nombre.»

Sabía por qué había vuelto.

La troca lo dejó en una estación de gasolina en Fort Stockton. Había pagado más de lo que esperaba pero no quiso perder el tiempo negociando. Era el hijo de un ranchero, mexicano, su negocio era ayudar a los ilegales que aparecían en la zona; la migra lo había detenido un par de veces, pero su padre tenía conexiones y lo habían soltado.

Ingresó a la cantina The Antro y se acercó al mostrador. Un loro comía una mazorca de maíz y lo observaba desde una jaula en una repisa detrás del mostrador. En la rocola sonaba una canción de Selena, «Amor prohibido». En una mesa cuatro hombres jugaban al dominó y tomaban cerveza.

No llevaba nada que cubriera su rostro. Tenía la teoría de que la mejor forma de ocultarse era no escondiéndose. Tampoco se trataba de hacer tonterías, de exponerse alegremente. Pero si hasta ahora no lo habían reconocido, lo más probable era que todo saliera bien.

En el mostrador había un muñeco de resorte de Mister T. Era fornido, podía enfrentarse de igual a igual con Mil Máscaras. Pero Mil Máscaras utilizaría la milenaria astucia mexicana y ganaría. Los luchadores ya no eran de su agrado, pinches mentirosos, pero igual los apoyaría si se enfrentaban a un gringo.

¿Y si los Niners jugaran contra un equipo de su país? Eso era diferente.

Tocó la cabeza de Mister T, dejó que bailara. En la televisión suspendida en una de las esquinas de la cantina apareció un anuncio de la operación Stop Train. Mostraron el identikit del hombre que llamaban el Railroad Killer. Tez morena, nariz alargada, pelo crespo, lentes de marcos gruesos, bigotes, pómulos salientes. Había visto ese rostro en alguna parte.

El hombre que atendía el mostrador lo miró, pero no estaba viendo la televisión. Era tan bajito como él.

Do you want anything?

A beer, please.

El hombre le puso una botella de cerveza y un vaso sobre un posavasos de plástico con el logo de Michelob. Jesús dejó unos dólares en el mostrador. Se acercó a la televisión. El corresponsal en Texas hablaba de la enorme cantidad de indocumentados detenidos en las últimas horas. Sugería que estaban en peligro de ser arrestados todos los hombres de ascedencia hispana que caminaban solos por las calles de los estados contiguos a México. Una sensación de pánico y paranoia se había apoderado de la gente, y las llamadas al FBI no cesaban. El corresponsal anunciaba, entre escandalizado y jocoso, que incluso el hijo del sheriff de un pueblito en New Mexico había sido arrestado. Una vez que terminó de hablar, el periodista del noticiero central arriesgó una idea: Operación Stop Train era un éxito en la manera en que había logrado involucrar a la gente en la búsqueda del Railroad Killer, pero al mismo tiempo podía estar creando heridas difíciles de sanar en las comunidades con un buen número de hispanos. Nadie se sentía a salvo, y hasta los más inocentes comenzaban a sentir que eran vistos como sospechosos por sus vecinos y compañeros de trabajo anglos.

¿Es que todo eso lo había creado Jesús? Por supuesto que no. La desconfianza existía antes de su llegada. Él sólo había sido un medio para un fin.

Se acordó de sus días en Starke, de Randy y su desconfianza contra el Estado. Waco había sido una excusa para que el gobierno se deshiciera de líderes blancos como David Koresh.

Ahora su caso servía para que limpiaran el país de mexicanos como él.

Se lavó las manos en el baño. El espejo le devolvió un rostro que no era suyo. Las mejillas se fueron deshaciendo, apareció una calavera. Un escalofrío le recorrió el cuerpo.

Quiso confesarle que todo era muy duro y que a ratos no le era fácil mantener el ánimo. Que tenía ganas de volver a su casa.

No lo hizo. No podía fallarle.

Había sido elegido y debía continuar mostrando la furia de un ángel vengador.

No voy a morir, ¿no? Es lo que me has prometido. Que no puedo morir.

«Santificado. No sea tu nombre. KILL THEM ALL.»

Al salir se acercó a un teléfono público y marcó el número de su hermana.

Cuando María Luisa contestó, Jesús colgó.

Volvió a llamar.

¿Mande?

Hermanita… ¿Me reconoces?

Jesús. Claro que sí. ¿Estás bien?

Un poco nervioso. Es que son muchos años.

No me refería a eso.

A poco crees que yo…

Jesús…

Quiero verte. Quedarme unos días en tu casa. Nomás hasta que todo se tranquilice.

¿Sabrían que ella existía? ¿La estarían siguiendo?

Hubo un largo silencio. Al rato:

Primero me tienes que prometer algo.

Dime.

No vuelvas a hacer nada malo. Todo esto me da mucha tristeza.

Te puedo contar lo que…

No me cuentes nada por teléfono.

No me dejes solo. Please. Tengo esta dirección. ¿Sigue siendo la tuya?

Se la dijo. Ella asintió. Jesús volvió a sentirse un niño que se escondía en el árbol hueco con su hermana y hacía todo por encontrar la historia que la impresionara. Pero ahora ella ya no quería escuchar su versión de los hechos. ¿Cómo hacerla reír si ni siquiera le daba una oportunidad?

No me falles más, Jesús. ¿Bueno?

Colgó, molesto. Terminó su cerveza y salió a la calle. El viento le golpeó el rostro. Sintió tierra en sus labios. Fue a una plaza y se sentó en un banco y se puso a escribir en su cuaderno. Escribió: «El Innombrable me ha dicho soy el angel del juicio final, ingresare al cielo cuando termine lo que tengo que haser». Lo haría, aunque fuera de puntillas y caminando de espaldas a Dios.

Podría ir a la central camionera, tomar el primer camión con rumbo a Albuquerque. La sorprendería tocando a la puerta.

Había sido su punto débil desde siempre. Estaba dispuesto a remediarlo.

Un carro policía pasó por una de las calles que rodeaban la plaza. Trató de no mirarlo, de seguir escribiendo.

Volvió a llamar a María Luisa desde la central camionera.

Nomás crees que yo tengo algo que ver con…

Jesús, es hora de que todo esto acabe.

Jesús cerró los ojos y bajó la cabeza, como si ella estuviera a su lado.

Piénsalo. Yo lo podría arreglar. Me aseguraría de que se respetaran tus derechos.

No quiero que me maten, dijo Jesús, la voz que ascendía y descendía de acuerdo a las exhalaciones de su pecho agitado. Odio la cárcel, pero la prefiero si es que la otra opción es que me maten.

Cálmate.

Te quiero ver.

Me verás pronto. Primero piénsalo. Y llámame cuando hayas tomado una decisión.

Es tan difícil.

Lo sé.

María Luisa podía tranquilizarlo.

Tuvo ganas de desahogarse. Se había aguantado tanto tiempo.

Te llamaré luego.

Hazlo pronto.

Jesús colgó.

5

Albuquerque, 1999

El sargento Fernandez tocó la aldaba de la puerta y esperó con las manos en los bolsillos. A lo lejos se escuchó un trueno: pronto llovería, y las calles de Albuquerque se llenarían de charcos. Los niños que jugaban en el cine derruido en la esquina deberían volver a sus casas. Era un barrio tranquilo y humilde, puntuado por gritos y frases en español que podía escuchar a través de las ventanas abiertas. Tiendas donde se vendían productos latinos —en una de ellas había comprado dulces de tamarindo—, casas de colores ocres, con paredes de estuco imitando al adobe y jardines llenos de juguetes. Inmigrantes recientes que se mezclaban con quienes provenían de familias llegadas hacía décadas y los descendientes de los que estaban incluso antes de que la bandera de los Estados Unidos se plantara en ese territorio.

Tardaban en abrirle. Fernandez no se alarmó: lo esperaban, sabía que la llamada de un policía tenía el poder de intimidar. Había descubierto además que la mujer no tenía papeles legales para estar en el país. Le convenía portarse bien.

La mujer abrió la puerta y lo hizo pasar a una sala con las paredes llenas de cuadros de paisajes con volcanes. Se sentó en un sofá recubierto por una funda de plástico. Ella le preguntó en inglés si se le ofrecía algo y él un vaso de agua. La vio perderse rumbo a la cocina. María Luisa no era como se la había imaginado a partir de fotos y conversaciones por teléfono. Tenía la piel morena y el pelo negro y largo, pero no había rastros de la belleza que había hecho temblar a su hermano. La mirada era huidiza, le habían aparecido manchas negras en las mejillas.

María Luisa volvió y se sentó en un sillón verde frente al sofá. Un sillón nuevo que no iba con el resto de la sala. Fernandez se preguntó dónde estarían sus hijos. Se habrían quedado con alguien en el barrio hasta que él se fuera.

I'm listening, dijo ella.

Su voz metálica le hizo pensar que a ciertos hombres no les sería difícil seguir sus órdenes. La imaginó en el restaurante donde trabajaba los fines de semana y se le ocurrió que ella era una de las que lo había hecho mal viniéndose aquí. En México podía haber llegado lejos, quizás estudiar para dentista o veterinaria. Seguro pensó que una vez cruzara al otro lado el mundo se le abriría a sus pies; ahora era una más de la fuerza laboral de choque. Ganaba más que allá, pero a cambio vivía una vida de sueños escasos.

Pero ¿quién era él para imaginar futuros? Debía concentrarse en ese momento y lugar.

Me imagino que adivina por qué estoy aquí, dijo. Tenemos motivos para pensar que su hermano tiene mucho que ver con una serie de crímenes. Queremos su ayuda para detenerlo y hablar con él.

La mujer miró al suelo.

Sabemos que tiene cierta influencia en él, continuó el sargento. El círculo se estrecha y puede terminar mal. Usted podría salvarlo. A cambio, la ayudaríamos a regularizar su situación.

Ella no dijo nada.

¿La ha contactado en estos años?

Sí, volvieron a escucharse truenos en la lejanía. Me llama cada tanto pero no abre la boca, escucha mi voz y cuelga. Al principio ni se me cruzó que podía ser él. Pero hace unos meses comencé a recibir cuadernos en los que no estaba su nombre pero estoy segura que fueron escritos por él. Entonces volví a recibir una de esas llamadas y caí.

¿Podría ver los cuadernos?

Se perdió en una habitación y al rato volvió con seis cuadernos que depositó sobre la mesita de la sala. Fernandez abrió uno, lo hojeó, leyó al azar algunas frases:

«El angel vengador tiene las fuersas suficientes para imponer justicia en latierra».

«Ella no me merese pero escuchará el trueno de mi vos»

«Juárez, Mexicali, Caléxico, Reinosa, El Paso, todo es mío todoesmío»

Si no le molesta me quedaré con ellos.

Ella asintió. Él pensó que lo estaba haciendo bien. La serie de llamadas para ganarse su confianza, la visita, todo estaba diseñado para que María Luisa viera que él no estaba contra ella sino de su parte, eran amigos y podían colaborar. Debía evitar esa abstracción llamada «policía» que asustaba tanto, personalizar el problema, hacerle sentir que otros podrían hacerle daño a su hermano pero que él quería su bienestar.

Antes de irse, Fernandez le dijo a María Luisa que pensara seriamente en su pedido y lo mantuviera al tanto si la volvía a llamar. Ella asintió. Le dejó el número de su celular y se marchó.

Fernandez pasó los siguientes días yendo al trabajo con normalidad, siguiendo las noticias que daban cuenta de la forma en que se multiplicaba el Railroad Killer en el imaginario popular: no había pueblo o ciudad fronteriza con México en la que no se lo hubiera visto o en la que no se hubiera aprehendido a un posible sospechoso; en Juárez se habían identificado ocho casos de mujeres asesinadas cerca de las vías del tren que podían ser obra del Railroad Killer. Rafael intuía que no había conexión entre esos casos y los que él investigaba: los ataques casi siempre habían ocurrido en casas, y en los Estados Unidos. Eran otros los responsables del horror en Juárez.

Eso no era consuelo. Por las noches, el sargento se trasnochaba en su apartamento entre pizzas y cerveza, leyendo novelas policiales y sintiéndose agotado de vivir con dudas.

Llamaba a María Luisa y preguntaba si había novedades. Nada. Veía fotos de los días felices con Debbie y se sentía mal por mostrarse tan débil y tiraba las fotos al basurero. Luego las recogía.

Un día ella había tocado a su puerta para decirle que se iba a Canadá. Él la hizo pasar a la salita desordenada, una caja de Domino's sobre la mesa, un cenicero verde de cristal, un dossier sobre el Railroad Killer con la cubierta salpicada de café. Ella se sentó en el sofá. Él le ofreció una cerveza pero ella sólo aceptó un vaso de agua. Él puso un compact de Johnny Cash en el estéreo y se sentó a su lado.

De modo que era verdad, dijo él.

Mi prima está allá y dice que tendré más oportunidades.

Los labios pintados, los ojos expectantes, las mejillas brillantes: el sargento pensó que ella en realidad no venía a despedirse. Se le ocurrió que todo dependía de él. De que le dijera que se quedara. De animarse a ofrecerle compartir el apartamento. Un refugio para su soledad, una compañía. No se trataba de una apuesta de por vida. Podían intentarlo, ver qué salía.

Fernandez alzó el cenicero. Hacía mucho que no fumaba, lo había comprado para las visitas de Debbie, ella sí incapaz de desprenderse de sus Lucky Strike mentolados. Cuando se iba, flotaba en el apartamento el olor de los cigarrillos, un perfume suave y dulzón.

Dijo que la entendía, no era fácil vivir lejos de la familia, las costumbres. Se puso a contarle de su infancia en México. De cómo sus papás no lo controlaban y podía pasarse todo el día en las casas de amigos en el vecindario. De cómo en ese tiempo los niños jugaban en la calle. Movía las manos, el cenicero iba de un lado a otro. A ratos se arrepentía de haberse divorciado, pero tampoco había tenido otra opción. Sus hijos se le habían vuelto lejanos, seres con costumbres en las que no se reconocía.

Ya vendrá otro momento, dijo Debbie. Dales tiempo.

Fernandez dejó el cenicero en la mesa, se puso a mirar con detenimiento la foto de Johnny Cash en el compact. Era alguien con quien podía haberse ido a tomar unas copas.

Debbie se levantó y le dijo que se iba. Le preguntó si quería que la acompañara hasta su carro. No te molestes. Se despidió con un beso en la mejilla.

Cuando la puerta se cerró, Fernandez pensó que todavía tenía tiempo. Podía correr como en las películas, decirle que la quería a su lado.

Escuchó el motor del carro.

Un fin de semana fue a pescar a un pueblito en el Golfo al que solía ir en su juventud, con amigos bulliciosos y bebedores. Le gustaba comer pescado fresco y mariscos en el mercado, tomar una espesa sopa de camarones que lo llenaba de energía. Devolvía al mar todo lo que pescaba: era magnánimo ahí para no serlo al enfrentarse con criminales curtidos.

El puerto había sido rediseñado para atraer turistas, con restaurantes nuevos con letreros de neón y tiendas donde se hacían tatuajes y vendían llaveros y tortugas de peluche. Extrañó los bares de su juventud, antros con mesas de madera carcomida, donde se comía y bebía bien y se sentía cierto peligro.

Estaba en uno de esos restaurantes, en una mesa al aire libre en el mediodía soleado, cuando sonó su celular y le trajo la voz de María Luisa diciéndole que su hermano había aceptado entregarse a la justicia.

Sólo dice que se entregará a usted. Y pide que yo esté presente. Y que no lo metan a la cárcel.

Eso es imposible, dijo Fernandez, nervioso, exultante. Si lo arrestamos, tendrá que ir a la cárcel.

Por supuesto. Lo que no quiere es pasar el resto de su vida allí.

El sargento le agradeció y le dijo que pronto la llamaría con más detalles, que se mantuviera en contacto con su hermano. Ella asintió y colgó.

Fernandez partió rumbo a Landslide. En el camino llamó a sus superiores y al agente del FBI que coordinaba el caso en Texas. Les contó las novedades; todos reaccionaron con incredulidad: ¿así, sin más, después de una búsqueda tan frenética, se entregaría un criminal tan peligroso? ¿Cuáles podrían ser sus razones?

Quizás llegó a la conclusión de que está rodeado y no le queda ningún margen de maniobra, especuló Fernandez.

Detuvo el carro al borde de la carretera. El desierto se le ofrecía en toda su extensión; el sol, triunfante en un cielo azul sin nubes, caía violento sobre las mesetas parduzcas en la lejanía, la tierra pedregosa y sedienta, los cactus polvorientos. Dos zopilotes planeaban sobre un árbol, afilando sus garras.

Aspiró y sonrió. Luego prosiguió su camino. Estaba feliz.

6

Landslide, 2009

Cuando salí a la calle ya había aclarado. Las lámparas del alumbrado público estaban encendidas, y brillaban, extrañas, incongruentes en el amanecer.

Me limpié el maquillaje en el estudio mientras me preparaba un café. En la sala me encontré con la foto de Fabián abrazándome en la pantalla de mi laptop, sus compacts de tangos, algunos de sus libros en los estantes, y me pregunté qué haría con todo ello.

Logré dormir un par de horas. Soñé con muertos vivientes que me perseguían por un barrio que luego se convertía en una ciudad interminable que llegaba a abarcar todo el planeta. Los zombis no me alcanzaban, pero tampoco me dejaban tranquila. Me refugiaba en un caserón abandonado e iba envejeciendo con rapidez y me asomaba por las ventanas y ellos todavía estaban allí afuera, esperándome.

Fueron días extraños, en los que el tiempo se trastocó. A veces dormía por la tarde y permanecía despierta toda la noche. Intenté dibujar, pero no pude. Quise escribir, pero no me salía nada. Traté de leer, pero no podía concentrarme. Los libros leídos a medias se iban acumulando por el estudio.

Hablé con mamá, la puse al día. Me consoló, pero también me dijo que todo había sido mi culpa. Esto me serviría de lección. Le pedí que cambiara de tema: no era el momento para reproches. Como quieras, dijo. Yo también tengo mis problemas. Me contó que papá había comprado dos pasajes a Santa Cruz, para dentro de un mes. Estaba molesta porque no había sido consultada. ¿Y ahora qué iba a hacer? No le gustaba la idea de un one-way ticket a Bolivia. No, no iría. Aunque tampoco podía dejarlo solo. Más terco que una mula, my God. Colgamos, cada una en su mundo.

Fabián me llamó una sola vez, me dijo que podía pasar a recoger mis pertenencias. Se iba la próxima semana a Santo Domingo. Me sorprendió: pensaba que al final no tendría el valor de irse. Y aunque me había prometido no volverlo a ver, fui débil una vez más.

Lo encontré embalando todo en cajones. Las habitaciones estaban vacías. Apenas se detuvo para saludarme. Pensé que durante todo este tiempo él había seguido enamorado de Mayra y yo nunca había tenido una chance de verdad.

Le pregunté cómo estaba.

Todo lo bien que uno puede estar en situaciones así.

Me invitó un vaso de agua, él tomaba una Pacífico. Salimos al jardín.

Estaba nerviosa y no me abandonaban escenas de esas mañanas en que me había quedado en casa de Fabián. Como cuando quiso enseñarme a bailar el tango, y yo lo pisaba y me reía y él, bolita, tenés dos pies izquierdos.

Suerte, lo abracé. Y no hagás locuras. Te hará bien el descanso.

No sé si habrá descanso. Se tocó la cabeza calva.

Ah, sí. Supongo que vas en busca de Mayra. Lo sospeché, pero no quise verlo.

Sí, pero no. A Mayra la odio y no puedo verla. Pero no me queda otra.

Lo miré.

En realidad voy en busca de mi hija. Te dije que algún día me entenderías. No me justificarías pero sí entenderías.

¿Mi hija?

Mayra quería tener un hijo. Yo no. Quería salir del bloqueo en el que me había hundido después del libro. Con un hijo eso sería imposible.

Tosió. Había en sus ojos un brillo que no le conocía, una firmeza, una convicción.

No entiendo. Entonces…

Le dije que no quería tener hijos, era una decisión tomada. Tuvimos discusiones terribles. No habíamos salido de eso cuando, de pronto, a los diez días, me comunicó que estaba embarazada. Que había sido un accidente. Por supuesto, no la creí. Ella estaba feliz, decía que eso nos volvería a unir como pareja, pero yo me convencí de que había sido una trampa para retenerme a su lado.

Me quedé en silencio, mirando la casa, las ventanas del segundo piso.

Una noche soñé con un bebé que me hablaba y se ponía verde y explotaba y sus pedazos se esparcían por toda la casa. Me asusté. Le dije que no quería tener al hijo. Que si lo hacía era por cuenta y riesgo suyo. Que no la ayudaría. Que le prohibía darle mi apellido. Que no quería que jamás le dijera quién había sido su padre.

Le dijiste lo mismo que a mí.

Me insultó, me amenazó con abogados, me las vería con la ley. Le dije que pagaría lo que me tocaba, ese no era el problema. Intenté convencerla de que desistiera pero no pude. La odié, tanto empecinamiento por traer un hijo al mundo. ¡Si igual sus restos terminarían por todas partes, como los de todos! Y un día, cuando ya se le empezaba a notar, partió a Santo Domingo sin decirme nada y no volvió más.

Ella había hecho lo que yo no pude. Había sido capaz de enfrentarse a Fabián y no dar su brazo a torcer.

Recibí los papeles de la separación tres meses antes de que naciera mi hija. Ahora estaba libre, podía volver a lo mío. Lo irónico fue que no pude. Pensaba en mi hija, en lo que había sido capaz de hacer. Si antes estaba bloqueado ahora era peor. Alguien que era idéntico a mí, alguien que era yo, comenzó a visitarme y no me abandonó más. Se sentaba a mi lado en el sofá, con su facha de sepulturero, y a mí me daba terror.

Podías haberlo vuelto a intentar con ella.

Todo estaba quebrado con Mayra. El problema era la niña. Nunca le perdonaré a Mayra que la haya tenido sin mi consentimiento, pero no es culpa de mi hija. No me veo como un hombre de familia, pero sí, admito que siento curiosidad hacia ella.

No entiendo. En serio, no lo entiendo. Con toda esa experiencia, ¿por qué hacer de nuevo conmigo lo que con Mayra?

La paradoja es que tuvo que ocurrir lo que ocurrió con vos para que tocara fondo y decidiera salir de ahí.

Me dieron ganas de darle una bofetada, escupirlo.

Si sirve de consuelo, no me siento orgulloso de cómo actué.

Es fácil decirlo. Vos tenés a tu hija. ¿Y yo?

No quería que me desbordara el patetismo, pero era imposible mantenerme compuesta, ecuánime en esa situación.

Tenés tu escritura, dijo él. Tus dibujos. You'll go places, I'm sure of it.

Qué fácil lo ponés. Sos un cínico.

Me di la vuelta, quise desearle lo peor. Su camino de redención, el entusiasmo por el reencuentro con su hija, no le duraría mucho. Era otra de sus alucinaciones; hacía rato que él debía estar en rehab, alguien debía habérselo dicho. En vez de ayudarlo de verdad, yo había fomentado sus vicios.

Me detuve. Desdoblada, me vi desde el balcón de la casa, discutiendo con él. Vi el jardín, en esas épocas en que la vegetación cubría todo y no había forma de abrirse paso. Y mi imaginación me llevó a pensar que ese jardín era ideal para esconder un cadáver. Que en realidad jamás había habido una hija. Que Mayra no se había marchado de Landslide, sus huesos se pudrían a dos metros bajo tierra. ¿Por qué debía creer en la historia de Fabián? No tenía pruebas de lo que me decía. Y él, con la forma en que había llevado lo de su libro, me había demostrado que era capaz de mantener el engaño durante muchos años.

Era cuestión de una llamada anónima a la policía. Contar que por las noches había visto a un hombre excavando en ese jardín, enterrando algo. Como su amigo en San Antonio, Fabián viajaba ligero. Se deshacía de lo que tenía y proseguía la marcha.

¿Te pasa algo, Michelle?

Nada, nada.

Dejé de verme en el balcón. De nada servía tratar de imponer mi imaginación a la realidad.

No pude evitar preguntarle qué haría allá.

No lo sé. Buscar un trabajo que me permita seguir escribiendo, supongo.

No había nada más que decir. Cuando quiso abrazarme, me negué.

Sam me visitó en el estudio. Sabía lo de Fabián y se quejaba porque ahora tendría que rearmar su comité, pero luego decía que quizás era lo mejor. Lo escuché un rato y le dije cambiemos de tema, no quiero seguir hablando de él. Entonces me mencionó que se había estado carteando con un asesino en serie y yo paré las orejas.

El Railroad Killer. ¿Te acordás que te estaba contando la historia esa noche?

Sí, claro. El asesino de la sueca.

Lo van a ejecutar la próxima semana. Quiere que asista, es en Huntsville. No me animo solo, iría si me acompañás.

Estás loco. ¿Qué voy a hacer ahí?

Me escribió una carta de doce páginas, había escuchado el programa que le dediqué. Me dijo que sólo estaba haciendo caso a una voz en su interior que lo dirigía a personas donde anidaba el mal. Que hacía lo que le pedía el Innombrable. Se despachó contra los abusos del gobierno, Waco y el asesinato de David Koresh, etcétera. Le escribí una carta y me contestó. Y luego otra.

No dije nada. Continuó:

Alguna vez leí algo que escribió uno de esos encargados de perfiles del FBI, acerca de que los asesinos en serie viven en la luna. Se refería a que parecen funcionar como si sus mentes fueran de otro planeta, y que es imposible entender del todo qué hay ahí. Cómo respiran, cómo piensan, qué los lleva a matar a tal o perdonar a cuál. Qué es lo que huelen, lo que escuchan, lo que ven que los excita lo suficiente como para cometer un crimen. Eso es lo que pensé al leer las cartas de Jesús. Porque se llama así. Jesús María José.

Si lo van a ejecutar, esa es una manera literal de devolverlo a la luna.

Entonces, ¿te animás?

Lo pensaré.

Su entusiasmo terminó por hacer que me interesara en el Railroad Killer. Un mexicano, un asesino en serie latino, como el Night Stalker. Ahí podía haber algo. Un país inmenso en el que se extraviaban y encontraban los latinos. Pensé en los extremos de la locura. Pensé en Fabián. No había locura ahí, más bien demasiada lucidez, demasiada razón, la suficiente como para cometer una estupidez tras otra. A no ser que los estúpidos hubiéramos sido nosotros. Sí, quizás debíamos haber sido tan paranoicos como él, sospechar de su paranoia. Ahora había levantado vuelo y la casa estaba tan vacía como la de su amigo en San Antonio. Se instalaría en Santo Domingo y abriría las puertas para que se le acercaran. Pero en realidad el ingreso estaba clausurado, él siempre vivía encerrado en su torre de los Panoramas.

Apenas se fue Sam entré al internet y busqué todo lo que pude sobre el Railroad Killer. Algo comenzaba a agitarse en mi interior.

Imagino a esta novela gráfica cómodamente situada en el territorio de la literatura fantástica, con elementos de horror y de superhéroes. Como en The Sandman, su éxito depende de la combinación fantasía/horror/superhéroes.

Habrá más fantasía que horror. Transcurre en el presente, pero en un presente con tintes apocalípticos.

Ésta la historia de un científico casado con una pintora, y con una hija de cuatro años. Viven en la Línea, una ciudad de frontera que por el día pertenece al Norte y por la noche al Sur. Un fin de semana que él se va a un congreso, un asesino en serie entra a la casa, descuartiza a su hija, viola a su mujer y se va, dándola por muerta.

El científico se llama Federico. La pintora, Samanta. La hija, Aida.

En medio del shock, el científico debe enterrar a su hija. Su esposa está en coma y permanece en el hospital un par de semanas. Con el tiempo, sale del coma profundo, pero sólo para terminar en la casa con enfermera al lado: no habla y tiene la mirada perdida. Para intentar recuperarla de esa muerte en vida, el científico coloca en las paredes los cuadros que ella ha pintado y abarrota las habitaciones de la casa con pinceles, témperas, acuarelas, caballetes; quizás si se acuerda de que alguna vez ha pintado podría volver a ser la de antes.

Aquí viene un flashback con la historia de la infancia de la mujer y su adolescencia en el Sur, su viaje en tren de carga al Norte, los años en que vive en un campamento para ilegales y descubre su talento para el dibujo. Sus obsesiones: puentes, trenes, túneles. El día en que el científico va al campamento a hacerse cargo de unos experimentos, la conoce y se enamoran y le consigue un permiso especial y se casan y se van a vivir a la Línea.

Otro flashback con la historia del científico. Ha tenido grandes logros muy temprano, pero luego, por razones no del todo claras, ingresa en una depresión profunda. Está bloqueado, ha perdido el impulso creativo. Se mete a experimentar con drogas que le dan una fuerza descomunal. Se crea una máscara negra con los rebordes plateados en torno a los ojos y comienza a llevar una doble vida. Por las noches, sale de incógnito a las calles de la ciudad. Dice que combatirá el crimen en ciudades en la Línea, pero en la práctica todo es más ambiguo. El científico no puede distinguir entre el bien y el mal, y no queda claro si eso viene de antes o es un efecto de las drogas. Lo que en realidad quiere hacer es encontrarse con el asesino de su hija, vengar su muerte.

Me detuve a la medianoche. Ya tenía la base de mi relato.

Cómo seguiría. En uno de esos giros en los que se especializaba el cine de segunda, la mujer ¿iría descubriendo que el asesino de su hija era su esposo? ¿Que el científico era en realidad un asesino en serie?

Llamé a Sam para contarle la buena nueva: después de tanto esfuerzo, había logrado articular una historia en la que me reconocía, que me parecía convincente y en la que podía cifrar mi futuro. Y él, que se había burlado de mi afición a esas historias de zombis y vampiros y asesinos seriales y superhéroes, creyendo que de ahí podría salir algo quizás popular pero sin mérito artístico, debía reconocer, cuando viera lo que le estaba enviando, que allí había algo con la fuerza suficiente para conmover.

No pareció interesado en escucharme. En su voz había un tono condenatorio, la arrogancia de la superioridad moral. O quizás simplemente estaba dolido En vez de dedicarte a cosas importantes, seguís con tus dibujitos.

Respiré hondo y, por primera vez en varias semanas, me sentí feliz. No, no había cambiado, y estaba bien que así fuera. Debía seguir haciendo lo mío.

Colgué sin despedirme y volví a mis dibujos.

7

Landslide, 1999

El sargento Fernandez aguardaba en la estación de trenes de Landslide junto a María Luisa. Estaban parados al lado de un banco en la sala principal, tal como lo había pedido Jesús. La estación había sido cerrada; agentes encubiertos montaban guardia y francotiradores se apostaban en las salas en el segundo piso de la estación, desde las cuales se veía toda la sala principal.

María Luisa estaba vestida con falda negra y blusa blanca con olanes. Tenía zapatos de taco alto, los labios pintados y un moño rebuscado, como si se tratara de una ocasión especial en la que convenía estar elegante. Rafael observó que el maquillaje le cubría las manchas en las mejillas, se sorprendió ante su vanidad, su hermano era un criminal pero igual quería lucir bien.

Rafael no podía con sus nervios y miraba a cada rato el reloj enorme al lado de un anuncio de Amtrak y otro de Citibank. Eran las once y cuarto de la mañana; Jesús había dicho que aparecería a las doce en punto.

¿Y si no aparece?

Lo hará.

¿De cómo así, tan segura?

Me lo ha prometido.

Raro que haya decidido entregarse.

Es más raro que haya matado a tanta gente.

Cierto. ¿Quién era él para entender las razones de un criminal?

Rafael se permitió una ligera dosis de optimismo. Había que tener compasión por todas las criaturas que buscaban su camino a tientas. Había que ser capaz de extender un manto de benevolencia incluso sobre un hombre como Jesús.

Luego se acordó de algunas frases e imágenes de los cuadernos del asesino —«mi cuchillo bañará con sangre a los corruptos que son todos»— y vio algunas escenas vívidas de los crímenes —la anciana acuchillada en su cama, la mujer violada después de muerta, la dibujante descuartizada en su sala—, y concluyó que no podía hacerlo. Ahora conocía sus límites: no era capaz de perdón para Jesús.

Aun así, se sintió un feliz instrumento de la gracia. Una gracia humana, falible: la única que se merecían.

María Luisa le preguntó si podía fumar. Respondió que sí pese a que un letrero grande frente a ellos decía que estaba prohibido hacerlo en la estación.

Se hicieron las doce.

A las doce y cinco, el sargento se dijo que Jesús no vendría. Todo había sido un engaño.

En ese instante sintió que María Luisa se ponía rígida y dirigió la mirada hacia donde ella miraba.

Un hombre caminaba en dirección a ellos. Tenía puesta una camiseta sucia y en la mano un bolsón azul con el logo de Adidas. Era pequeño y frágil y llevaba lentes. Tenía el pelo revuelto.

Era él.

Fernandez palpó el revólver escondido en la sobaquera y levantó apenas el pulgar de la mano derecha, gesto que indicaba a los agentes y a los francotiradores que su hombre había llegado.

Jesús se detuvo a un metro de María Luisa y Fernandez.

Hermana, dijo, los ojos temerosos.

Jesús.

Qué bueno verte, hablaba sin mirar a Fernandez, como si no se hubiera dado cuenta de su presencia. Te extrañé. Mucho.

Y yo a ti.

Jesús hizo ademán de acercarse a abrazar a su hermana. Rafael, que no lo perdía de vista, sacó las esposas. Jesús tiró el bolsón al suelo y se abalanzó sobre María Luisa; Rafael alcanzó a ver el relumbrar de una navaja en la palma de la mano derecha de Jesús. Desenfundaba su revólver cuando escuchó un disparo. Jesús gritó y cayó sobre su hermana; los dos terminaron en el suelo. Rafael se les acercó; dio la vuelta a Jesús y lo encañonó y le gritó que no tratara de hacer ningún movimiento en falso. Jesús lo miró con aire de extrañeza, como si esas palabras no estuvieran dirigidas a él. La sangre manaba de su antebrazo derecho.

Rafael dio un paso hacia atrás. María Luisa sollozaba. No hubo tiempo para más. Los agentes del FBI los tenían rodeados.

EPÍLOGO

Huntsville, Texas, 1999-2009

Los primeros meses, contaba las horas y los días de manera obsesiva, como si la razón de su confinamiento en una prisión de Houston fuera eso, contar los días y las horas. Se fijaba en los calendarios en el despacho del doctor al que acudía con regularidad, quejándose de dolores en la rodilla, un corazón que latía rápido, migrañas, insomnio, ataques de ansiedad. Luego, no supo cuándo, dejó de percibir el lento paso del tiempo.

En la celda, tirado en un camastro que le provocaba dolores de espalda, miraba las paredes y el techo pensando que se había equivocado al aceptar el pedido de su hermana. María Luisa venía a visitarlo con regularidad y le decía que lo había perdonado y había hecho lo correcto al entregarse. Había evitado más muertes innecesarias, sobre todo la suya. Él no lo veía así. Tenía la convicción de que su pacto con el Innombrable le garantizaba que no habría la muerte para él. Ni siquiera lo hubieran atrapado. Le habría sido fácil seguir burlando a la policía. Si no se hubiera asustado al ver su rostro en los periódicos y la televisión, si hubiera esperado a que todo se calmara, podría estar libre en ese momento.

Cuando habló con María Luisa y ella lo convenció de que se entregara pacíficamente, se le ocurrió que esa podía ser la forma de llegar a su hermana. Estaba cansado de la persecución y pensó que podía matar dos pájaros de un tiro. Entregarse y hacerle ver que ella estaba en su lista de indeseables. Había luchado con eso, de hecho lo seguía haciendo todos los días en su celda, era confuso, esas ganas de querer volver a verla y sentirse feliz a su lado junto a ese deseo de herirla, mostrarle cuánto había sufrido por su culpa. Un plan pensado como si fuera uno de esos imbéciles sin neuronas que había conocido en Starke.

María Luisa le aseguró que le habían prometido que, a cambio, no habría pena de muerte para él. En su primera reunión con el abogado se enteró de que esa promesa no era válida. La había hecho un Ranger de forma inconsulta, sin haber hablado antes con el FBI, sin haber recibido la aprobación del procurador general del estado.

No lo entiendo, dijo el abogado de oficio que lo representaba. Podías haberte entregado en cualquier otra parte. ¿Por qué en este estado? Tiene el record de ejecuciones en el país.

Cuando se lo dijo a María Luisa, a gritos, detrás de la ventana de plexiglás a través de la cual la veía cuando lo visitaba, ella le pidió que se tranquilizara. No podía: la insultó y le dijo que no se lo perdonaría jamás. No quería volver a verla, estaba del lado de ellos, había traicionado su sangre. Ella se fue llorando y no regresó por un par de meses. Era mejor así. Había soñado con ella durante tanto tiempo, sólo para descubrir que todo era un engaño. Ya no era la que había sido cuando vivían juntos en la casa en Villa Ahumada. Ni siquiera era bonita. ¿Qué le había pasado en las mejillas?

El abogado, Brad Johnson, era el único que estaba de su lado. ¿Podía confiar del todo en él? Era joven, llevaba traje y corbata y un perfume dulzón que le molestaba. Le hablaba español, pero Jesús le respondía en inglés. Su mamá era guatemalteca y decía que su deber era ayudar a la comunidad latina. Había aceptado el caso por una cuestión humanitaria, no porque creyera que podía lograr un veredicto de inocencia.

No creo en la pena de muerte, Jesús. Es contrario a lo que el Señor quiere para nosotros. Lo del ojo por ojo no nos sirve para nada. Debemos ofrecer la otra mejilla. Eso no quiere decir que te dejamos seguir haciendo lo que estabas haciendo. Por supuesto que no. Si te quedas aquí el resto de tu vida, tarde o temprano encontrarás al Señor.

Mister Johnson, odio este lugar. Mi problema no es el Señor. Llevo a su representante en mi corazón. Siempre lo he llevado. ¿A poco no me cree?

No soy quién para discutirte, pero entonces digamos que hay… una disonancia cognitiva entre tu fe y tus actos.

¡Fucking disonancia cognitiva!

Jesús había tratado de explicarle que el Señor había dejado de existir para ellos. Que en realidad el universo era la creación de un Dios menor, un rebelde. El Innombrable. Sólo eso explicaba tanta imperfección en la tierra. Brad asentía, pero lo miraba con desconfianza, como si no le creyera. Cuando Jesús se puso a contarle que una noche, en la prisión de Starke, había sido poseído por el Innombrable, y que lo había convertido en un Ángel vengador con la misión de limpiar la tierra de tanta corrupción, Brad lo interrumpió y le dijo:

Espera, espera… ¿un ángel?

Soy mitad ángel y mitad hombre.

¿Y cómo decidías quién era lo suficientemente corrupto como para eliminar?

Una voz me decía que debía detenerme en un pueblo y entrar a una casa y… KILL THEM ALL.

¿Matar al que se cruza en tu camino? ¿Justos pagan por pecadores?

No hay justos y pecadores. Todos somos pecadores.

Y eso, entonces, justificaba matar a cualquiera. Viene quien viene, tú sólo cumplías la misión encomendada.

Brad se incorporó.

Tengo una idea, Jesús. El camino de salida. El estado de Texas quiere la pena de muerte. Mi misión es demostrar que eres mentalmente incompetente para ser ejecutado.

Es que no es verdad.

¿Qué no es verdad?

Que estoy loco.

Brad no dijo nada. Jesús continuó:

Y lo que usted haga tampoco importa. No me pueden ejecutar porque yo no puedo morir. No creo en mi muerte. Sé que nuestro cuerpo se desintegra. Pero yo soy eterno. Voy a estar siempre vivo.

Brad no le discutió. Dos días después, volvió a verlo. Le regaló un cuaderno negro, como los que usaba Jesús, y le dio varios lapiceros.

Escribe todo lo que se te viene en la cabeza. Tus deseos, tus miedos. Puedes exagerar. Mientras más excesivo, mejor.

Jesús se lo agradeció. Comenzó a llenar cuadernos con rapidez; uno de cincuenta páginas le tomó un solo día. Allí contaba de su misión en la tierra y de los sueños en los que viajaba en tren con una espada de fuego en la mano, sembrando justicia. Trenes que circulaban sobre ríos de sangre, bajo un cielo plomizo y una persistente lluvia de cenizas.

En las comidas, en los baños, en el patio, hacía todo lo posible por no entablar conversaciones con los otros presos. No había nadie como Randy, que había aliviado en algo sus días en Starke. Los latinos, los negros, los blancos: todos eran corruptos por igual. Imaginaba que los descabezaba, los violaba, los empalaba, los quemaba en ácido, les mordía el cuello, los hacía desangrarse hasta que murieran.

Todo eso lo escribía sin pausas.

Deseaba las mismas cosas para los policías a cargo de la seguridad de la prisión, los médicos en la enfermería, las familias que visitaban a los otros presos: todo un mundo de cuerpos en espera del cuchillo que los agujereara hasta que se desinflaran y luego, ya en el suelo, fueran barridos hasta las cloacas. *Santificado no sea tu nombre*. Lo mismo Brad: tan cerca que estaba de él, y tantas las ganas de torcerle el pescuezo. El muy cobarde, siempre que venía a visitarlo lo hacía acompañado de un agente. Y ni qué decir de María Luisa: le había pedido que no lo volviera a ver. La tentación hubiera sido muy grande.

Quiso ver las películas de El Santo. Le habían dicho que sólo estaba disponible la programación normal, no hacían caso a pedidos especiales. Le pidió a Brad que le trajera revistas de El Santo. Veré qué puedo hacer, fue la respuesta.

Una mañana Brad apareció con cinco revistas de El Santo. La historia no seguía una secuencia ordenada pero algo era algo.

En *Lucha en el infierno*, El Santo se enfrentaba a una banda de secuestradores liderados por Rocke. Jesús disfrutó de una serie de dibujos en los que Rocke se convertía en demonio y luchaba contra El Santo. El Santo entraba a una habitación. «Al atravesar la puerta pudo sentir cómo el cuerpo se le helaba. De pronto, los espejos parecieron cobrar vida. Y se escuchó un grito escalofriante como salido de ultratumba. ¡Padre nuestro!, gritó El Santo. ¡Ugh! ¡Que estás en los cielos! Santificado sea tu nombre… Vénganos tu reino… ¡Ugh! No puedo respirar! ¡Hágase señor tu voluntad! Señor, no permitas que este demonio se apodere de mí…»

La historieta terminaba con El Santo suspendido del aire. ¿Triunfaría el demonio? Jesús sabía que no. En las revistas ganaba siempre El Santo. Daba risa.

En *Santo vs. el conjuro de la oscuridad*, Jesús gozó del enfrentamiento de El Santo contra una serpiente gigante. «Debe ser sólo una visión.» La serpiente se enroscaba contra el cuerpo del Santo. «¡Agh! ¡Me duele! ¡No me dominarás!» El Santo partía a la serpiente en dos. «Quizás puedan lastimar mi cuerpo, pero nadie lastimará nuevamente mi alma.»

Jesús tiró las revistas al basurero.

Cada tanto venían los especialistas a evaluarlo. Todos eran bilingües, tenían la suficiente paciencia para escucharlo y leían sus cuadernos. Brad se alegraba: le decía que había unanimidad para concluir que, como había escrito un psiquiatra, «los delirios del paciente han tomado completamente sus procesos mentales». Jesús se enfurecía: no volvería a verlos, ellos también estaban de parte de la ley, puercos incapaces de entenderlo.

Cada tanto venía el sargento Fernandez acompañado de otros agentes, para sacarle declaraciones. Brad le decía que podía callarse, pero él quería hablar. Fernandez le decía que habían llegado informes de otros estados y también de México y Canadá, había sospechas de su relación con ochocientos crímenes no resueltos, pero creían que la mayoría sería descartada y sólo querían preguntarle de algunos. Le describían los casos y él hacía memoria.

Aceptó cuatro muertes más, algunas de las cuales no estaba del todo seguro de su participación pero le resultaban familiares. Un chico de diecinueve años, cerca de las vías del tren en Ocala, Florida. La novia del chico de diecinueve, violada, estrangulada y luego enterrada en una fosa en el condado de Sumter, Florida. Una mujer de ochenta y un años, encontrada muerta en su casa cerca de los rieles del tren en Carl, Georgia. Un hombre en San Antonio, muerto de un disparo enfrente de una casa vacía.

El estado proseguía acumulando detalles para su caso. Se lo juzgaría sólo por el asesinato de la doctora asesinada en el suburbio de Houston. El procurador creía que ahí había evidencia suficiente para encontrar culpable a Jesús.

Brad continuaba con evaluaciones de psiquiatras, preparando la defensa.

Se enteró del ataque a las Torres Gemelas y pensó que había llegado el momento de la retribución. Las cenizas se esparcían sobre los edificios y sobre la gente, era el fin de los superhéroes. El gigante debía pagar sus años de abusos sobre la tierra. Después del desastre vendría el Innombrable y habría la posibilidad de un nuevo comienzo.

Renata nunca vino a visitarlo. No volvió a saber de ella.

Una vez el sargento Fernandez no pudo más y antes de irse le preguntó por el porqué. Y él respondió:

¿Por qué por qué?

Por qué. Por qué todo.

Ya dije todo lo que tenía que decir.

Veo los hechos y los entiendo, dijo el sargento con un gesto de cansancio. Pero igual por qué. La chica sueca, por ejemplo. Qué razón había… No me hagas caso. Debería asumirte como una anomalía. Como una excepción a la regla. Pero ¿qué si no es así?

Entonces están jodidos. La voz de Jesús era desafiante.

Fernandez se levantó y murmuró algo que Jesús entendió como: Innombrable, mis huevos. Luego se fue.

El juicio comenzó después de que Jesús cumpliera cuatro años en la cárcel de Houston. Duró dos semanas. El abogado de la acusación describió con detalle las muertes de las que se lo acusaba. Brad habló de atenuantes, de la locura de su defendido, que se creía mitad ángel y mitad ser humano. Jesús los escuchó con impaciencia. Cuando lo dejaron hablar, aceptó su culpa y dio más detalles y dijo que en todos los casos había hecho lo correcto.

Sí, le gustaba quedarse en la casa después de haber cometido un crimen, y comía algo no por frialdad sino porque la ansiedad le provocaba hambre. Sí, sacaba las licencias de conducir de sus víctimas y las estudiaba, porque quería saber algo de sus vidas antes de irse y continuar su camino. Sí, se llevaba las joyas, porque eran fáciles de ser vendidas en una casa de empeño y porque así podía impresionar a su mujer; el dinero, en cambio, no lo tocaba, porque tenía miedo de que le siguieran la pista a través de los números de serie. Sí, a veces violaba a las mujeres después de muertas, porque odiaba que las «pinches gringas» no le dieran ni la hora y lo miraran como un ser inferior. No había nada de lo que se arrepintiera, excepto el haber confiado en María Luisa.

El abogado de la acusación dijo que Jesús era «el mal en forma humana», y Brad lo defendió y él debió quedarse callado, aunque hubiera querido contradecirlo, porque no se reconocía en ese loco que según su abogado era él. ¿Sentirse mitad ángel y mitad humano era una locura? Debían estar en su cabeza algunas horas para entenderlo.

El jurado no tardó en encontrar a Jesús culpable. No se creyó el argumento de Brad de que no sabía distinguir el bien del mal. Estaba lo suficientemente sano como para usar tantos seudónimos y eludir por años al FBI, al INS y a la policía de varios estados. Tenía la inteligencia necesaria para escoger las casas que atacar, las víctimas indefensas que asesinar.

Una mañana el juez pronunció el veredicto: Jesús sería ejecutado con una inyección letal. Brad lo abrazó, conmovido. Jesús se emocionó. A pesar de toda esa tontería de la incompetencia mental, se había encariñado de él.

No te preocupes, le susurró. No voy a morir.

Voy a apelar. Al final, la justicia se impondrá.

No es necesario, dijo Jesús. La justicia soy yo.

Fue transferido a la prisión de máxima seguridad de Huntsville. Cuando descendió de la furgoneta en que lo trasladaron y vio la barda alambrada, los reflectores en las torres en las esquinas del perímetro, el puesto de seguridad en la entrada, se dijo que esta vez la cosa iba en serio. Lo desnudaron en una sala pequeña, un policía le dijo Welcome to the death pit y le entregó un buzo blanco que tenía impresas en la espalda las letras DR, que indicaban «death row».

Lo llevaron al ala de la prisión para los condenados a muerte. Estaba separada del resto, en ella no se intentaba rehabilitar a los prisioneros y se los mantenía aislados la mayor parte del día en celdas de sesenta pies cuadrados. No había muchos beneficios, aunque Jesús consiguió que le dieran una radio y un permiso para escucharla media hora al día. Lograba captar la señal de algunas radios de la frontera. Se ponía nostálgico y escuchaba corridos y rancheras, música que no solía gustarle pero que le recordaba a casa.

Seguía las noticias y se enteró de la guerra en Afganistán y se alegró porque Bush no podía encontrar a Bin Laden.

Había mujeres que le escribían y cazadores de autógrafos. Vendía su firma por cincuenta dólares. Vendía mechones de su cabello. Llegó a vender los callos de sus pies. Pinches gringos, estaban retelocos.

Se hizo amigo de algunos compañeros en el ala de los condenados a muerte. Uno se llamaba Cameron y ya estaba nueve años con el buzo con las letras DR; era musculoso y tenía en sus antebrazos tatuajes de calaveras y serpientes; decían que había incendiado su casa y matado a sus tres hijas, menores de cinco años, aunque él profesaba su inocencia y le mostraba poemas que había escrito, dedicados a ellas. Decía que el estado le había ofrecido cadena perpetua a cambio de que se declarara culpable, pero no lo había hecho y prefería la muerte. Jamás lo obligarían a acusarse de haber matado a sus hijas.

Cliff había matado a un hombre de una cuchillada. Jeff había secuestrado y asesinado a una mujer. Wilkes había robado una joyería y matado a uno de los empleados.

Luego se dio cuenta que no valía la pena hacerse amigo de ellos. Un día estaban y otro día ya no. También le hacían pensar en el momento en que le tocaría a él.

Las últimas palabras de Cliff: estoy listo, agradezco a mi padre, Dios en el cielo, por la gracia que me ha dado.

Las de Jeff: Te quiero, mamá. Adiós.

Wilkes le pidió que le dibujara una rosa un día antes de visitar la sala de ejecución. No le salió bonita.

Una hora al día se le permitía salir al patio y juntarse con los otros prisioneros. Solía acercarse a Cameron y escucharlo. Jesús hablaba poco, estaba seguro de que Cameron era culpable —los pinches gringos no se equivocaban en esas cosas—, pero igual le interesaba el relato. A medida que pasaban los días y los meses, fue armando su historia.

Cameron había nacido en Oklahoma en 1968. No conoció a su madre. Su padre lo crió en una casa pequeña y sucia cerca de las vías del tren (por las noches, el traqueteo de los trenes de carga no lo dejaba dormir). No fue un buen alumno, a los catorce años se drogaba inhalando pintura. Dejó el colegio, se dedicó a robar en los malls, lo arrestaron varias veces. En 1988 conoció a Stacy y se casó con ella. Se mudaron a Corsicana, Texas, donde vivía el hermano de Stacy. Era un pueblo deprimente, estaba a cincuenta millas de Waco y no había trabajo. Los dos peleaban mucho porque Cameron solía emborracharse y le ponía cuernos. A veces le pegaba. Hacia 1991, tenían tres hijas —Amber y las mellizas Kameron y Karmon—, Stacy trabajaba en el bar de su hermano y Cameron era un mecánico desocupado. Cameron se quedaba en casa con las niñas. Las mellizas eran traviesas y él a veces perdía la paciencia y les gritaba, pero jamás les había puesto un dedo encima. De hecho, ellas y Amber eran lo único que valía la pena en su vida. Las malcriaba con regalos apenas conseguía unos dólares.

Ese día de diciembre, Stacy salió temprano al Salvation Army, a buscar regalos para las niñas, y yo me quedé con ellas. Las mellizas lloraron, les di leche, se volvieron a dormir y yo, al ver que Amber seguía en su cama, hice lo mismo. Me despertó la voz de Amber: Daddy, daddy. Había humo por todas partes. Me vestí, le grité a Amber que saliera de la casa, corrí al cuarto de las mellizas pero no podía ver nada. Me detuve en el pasillo, todo olía a quemado, y mi pelo se incendió. Apagué el fuego en mi pelo, sentí que me desmayaba, y tuve que salir de la casa. Corrí donde mi vecina y le dije que llamara a los bomberos. Quise volver a entrar a la casa pero era imposible. Los bomberos tardaron y yo supe que mis hijas estaban muertas. Una semana después la policía me arrestó y yo, que sólo escuchaba en mi cabeza una voz que me decía daddy, daddy, pensé que se trataba de una broma.

No tenían motivos. El seguro de vida de las niñas apenas era de quince mil dólares y ni siquiera era para mí sino para el padre de Stacy. Pero el abogado del distrito a cargo del caso, un hijo de puta, dijo que yo era un sociópata y que había matado a las niñas porque interferían con mi estilo de vida licencioso. Como si las borracheras y salir a jugar a los dardos con los amigos fueran el peor pecado del mundo. El «experto» que testificó para la acusación dijo que los posters violentos que había en mi casa, de Iron Maiden y Led Zeppelin, de ángeles caídos y calaveras con alas y hachas, indicaban una obsesión con la muerte y un posible interés en actividades satánicas. Tomaba mucho, lo acepto, y alguna vez se me fue la mano con Stacy, pero no era para tanto. No era para tanto. Y los posters... ya ni sé que decir de eso, era tan inocente, simplemente me gustaba esa música y todo lo que la rodeaba, si hasta me tatué una calavera. Y lo peor es que los jurados creyeron en esa historia y me convirtieron en un monstruo.

Jesús pensaba en la casucha cerca de las vías del tren en la que había crecido Cameron, en el hecho de que esnifaba pintura y había sido un ladrón de poca monta y era mecánico y tenía un poster de un ángel caído en su casa, y a ratos creía que Cameron era como su doble y también había sido enviado por el Innombrable. Pero no entendía por qué se negaba a aceptar lo que había hecho. ¿Es que tenía tanto miedo a la muerte?

Por las noches, Jesús comenzó a escuchar una voz que le susurraba daddy, daddy.

A los tres años le tocó el turno a Cameron. Sus últimas palabras: He sido perseguido durante doce años por un crimen que no cometí. Vengo del polvo de Dios y vuelvo a él. La tierra será mi trono.

A Jesús se le humedecieron los ojos cuando se enteró de su muerte. Lo extrañaría. Le sorprendió que le diera tanta pena.

Después de la muerte de Cameron se le hizo más urgente apelar su caso al estado y decidió cambiar de abogado. Brad se había desentendido del asunto, así que, a instancias de otro compañero de DR, consiguió a Elizabeth Gillis, una pelirroja llena de energía que se puso a escribir y enviar apelaciones como si creyera de verdad en la posibilidad de là absolución.

Jesús envió cartas escritas a mano a los periodistas que cubrían su caso. Le escribió a un reportero del canal KPRC de Houston que la comida en la prisión era pésima y que en las elecciones primarias republicanas votaría a Steve Forbes o Gary «Beaur» porque «this man do not want babies murdered».

Un año después le escribió al mismo reportero que se alegraba por el ataque a las Torres y que el país debía cuidarse porque «deservingly» se había hecho de enemigos en todas partes. Dijo que el ataque había sido profetizado en el Libro de la Revelación y que por eso el gobierno quería matar a todos los profetas, incluidos Koresh y Bin Laden. Dijo que igual no importaba porque todos los profetas eran uno solo y detrás de ellos estaba el Innombrable y al Innombrable no se lo podía tocar.

Un año después le escribió al mismo reportero que admiraba a George Bush pero no podía estar de acuerdo con él cuando enviaba soldados a Irak y Afganistán porque eso haría que lo odiaran. Le dijo que había escuchado su discurso en El Paso sobre la modernización de la frontera, y entendía que quería eso porque aquí eran materialistas y sólo se preocupaban de que el comercio pudiera pasar libremente. Escribió una frase de Bush: «Queremos usar nuestra tecnología para asegurarnos de sacar a aquellos que no queremos dentro de nuestro país, los terroristas, los coyotes, los traficantes, aquellos que se aprovechan de las vidas inocentes». Le dijo que se reía porque al final sólo expulsarían a los inocentes, a los trabajadores honestos, que gente como él encontraría las formas de evadir al imperio «becose the empire is corrupt and his end will be here pretty soon».

Se reconcilió con su hermana, a quien volvió a ver linda cuando lo visitaba. Hubiera querido que viniera sola, pero su esposo solía acompañarla. Era una presencia amenazante que revoloteaba en torno a ellos en las visitas y no los dejaba hablar tranquilos.

Cada vez que su madre venía a visitarlo terminaba enferma.

No volvió a ver al sargento Fernandez.

Jesús era conocido en el ala de DR de la prisión por su afabilidad. Comía poco y cuando se sacaba la camiseta se le podían ver las costillas. Visitaba la capilla apenas se despertaba. Había intentado aprender hebreo, pero no había logrado dominar más que algunas frases. Seguía escribiendo cartas a quien pudiera. Le escribió una a Randy, aunque sabía que jamás le llegaría. Era una carta confusa en la que le agradecía por haberle iluminado el camino y lo maldecía por revelarle que el Dios en el que creía era un Dios hueco.

Le escribió al sargento Fernandez «el Innombrable te buscara hasta en sueños me vengara por aberte aprovechado de la bondad de mi hermana nostendiste una trampa». Le profetizó que durante el resto de su vida no sería feliz y que tendría una muerte dolorosa. Al poco tiempo recibió una respuesta de Fernandez, que decía he hablado con tu madre, me contó que de niño un tío abusó de ti, y que a los siete años te caíste a una acequia y te rompiste la cabeza y quizás no sanó bien. Hay razones, decía Fernandez, quizás todo pueda explicarse por algo que ocurrió en la infancia y que tú ni siquiera recuerdas. Pero he llegado a la conclusión que también hay más que razones y que la vida tiene algo inexplicable y una de esas cosas inexplicables eres tú y hay que dejar paso al misterio. También le decía que no sabía ni le importaba cuán dolorosa sería su muerte, pero que en cuanto a lo otro, no era necesario profetizarlo: no era feliz.

Una tarde su abogada vino con la noticia de que, después de una investigación interna, el estado de Texas había llegado a la conclusión de que se había ejecutado a un hombre inocente. Nuevas pruebas concluían que el incendio en el que habían muerto las hijas de Cameron Willingham no había ocurrido de forma intencional.

Eso nos beneficiará, dijo Elizabeth moviendo su melena pelirroja de un lado a otro. El estado estará más cuidadoso a partir de ahora. No querrán cometer otro error, no es buena publicidad.

Hay una diferencia, dijo Jesús. Yo no soy inocente.

Tu estado mental. No eras consciente de lo que hacías.

Pero ¿es que de veras se lo creía? ¿O era todo un juego y sólo quería hacerle ver que estaba de su lado hasta el final?

Cuando ella se fue Jesús se puso a pensar en Cameron. Quién lo hubiera creído. Con la cara de culpable que tenía.

Una de las últimas cartas que escribió fue de doce páginas a un estudiante que tenía un programa en una radio universitaria en Landslide. El programa lo pasaban después de la medianoche, pero el dedicado a su caso había sido tan popular que un policía en la prisión se lo grabó y dejó que lo escuchara.

En la carta a ese chico llamado Sam, Jesús decía que se hubiera vuelto «craisdy» si no confesaba lo que tenía en el pecho. Dijo que Janet Reno lo había traicionado y que el gobierno lo quería matar como a David Koresh, en la prisión había descubierto que era judío y por eso estaba tratando de estudiar hebreo. Dijo que perdonaba a su hermana María

Luisa porque iba a «loose» su casa si no los ayudaba a capturarlo, también le habían prometido «residence y monetary help». Dijo que se había entregado porque los cazadores de recompensas podían matar a su mujer y a su madre. En la última página escribió: «no tengo miedo sinse reality has not been good to me. I hear funy voises, like a person callingme, but no one callingme. I hear el Innombrable».

Sam le pidió en una carta que le contara un poco más del Innombrable. Jesús no respondió sobre el tema, pero escribió: «amá va a morir si yo muero pero yo no voy a morir. después de tres dias resucitare mi cuerpo aparesera en jerusalen y lucharé contra los enemigos de israel. i am tempted by death more all the time and i may do it any time soon».

Cuando Sam le preguntó por qué había cometido los crímenes, Jesús contestó: «una fuersa maligna salia de las casas. el Innombrable me dirijia a personas que meresian morir. soy un angel enviado por el Innombrable solo seguia susordenes».

La última frase que escribió fue: «Estoy en un viaje sin retorno en un tren que lleba a la muerte y del que no me puedo bajar. pero despues de la muerte volvere».

Pese a que su abogada había apelado al Quinto Circuito de la Corte de Apelación, Jesús recibió una fecha de ejecución por el asesinato de Joanna Benson.

Una semana antes de la fecha asignada pidió que le consiguieran un libro de fotografías de la revolución mexicana. Uno de los guardias dijo que haría todo lo posible.

El libro le llegó cinco días después. No era el que había hojeado en la casa de una de sus víctimas. De todos modos lo revisó, con la esperanza de encontrar aquella foto que lo había impactado tanto, la del hombre que miraba desafiante al pelotón de soldados, un cigarrillo en la boca, la pose de alguien que no tenía miedo a la muerte. Quería inspirarse, enfrentar la muerte como aquel paisano.

No encontró la foto.

La noche en que lo iban a ejecutar, estaban presentes su abogada, María Luisa, el periodista Sam y una amiga, el sargento Fernandez y el esposo de Joanna Benson.

Jesús estaba nervioso después de su última cena, que consistió en pozole con pan y una lata de Corona. Se puso la indumentaria blanca que debía llevar para la ejecución.

Cuando llegó al lado de la camilla en la sala pequeña de paredes verdes, acompañado por policías y enfermeros, pidió permiso para leer sus últimas palabras. Era algo que había sugerido su abogada. Jesús había descubierto que ellos, los otros, no lo escuchaban, no estaban interesados en lo que él quería decir; por eso, no había querido pronunciar ninguna frase final. Sin embargo, Elizabeth lo había convencido de que leyera un pedido de perdón, aunque fuera sólo por María Luisa.

Ella me traicionó.

Olvídate de eso. ¿No dices que todos somos pecadores? ¿Y que ella era la única persona que quisiste? Piensa en lo que le queda de vida. Que esté tranquila, estos años.

Jesús aceptó el razonamiento de Elizabeth. Leyó: «les pido que me perdonen. no tienen que hacerlo. se que dejé que el diablo me domine. por favor pidan al señor que me perdone por aber permitido que el diablo me engañara. ustedes no se merecen esto. yo me meresco esto».

Divisó a su hermana en el grupo detrás de la ventana y le hizo una media sonrisa. Ella no le respondió. Los policías lo echaron en la camilla y ajustaron el pecho con cinturones de cuero. Aprisionaron sus piernas y brazos con grilletes metálicos. Le pusieron una sábana blanca que le cubría de la cintura para abajo. Dos médicos insertaron tubos intravenosos en sus brazos. Fernandez observó que las piernas de Jesús temblaban. María Luisa estaba lagrimeando.

Jesús dijo algo en hebreo. Pensó en el Innombrable y le pidió que no le fallara. He cumplido mi parte, ahora te toca. El encargado de la ejecución apretó un control remoto que inyectó pentotal de sodio en el cuerpo de Jesús. Después vino el bromuro de pancuronio, que paralizaba la respiración, y el cloruro de potasio.

Jesús sintió una leve picadura. Un instante después estaba muerto.

NOTA

Hace más de diez años, vi una noticia en CNN acerca de un asesino serial en los Estados Unidos, un inmigrante indocumentado que estaba en la lista de los diez más buscados del FBI. Me llamó la atención el apodo –The Railroad Killer– y el hecho de que fuera mexicano. Vivía relativamente cerca de Nueva York desde 1997 y quería utilizar el metro de esa ciudad como escenario para un cuento; después de leer sobre Ángel Maturino Reséndiz, pensé que el ferrocarril podría ser otra buena opción. Años después, a principios del 2006, estaba en un café en Berkeley cuando leí en un periódico de San Francisco la historia del pintor Martín Ramírez. Para entonces ya estaba pensando en una posible novela acerca de varios latinoamericanos perdidos en la inmensidad de los Estados Unidos. Y recordé a Maturino. Mi intuición me dijo que él y Ramírez pertenecían a esa novela.

Jesús y Martín, dos de los personajes principales de *Norte*, son versiones libres de Maturino y Ramírez. Los libros que más me ayudaron a imaginarlos son *The Railroad Killer*, de Wensley Clarkson (St. Martin's, 1999), y *Martín Ramírez*, editado por Brooke Davis Anderson (Marquand Books, 2007). La historia de Cameron Willingham que aparece en el epílogo está basada en la crónica «Trial by Fire», del escritor y periodista David Grann (*The New Yorker*, 7 de septiembre 2009).

Comencé a escribir *Norte* en julio del 2007, en Crescent City (California), y terminé la última versión en Ithaca (Nueva York), en enero del 2011. A lo largo de esos tres años y medio el manuscrito tuvo varias encarnaciones. Hubo lecturas que me ayudaron a encontrar el camino, sobre todo la de Liliana Colanzi, que fue tan exigente línea por línea como en sus observaciones generales. Otras lecturas importantes fueron las de Maximiliano Barrientos, María Lynch, Valerie Miles, Mike Wilson, Raúl Paz Soldán, Marcelo Paz Soldán, Rafael Acosta, Yuri Herrera y David Colmenares. Melissa Figueroa me ayudó a revisar los diálogos de la Jodida. Willivaldo Delgadillo fue mi guía en Ciudad Juárez, junto a Aileen El-Kadi y Socorro Tahuencas. Mi más profundo agradecimiento a todos ellos. También, *last but not least*, a Silvia Bastos y Pau Centellas, mis agentes, que me han dado el apoyo incondicional que necesitaba, y a Claudio López de Lamadrid, mi editor en Random House Mondadori, que creyó en esta novela desde el principio.